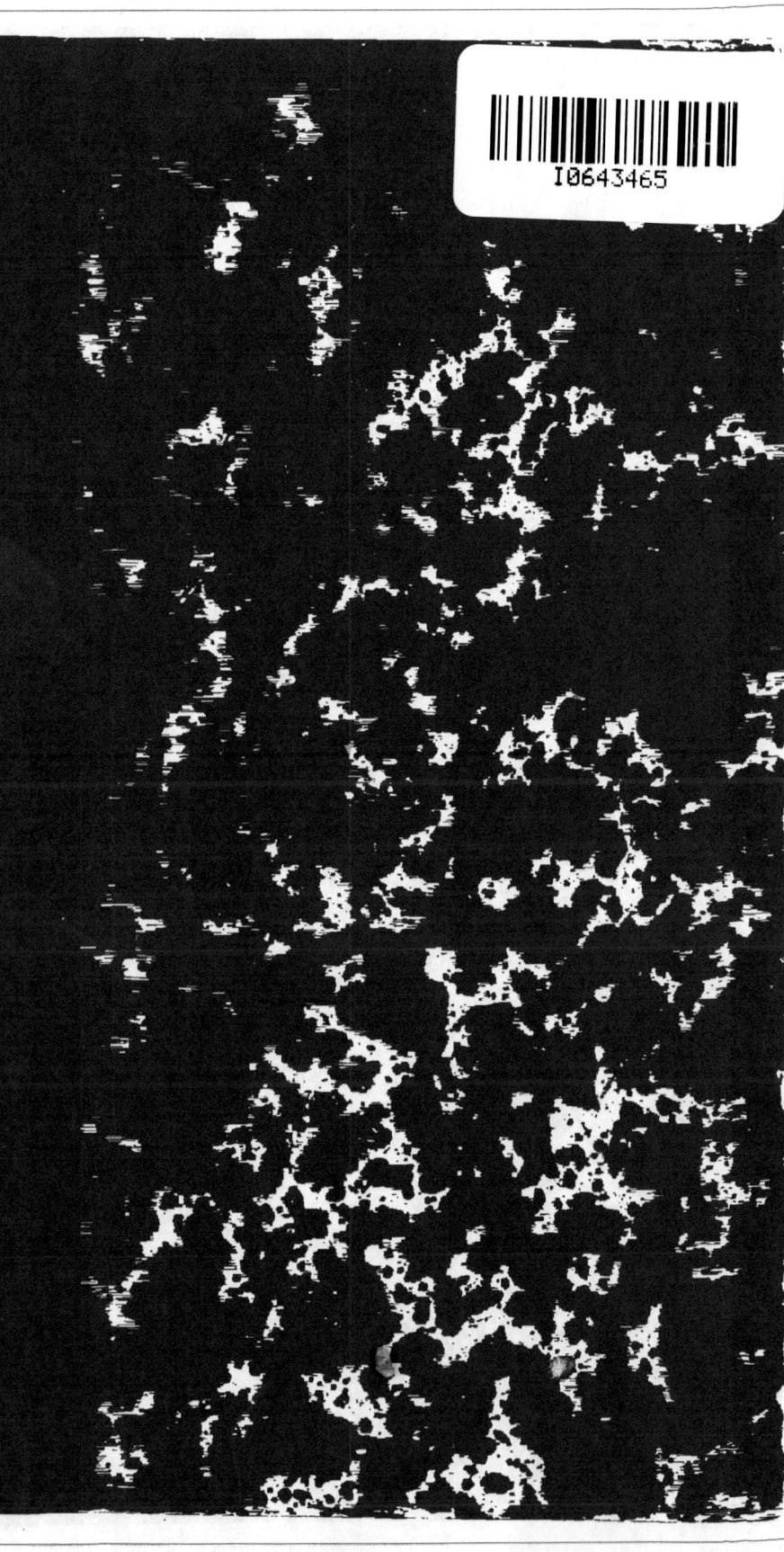

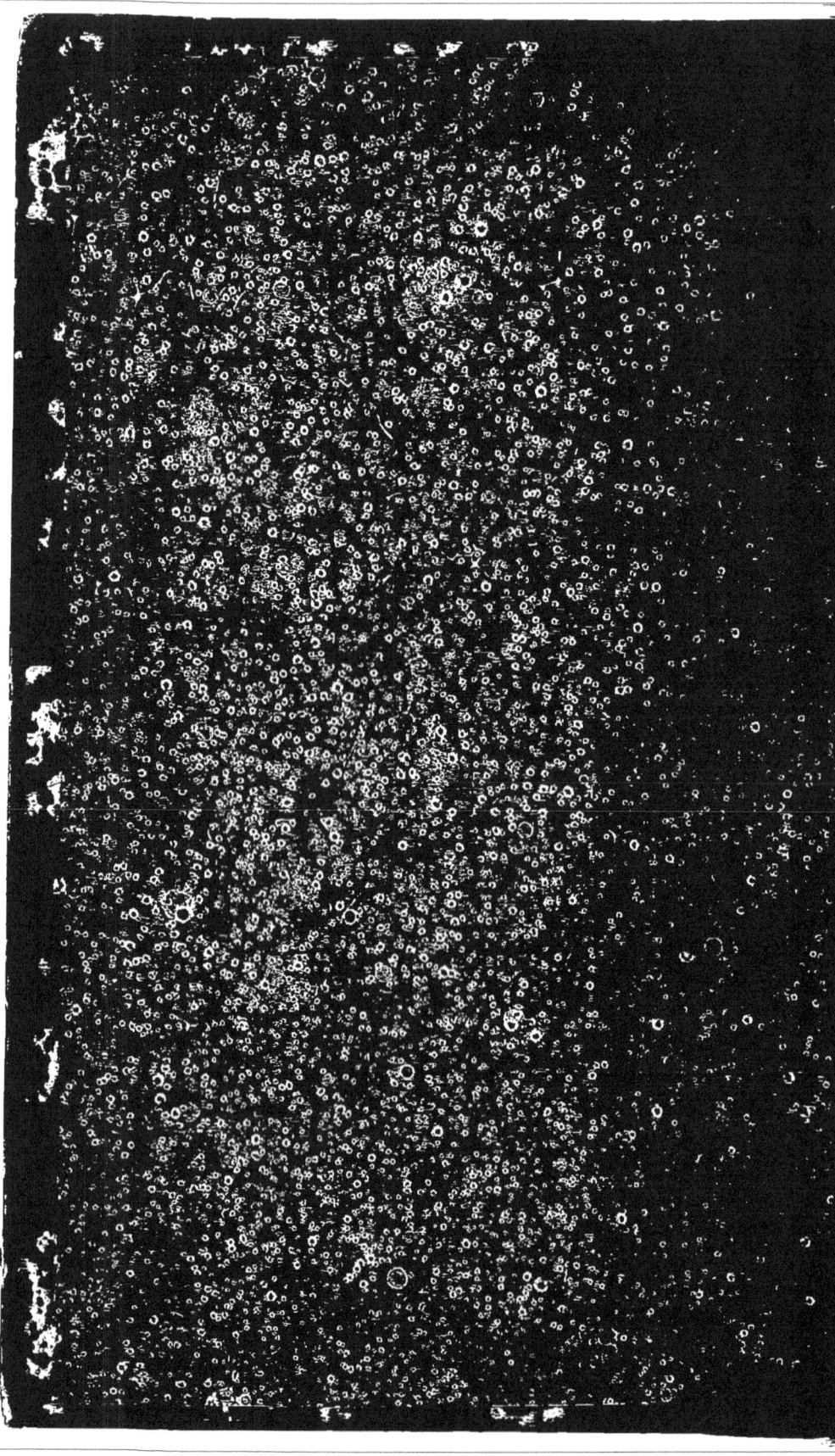

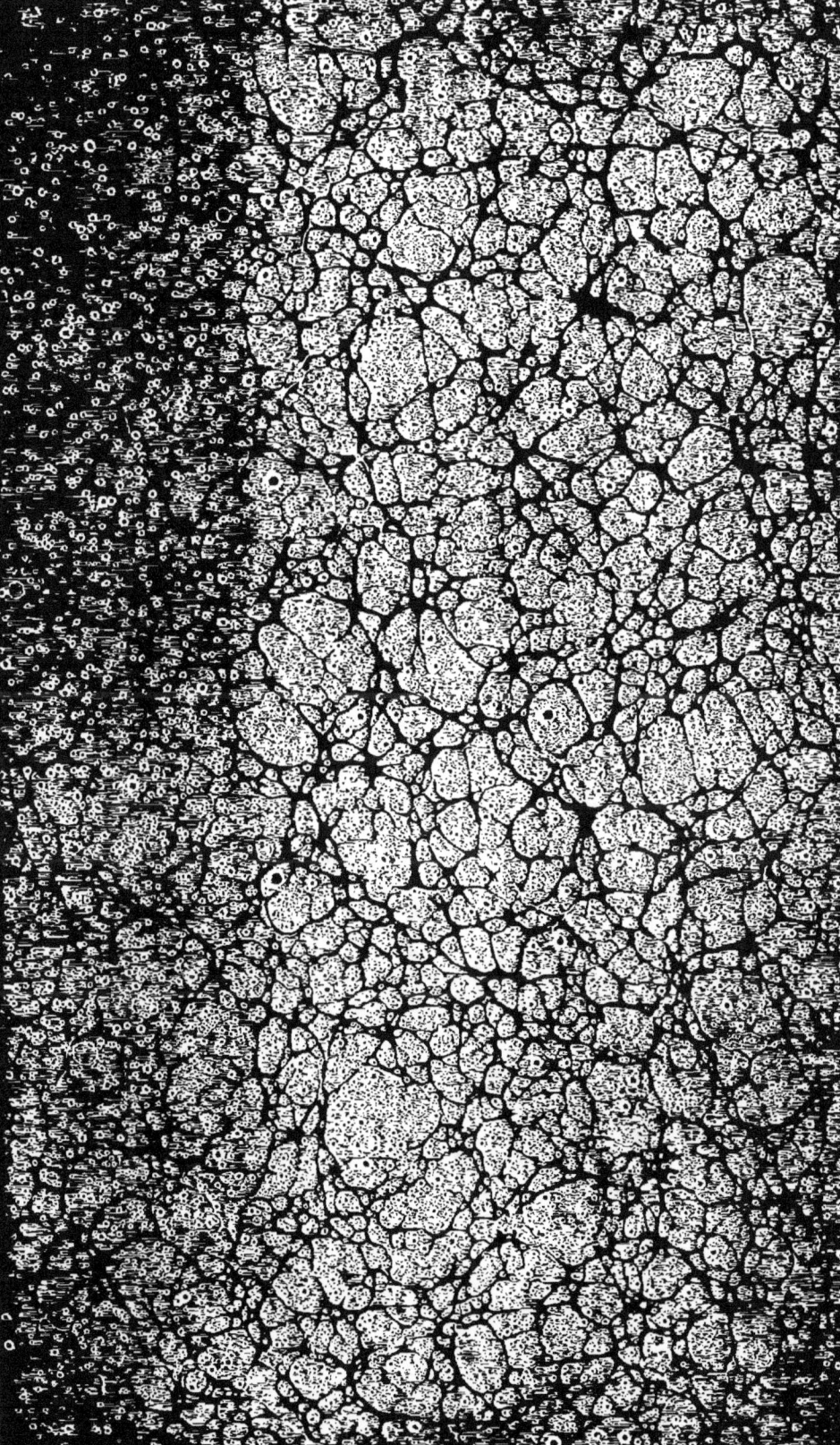

JOURNAL

D'UN

CURÉ LIGUEUR

DE PARIS

Ouvrages du même Auteur

Œuvres inédites de La Rochefoucauld, précédée de l'histoire de sa vie, 1 vol. in-8°.

Madame de Maure, sa vie et sa correspondance, 1 vol. in-18.

Les Amis de Madame de Sablé, 1 vol. in-8.

La Noblesse avant et depuis 1789, 1 vol. in-18.

Œuvres de Mathurin Regnier, avec pièces inédites et l'histoire de sa vie, 1 vol. in-18.

Les Princes de la Maison Royale de Savoie, 1 vol. in-18.

Le Journal du baron de Gauville, député aux États généraux de 1789, 1 vol. in-18.

Correspondances de Sainte Jeanne de Chantal, avec quatre cents lettres inédites et l'histoire de sa vie, 2 vol. in-8°.

Histoire du Diocèse ancien de Chalons, 2 vol. gr. in-8° (couronné par l'Académie des Inscriptions et Belles-Lettres).

JOURNAL

D'UN

CURÉ LIGUEUR

DE PARIS

SOUS LES TROIS DERNIERS VALOIS

SUIVI

Du Journal du Secrétaire de Philippe du Bec, Archevêque
de Reims, de 1588 à 1605

PUBLIÉS POUR LA PREMIÈRE FOIS ET ANNOTÉS

PAR

ÉDOUARD DE BARTHÉLEMY

PARIS

LIBRAIRIE ACADÉMIQUE

DIDIER ET Cᵉ, LIBRAIRES-ÉDITEURS

35, QUAI DES AUGUSTINS.

A

M. LE MARQUIS DE LA GRANGE

SÉNATEUR,

MEMBRE DE L'INSTITUT,

VICE-PRÉSIDENT DU CONSEIL DU SCEAU DES TITRES

ET DU

COMITÉ IMPÉRIAL DES TRAVAUX HISTORIQUES.

Hommage respectueux,
ÉDOUARD DE BARTHÉLEMY.

Courmelois, 21 Novembre 1865.

INTRODUCTION

Je n'ai pas le projet d'écrire ici une histoire de la
Ligue ; un pareil sujet demanderait un travail considérable, car la Ligue constitue certainement l'un des épi-
sodes les plus importants et, encore aujourd'hui, les
plus imparfaitement connus de notre histoire nationale.
Je veux seulement retracer brièvement le résumé de ce
curieux chapitre de nos annales pour rendre la lecture
du *Journal de l'abbé de La Fosse* plus facile et plus intelli-
gible. Ce sera un simple sommaire, rien de plus, et dans
lequel je ne prétends ni juger ni apprécier. La Ligue,
comme je viens de le dire, est mal connue, et surtout
mal comprise : toute son histoire est à faire et les documents abondent. Il faut donc espérer que le courant qui a depuis plusieurs années dirigé les chercheurs
et les savants vers le XVIIᵉ siècle, les conduira également vers le XVIᵉ, et que bientôt nous serons aussi sûrement édifiés sur les guerres religieuses et sur la Cour des
Valois que nous le sommes sur les victoires de Louis
XIV et les splendeurs de Versailles. Il y a là place pour
tout le monde, et je puis dire d'avance qu'on y trouvera
une mine encore plus riche et assurément plus pré-
cieuse que celle où de savants historiens ont trouvé
matière, pour le dix-septième, à de si remarquables
travaux. Mais j'ajouterai aussi qu'à part quelques docu-

ments publiés, et quelques rares brochures, tout ce qui a paru sur la Ligue depuis cinquante ans, est bien peu sérieux et ne doit être consulté qu'avec une extrême prudence.

I.

Les guerres religieuses commencèrent en France avec l'avènement de François II. Le traité de Cateau–Cambresis venait d'être signé et rétablissait la paix entre la France et l'Espagne. La France avait acquis quelques accroissements de territoire : elle formait alors l'État le plus uni et le plus riche de l'Europe, celui où l'autorité royale était la plus forte : la paix lui étant rendue, il semblait naturel que l'activité nationale, détournée jusque-là de son vrai but, n'eût plus qu'à se jeter dans une voie de progrès indéfini. Mais précisément, à cette même heure, commencèrent les guerres religieuses.

La Cour de Rome venait de changer complètement sa politique : les progrès du protestantisme rendaient indispensable cette modification, facilitée d'ailleurs par la séparation de l'Espagne et de l'Empire qui permit aux papes de renoncer à leur crainte de la maison d'Autriche jusqu'alors trop puissante. La papauté ne songea plus à dominer absolument en Italie : elle comprit qu'en présence du courant réformiste qui venait d'envahir les Etats du Nord, l'Angleterre, la plus grande partie de l'Allemagne et les Pays-Bas, il fallait, par d'habiles concessions, constituer une sorte de Ligue qui arrêtât cette désastreuse défection. Elle se décida à se montrer déférente devant l'Empereur, à rechercher l'alliance du roi d'Espagne, à s'attacher fortement au roi de France, car il importait avant tout d'empêcher l'hérésie d'envahir ce royaume qui, par sa position géographique intermédiaire, semblait destiné à servir de champ-clos aux grandes luttes dont chacun pressentait la prochaine explosion.

Le protestantisme, vainqueur en Allemagne, avait cherché de bonne heure à pénétrer en France, mais Henri II, se rendant aux conseils du pape Paul IV, avait rudement imposé silence à ceux qui plaidaient en faveur de la réforme : les édits les plus durs avaient été promulgués, et les bûchers commencèrent à s'allumer dès 1559. L'avènement de François II, en donnant le pouvoir aux Guise, renforça le parti de la restauration catholique. De l'autre côté des Pyrénées, Philippe II se posait comme le champion du catholicisme en Europe; protégeant les Jésuites en Allemagne, soutenant autant que possible les catholiques en Angleterre, il cherchait à se servir de ce moyen pour établir fortement son influence en France, entretenu dans ses espérances par l'attitude des Guise, qui s'empressèrent de rechercher son appui, et qui allèrent jusqu'à lui écrire, « l'assurant de leur ardeur pour l'entretènement de la foi, le remerciant des soins qu'il prenoit pour la conservation de la France. » Ils croyaient trouver à l'Escurial un appui assez puissant pour contrebalancer le parti des Bourbons et des Montmorency, disgrâciés par leur arrivée aux affaires.

La lutte devait s'engager promptement, Henri VIII résolut de faire pour le protestantisme ce que Philippe II prétendait faire pour le catholicisme. Les hostilités commencèrent en Ecosse, et quelques mois après les protestants essayèrent de saisir le pouvoir par le complot connu sous le nom de conjuration d'Amboise. La tentative échoua et amena le supplice d'un grand nombre de coupables. François II mourut sur ces entrefaites et laissa la couronne à son frère Charles IX, âgé de dix ans. Catherine de Médicis prit la régence et feignit au début de vouloir essayer de la conciliation. Les Bourbons furent rappelés, l'un d'eux même fut nommé lieutenant-général du royaume, mais les Guise furent maintenus dans leurs dignités ; les Etats, successivement rassemblés à Orléans et à Pontoise, n'amenèrent aucun arrangement sérieux : ils se prononcèrent hautement contre les édits par lesquels la régente, suivant les avis du chancelier l'Hopital, avait cherché d'abord à établir un équilibre réel entre le catholicisme et le protestantisme. Le colloque de Poissy, réuni dans une sage pensée de concorde, dégénéra en disputes violentes et l'on fut contraint de le fermer.

Catherine ne cessa pas cependant de protéger l'hérésie, croyant faire acte de bonne politique et affermir la couronne sur la tête de son jeune fils. Le parti catholique se prononça vivement alors : les Guise quittèrent Paris, les émeutes commencèrent, et Philippe II, fidèle à son plan, écrivit à la reine-mère afin de lui demander formellement la destruction « des protestants, pour arrêter le cours d'une peste qu'il regardoit, dit De Thou, comme menaçant également la France et l'Espagne. » La reine répondit par l'édit de tolérance, rédigé au mois de janvier 1563 par l'Assemblée de Saint-Germain, qui établissait légalement deux religions rivales et excita une fermentation générale dans les deux partis. Les protestants crurent à leur triomphe et le prouvèrent par une insolence et une audace qui dégénérèrent en rixes sanglantes dans cent endroits. Les catholiques s'armèrent, soutenus par le Parlement qui refusait l'enregistrement de l'édit. Le duc de Guise, laissant à Paris Montmorency, Saint-André et le roi de Navarre, tout récemment rallié au triumvirat, se rendit chez lui, à Joinville, pour attendre les événements.

C'est alors que se produisit un incident, minime relativement, et qui a eu une portée immense ; un incident tristement défiguré par les historiens, je veux parler du prétendu massacre de Wassy, événement purement fortuit et qu'on a exploité pour en faire un guet-à-pens préparé par les Guise. Toujours est-il que le massacre de Wassy servit d'étincelle pour allumer la guerre civile : le duc de Guise revint en toute hâte à Paris, où il fut reçu comme un libérateur : il força la reine à se réunir à lui, bien qu'elle penchât alors très-ouvertement vers le camp opposé. Elle céda d'abord à la force, puis se résigna, en voyant les vues et l'impopularité des Calvinistes. Ceux-ci ne déposèrent pas les armes ; ils s'organisèrent dans tout le royaume, adressèrent un manifeste aux églises de France et d'Allemagne, au

Parlement, et reconnurent le prince de Condé comme
défenseur du roi et légitime protecteur du royaume
(11 avril 1562). La guerre fut vivement soutenue dans
le nord comme dans le midi, et des deux côtés on fit
malheureusement appel aux forces étrangères : Philippe II envoya six mille hommes des vieilles bandes
espagnoles, et Elisabeth fit débarquer six mille Anglais
pour défendre Rouen et Dieppe, à la condition qu'on
lui livrerait le Havre. Le récit même abrégé des
atrocités qui furent commises alors sous prétexte de
défendre la religion serait monotone et odieux. « Il est
impossible, a écrit Pasquier, de dire quelles cruautés
barbaresques sont commises de part et d'autre. Où le
huguenot est le maître, il ruine toutes les images, démolit les sépulcres et les tombeaux, même celui des
rois, enlève tous les biens sacrés et voués aux églises.
En contre échange de ce, le catholique tue, meurtrit,
noie tous ceux qu'il connaît de cette secte, et en re-
gorgent les rivières. » La fortune sembla, après quelques
succès, abandonner les Calvinistes : la bataille de
Dreux les avait écrasés et la prise d'Orléans allait leur
porter le dernier coup, quand l'assassinat du duc de
Guise changea soudainement l'aspect des affaires. La
pacification d'Amboise fut conclue (12 mars 1563), mais
dura peu. Le concile de Trente se termina quelques mois
après et fulmina de nouvelles foudres contre l'hérésie.
De grandes fêtes signalèrent à la cour la déclaration de
majorité du roi, et presque aussitôt après il entreprit un
grand voyage dans les provinces. Les deux partis enne-

mis cependant s'examinaient, et l'on prévoyait déjà
une reprise d'armes, qui éclata en effet à la suite de
révolutions accomplies en Ecosse dans les Pays-Bas. La
reine, à l'occasion de l'insurrection du prince d'Orange,
avait rassemblé une armée sur la frontière ; elle refusa
de la licencier sur la demande des protestants. Il ne
leur en fallut pas davantage pour décider le prince de
Condé à se remettre à leur tête (août 156).

Les hostilités commencèrent par une tentative d'enlever le roi pendant un séjour de la cour à Monceaux-
en-Brie. La bataille de Saint-Denis montra la faiblesse
des rebelles qui appelèrent alors dix mille reîtres et
lansquenets à leur secours : la lutte continua donc
avec une nouvelle ardeur, mais la paix se fit cependant
à Lonjumeau dès le mois de mars 1568. En la signant,
Catherine de Médicis était bien résolue à ne pas tenir
ses engagements. Si au début de sa régence elle avait
ouvertement protégé les protestants, elle avait reconnu
depuis l'impossibilité de régner avec eux, et elle voulait entreprendre leur destruction radicale dès qu'elle
aurait la force suffisante. Soutenue par Philippe II qui,
en Hollande, étonnait le monde par la cruauté de
ses persécutions, elle crut le moment venu d'agir :
elle disgrâcia l'Hopital, montrant clairement de la
sorte qu'elle abandonnait le parti de la modération,
et commença d'elle-même la guerre en prenant pour
prétextes le refus des protestants à prêter un serment
spécial de fidélité, et l'entrée de la reine de Navarre à la
Rochelle (août-septembre 1565). La lutte fut terrible :

après la bataille de Jarnac, Coligny remplaça Condé qui y avait été assassiné, et opéra sa jonction avec les Allemands : la Roche-Abeille, Poitiers, Moncontour, Arnay-le-Duc, tels sont les noms des principaux combats livrés à cette époque : les protestants étaient à bout de ressources, et grand fut l'étonnement, quand on apprit que la paix de Saint-Germain, signée le 8 août 1570, leur accordait beaucoup plus que l'édit de tolérance de 1562. Il n'y eut qu'un cri d'indignation dans l'Europe catholique contre ce traité : c'est alors que le parti des Guise, se croyant trahi, résolut de sauver la France malgré la royauté.

Pendant deux ans la faveur des protestants ne varia pas : Charles IX vivait dans la plus grande intimité avec Coligny et le consultait en toutes circonstances; les Calvinistes commençaient à être véritablement pleins de confiance; ils croyaient décider le roi à déclarer la guerre aux Espagnols.

Le mariage du jeune Henry de Navarre, avec la sœur du roi, devait mettre le sceau à ce revirement inattendu, et qui, de la part de Charles IX, était sincère, ainsi qu'il est permis de le constater par les précieux documents récemment édités par M. Armand Baschet. Les catholiques ne cachaient pas leur irritation : le massacre de la Saint-Barthélemi répondit aux espérances des uns, aux craintes des autres, et ralluma la guerre dans le royaume; elle dura peu, la reine ayant reconnu elle-même le manque absolu de ressources pour la continuer. La paix de la Rochelle fut encore conclue au profit des

protestants (6 juillet 1573), ce qui fit dire à Tavannes :
« Ainsi d'un parti ruiné, dissipé et du tout perdu,
Dieu permit miraculeusement et pour nos péchés qu'il
fût restauré, à la ruine de ce royaume et pour servir
de subjet aux troubles de la Ligue. »

La cinquième guerre civile éclata au mois de février
1574, lors de la découverte du complot du duc d'Orléans qui, à l'aide des protestants, avait voulu essayer
de monter sur le trône à l'exclusion de son frère aîné,
le duc d'Anjou, alors roi de Pologne. La mort de
Charles IX décida ce prince à se mettre franchement à
la tête du parti rebelle. Henry III guerroya lui-même,
mais cette fois la fortune se prononça pour les Calvinistes, et Catherine dut subir le joug des vainqueurs,
sous peine de voir périr la royauté. Le traité dit de
Monsieur, accéda à toutes les réclamations des protestants, et convoqua la réunion d'Etats-Généraux à Blois
(6 mai 1576).

II.

L'attitude arrogante des protestants et le séjour surtout des troupes allemandes cantonnées en Champagne,
amenèrent rapidement à un degré extrême l'irritation
du parti catholique contre un roi impuissant à gou-
verner, et qui gaspillait la fortune du pays dans de honteuses prodigalités. Des ligues locales se formèrent : la
plus complète fut celle qu'organisa en Picardie M. d'Humières, gentilhomme dévoué aux Guise ; les autres
associations se modelèrent sur celle-là, et s'entendirent

pour demander la déchéance du roi et l'élection du duc de Guise, que des pamphlets répandus à profusion représentaient comme le descendant de Charlemagne. Le premier résultat obtenu par cette confédération occulte fut de s'assurer toutes les élections des députés envoyés aux États de Blois; Henry III, en présence de l'attitude de cette assemblée, ne put pas être long à adopter un parti extrême; le 12 décembre 1576, il signait l'acte d'union et se déclarait chef de la sainte Ligue; le 1er janvier suivant il révoquait son dernier édit de pacification comme rendu par force et contre le serment fait à son sacre. La guerre s'en suivit naturellement, mais pour aboutir, dès le 17 septembre 1577, à la paix de Bergerac qui accordait les plus larges priviléges aux protestants. C'était le traité le plus radical qu'on eût encore conclu, et il établissait clairement le parti calviniste comme secte indépendante dans le royaume. L'indignation des catholiques fut extrême en voyant la royauté assez malheureuse ou assez malhabile pour se montrer de plus en plus favorable à la réforme, à mesure qu'elle s'affaiblissait. La Ligue tout entière acclama cette parole de Philippe II : « La foi est désormais incompatible avec cette maison de Valois; il faut se pourvoir ailleurs. »

C'est alors que le parti catholique, ou ligueur, se décida à abandonner Henry III, qui ne justifiait que trop cette mesure violente par l'indignité de ses mœurs et la honteuse faiblesse de son caractère; les grands seigneurs gouverneurs de province profitèrent de ces événements pour se rendre indépendants dans leurs gouvernements. Une nouvelle complication fut bientôt produite par la mort du duc d'Anjou, dernier frère du roi, et qui emportait avec lui tout espoir de postérité dans la maison des Valois; Henry de Navarre, aux termes de la loi salique, devenait héritier de la couronne, et donnait à la Ligue une force réelle sur des populations qui ne pouvaient admettre la possibilité d'avoir pour souverain un protestant, hérétique relaps et chef du parti qui depuis vingt-cinq ans ruinait le royaume.

La Ligue, à ce moment, prit un ascendant immense en France : son but était clairement défini, il fallait à tout prix éloigner l'hérétique du trône. Le conseil suprême de l'union ne cacha plus ses négociations avec Philippe II, et les Guise y prêtèrent les mains avec l'arrière-pensée très évidente d'obtenir la couronne pour l'un d'eux. Ils cachèrent prudemment encore leurs espérances cependant, et proclamèrent roi le vieux cardinal Charles de Bourbon, oncle du Béarnais, fantôme commode derrière lequel ils pouvaient poursuivre leurs intrigues (1584). Un traité secret fut signé, le 31 décembre, avec le roi d'Espagne, par lequel le cardinal était solennellement reconnu, avec la clause que jamais prince non catholique ne serait admis à succéder aux Valois : c'était la réponse de Philippe II aux efforts de Henry III pour s'annexer les Pays-Bas après l'assassinat du Taciturne. Le pape approuva ce traité le 15 février suivant, et immédiatement après, la Ligue adressa un manifeste

et un appel aux armes. Le succès répondit promptement à cette hardie démarche, et Henry III, malgré les
habiles négociations de sa mère, dut signer la paix de
Nemours qui le livrait pieds et poings liés aux catholiques et proscrivait du royaume les protestants et le
protestantisme (5 juillet 1585). La situation était déplorable pour ceux-ci; Henry de Navarre s'adressa d'abord
à son cousin, puis convia franchement toute l'Europe
protestante à sa défense. La huitième guerre civile
commença.

Cette guerre ne fut pas moins terrible que la précédente, mais bien autrement longue; les ligueurs triom-
phèrent par tout le royaume. Le duc de Guise était
devenu le héros populaire par excellence, le sauveur
de l'Etat, et la Sorbonne osa décréter « qu'on pouvoit
ôter le gouvernement aux princes qu'on ne trouvoit pas
tels qu'il falloit. » La position du roi devenait singulièrement grave à mesure que l'Union grandissait; il fut
sommé impérieusement d'exécuter le traité de Nemours,
et au mois de mai 1588, après la journée des Barricades,
il dut quitter précipitamment les Tuileries, laissant le
Balafré véritablement souverain à Paris, mais fort décon-
venu de cette fuite. Henry III feignit cependant de céder
à l'opinion qu'on lui représentait comme celle de la nation, et il publia, le 1er juillet 1588, un nouveau manifeste dit Edit de l'Union, qui approuvait les clauses de
ceux du 31 décembre 1584 et du 5 juillet 1585, et re-
mettait tout le pouvoir entre les mains des Guise. Quelques mois plus tard les seconds états de Blois étaient

assemblés, et les deux Guise y étaient assassinés. La reine mourut peu de jours après. La nouvelle du meurtre du 23 décembre arriva à Paris pendant la nuit de Noël et y causa une indignation terrible. On peut dire qu'à cette nouvelle la France entière se souleva; le pouvoir fut donné au duc de Mayenne; la guerre éclata partout à la fois. Henry III s'allia au roi de Navarre qu'il reconnut pour son successeur, et tous deux vinrent ensemble bloquer Paris. La mort du dernier des Valois ne modifia en rien la situation, sinon en diminuant les chances de la Ligue, et en laissant désormais la direction de ses adversaires entre les mains d'un homme habile, adroit, courageux et résolu à ne rien négliger pour triompher.

Tandis que le crime de Jacques Clément excitait un enthousiasme général dans Paris, Henry de Navarre se faisait reconnaître comme roi de France et de Navarre dans son camp, et gagnait la bataille d'Arques, puis celle d'Ivry qui commença à ruiner singulièrement les affaires de la Ligue; en même temps les Vénitiens reconnaissaient le nouveau roi, et après avoir exprimé d'abord une vive indignation, le pape retirait son blâme et recevait même une ambassade des seigneurs catholiques qui avaient suivi la cause du Béarnais. La mort du cardinal de Bourbon n'amena aucun changement; tout le monde s'accorda à rester jusqu'à la réunion des Etats-Généraux dans le provisoire. La présence du prince de Parme amena la délivrance de Paris. Le Béarnais n'était pas assez fort pour résister à un ennemi aussi puissant; il aimait mieux gagner du temps : il avait d'ailleurs à ce moment d'assez graves difficultés par suite de la désunion de ses partisans. Le même embarras se produisit simultanément parmi les Ligueurs; le duc de Mayenne dut renverser les Seize après une lutte des plus animées dans laquelle les curés de Paris se prononcèrent contre lui. La guerre se transporta en Normandie, presque toujours au profit des royalistes.

C'est alors que les prétendus Etats-Généraux s'ouvrirent à Paris (1593); composés d'hommes très-catholiques, mais très-indécis entre Mayenne, Philippe II et Henry IV, ils n'amenèrent aucun résultat. De vives tentatives furent essayées pour faire élire reine de France la fille de Philippe II, comme étant petite-fille de Henry II, et par conséquent la plus proche héritière des Valois. Le Parlement eut cependant le courage de déclarer solennellement le maintien de la loi salique; peut-être le regretta-t-il quand l'ambassadeur d'Espagne annonça que l'intention de son maître était de marier l'infante au jeune duc de Guise, mais il était trop tard, et il faut reconnaître que le duc de Mayenne soutint l'arrêt de toutes ses forces. Sur ces entrefaites, Henry IV abjura (25 juillet 1593) et l'on peut dire que de ce jour la Ligue fut détruite. Les soumissions commencèrent rapidement; Paris ouvrit ses portes, et, le 29 novembre 1594, les chefs de l'Union, le duc de Guise en tête, reconnaissaient le Béarnais. Les ducs de Mayenne et d'Aumale prolongèrent encore la lutte, mais ils se rendirent également au bout de peu de mois. Henry IV put enfin s'écrier au commencement de l'année 1596 : « C'est maintenant que je suis roi ! » Et il l'était bien en effet, car par sa conversion, il sauvait le double principe de l'hérédité monarchique par la loi salique, et il conservait la religion de la nation.

III.

J'ai dit que je raconterais les principaux traits de l'histoire de la Ligue sans juger les hommes, ni apprécier les événements. Je ne puis cependant finir sans formuler en quelques mots mon opinion sur cet épisode qui a eu pour l'avenir de la France une influence bien plus considérable qu'on ne semble le comprendre généralement aujourd'hui.

On a tort, en effet de juger sévèrement la Ligue, car elle a rendu de grands services, et, en résumé, elle obéissait à un principe éminemment légitime. La France était un pays essentiellement catholique : la réforme cherchait à l'envahir, et par elle vingt-cinq années de guerre civile avaient déjà ravagé nos provinces, quand la mort du duc d'Anjou vint assurer l'hérédité de la couronne, aux termes de la loi salique, sur la tête du chef du parti protestant. La nation en se voyant exposée à subir une direction qui pouvait changer sa religion, dans un cas de ce genre, avait, ce me semble, le droit de manifester son opinion. Et il faut remarquer que jamais la Ligue proprement dite ne songea à livrer,

comme on l'a prétendu fort injustement, le pays aux
étrangers, encore moins à le démembrer.

Jusqu'en 1584, c'est-à-dire jusqu'au moment où le roi
de Navarre devint définitivement l'héritier présomptif
de la couronne, la Ligue, conduite par les Guise, conserva une attitude purement défensive ; elle n'obéissait pas
encore d'ailleurs à une direction unique et formait plusieurs associations fort distinctes. A cette époque toutes
ces ligues se confondirent résolument en une seule, qui
devint la Sainte-Ligue ou la Sainte-Union dont les Guise
conservèrent le commandement. Ce mouvement se ré-
pandit promptement à travers toute la France, et dans
chaque ville on peut dire qu'il se forma un parti de
résistance dont le but était de maintenir la religion catholique dans le royaume. La Ligue se prononça contre
le roi quand celui-ci se déclara intimement uni au roi
de Navarre ; elle devint plus ardente, plus emportée
après l'assassinat du duc et du cardinal de Guise. Quelques partisans, emportés par un zèle déplorable com-
mirent de détestables excès, dont l'exemple d'ailleurs
leur était largement donné par les protestants, et affichèrent une regrettable joie à la nouvelle du meurtre
de Henry III. Mais quand alors la Sainte-Union pro-
clama l'incapacité du Béarnais, elle choisit pour roi un
prince de Bourbon, son propre oncle, montrant assez
par là que s'il se convertissait, elle serait toute disposée
à se soumettre à lui : le duc de Mayenne négocia constamment dans ce sens avec le roi de Navarre, et le premier il adopta avec empressement le vote des Etats de

1593, qui repoussa si unanimement les prétentions de Philippe II à faire régner sa fille en France.

Dès que Henri IV eut abjuré, la lutte cessa presque partout, et il est permis de croire que si Mayenne conserva encore les armes pendant quelque temps, ce fut pour s'assurer de la sincérité de ce grand acte et ne pas se laisser surprendre par quelque retour imprévu.

En résumé, la Ligue obtint le résultat capital pour lequel elle s'était constituée; elle conserva à la France sa religion, et elle sut en même temps maintenir son indépendance, sans se laisser entraîner par de séduisantes propositions. La Ligue fut catholique, mais il faut le dire aussi, elle fut éminemment nationale.

IV.

Nous publions aujourd'hui deux documents qui nous paraissent dignes d'être connus et devoir fournir quelques détails intéressants pour l'histoire de France pendant la seconde moitié du seizième siècle. « Les registres-journaux, dit Pierre de l'Estoile, sont d'un usage ancien, et servent souvent à nous ôter de peine et à soulager notre mémoire habile, principalement quand nous sommes sur l'âge. — Ces lignes s'appliquent très-bien au manuscrit que je publie ici pour la première fois, » ajoute M. Ludovic Lalanne, après avoir cité ce passage en tête de son excellent *Journal d'un bourgeois de Paris*. Ce n'est pas une chronique, mais seulement un journal où l'auteur a consigné, et probablement pour son usage personnel, les faits plus ou moins importants

qui s'étaient passés sous ses yeux ou qui étaient arrivés
à sa connaissance.

M. Lalanne, le premier, a édité un recueil analogue,
à l'humour près, aux piquants mémoires de l'Estoile :
son *Journal d'un bourgeois de Paris* s'étend de l'année
1515 à l'année 1536; depuis, M. Georges Guiffrey a
donné la *Chronique de François* 1er, œuvre d'un anonyme racontant les faits survenus de 1515 à 1542. Nous
croyons compléter assez heureusement cette série avec
ces deux journaux demeurés inédits, et dont nous de-
vons l'indication à un complaisant érudit, M. Bourque-
lot : l'un s'étend de 1557 à 1590 ; il est l'œuvre d'un
curé de paroisse de Paris, ardent ligueur, et qui paraît singulièrement bien renseigné sur les événements;
l'autre, qui comprend les années 1588 à 1605, est également rédigé par un ecclésiastique, secrétaire de Philippe du Bec, archevêque de Reims, et, comme son pa-
tron, partisan dévoué du Béarnais. Ni l'un ni l'autre de
ces deux chroniqueurs n'est écrivain et leurs œuvres n'ont
d'autre mérite que de se présenter en quelque sorte,
comme des procès-verbaux écrits sur le moment même,
et devant par conséquent faire connaître les événements avec plus de simplicité, partant avec plus de vérité. Le curé de SS. Leu et Gilles paraît cependant avoir
eu un goût prononcé pour les lettres, mais bien qu'il se
plaise à plusieurs reprises à relater des « carmens » de
sa composition, son récit est fort ordinaire : il mentionne un fait, ajoute le détail de quelques circonstances,
mais presque toujours sans commentaire ni appréciation.

C'est précisément ce qui me semble prêter un incontestable intérêt à ces récits évidemment naïfs, composés sans souci de la postérité, sans arrière-pensée de publicité ; où l'on a seulement affaire à un homme qui raconte ce qu'il a vu ou entendu ; où l'on sent l'impression du moment ; où l'on assiste presque à une conversation, dans laquelle nos pères cherchaient à trouver les éléments de cette occupation et de cet enseignement que les journaux défrayent actuellement avec une si généreuse diffusion. « Nous ne saurions exprimer, dit M. Guiffrey en présentant au public son chroniqueur anonyme, digne précurseur de notre curé parisien et ligueur, tout le plaisir que nous avons eu à suivre le brave homme, auteur de ce journal, où, sans préoccupation de l'avenir, il crayonne tout ce qui se produit autour de lui de saillant et de remarquable. Grâce à ce guide complaisant et commode, toutes les portes s'ouvrent devant nous, les meilleures places nous sont assurées à toutes les fêtes de la Cour, à toutes les réjouissances populaires ; nous assistons avec la foule aux processions et aux entrées des princes, sans avoir les inconvénients de la cohue, du soleil et de la poussière, nous y restons à notre aise, et nous pouvons, en toute confiance, nous en rapporter à notre guide, qui a soin de tout savoir et de nous dire tout ce qu'il sait. »

La qualité de l'auteur du premier journal donne à son œuvre une valeur spéciale ; pendant la Ligue, un curé de Paris était un personnage considérable, bien posé pour tout savoir, et tout savoir sûrement. De plus, il est naturellement porté à s'occuper des choses religieuses et donne bien des détails curieux sur les assemblées du clergé, la vente des biens ecclésiastiques. Pour les sévérités exercées envers les protestants, son récit présente un intérêt capital, car on ne peut taxer Jean de la Fosse de partialité envers les réformés : il enregistre au contraire avec une certaine complaisance les brûlaisons, pendaisons et autres exécutions d'hérétiques; les nombreuses petites émeutes soulevées par eux dans les rues de Paris, et où le connétable de Montmorency venait toujours mettre bon ordre en accrochant un des huguenots à quelque fenêtre du voisinage. Certains passages de ce *Journal* sont particulièrement dignes d'attention et lui feront assigner, j'espère, une place honorable parmi les documents relatifs à notre histoire au XVIᵉ siècle. L'entrée du cardinal de Lorraine, en 1565, à Paris, d'où il eut beaucoup de peine à s'enfuir. L'affaire de la croix dite de Gastine; la mort du connétable; la bataille de Jarnac; la scène entre le roi et M. de Thou, qui refusait de laisser déchirer la page du registre du parlement où était transcrit l'arrêt contre Coligny; l'affaire du prédicateur Vigor; la Saint-Barthélemi; la mort de Montgommery; le modèle d'une rétractation de protestant; les Etats de 1576; la formation de la Ligue; l'état de Paris sous la tyrannie des Seize; la réception des députés du clergé par le roi en 1587; la journée des Barricades; l'assassinat de Henry III, etc. L'auteur enregistre avec un soin particulier les prix des denrées, le cours des monnaies; il suit les événements politiques avec la plus grande attention et une parfaite exactitude de dates ; son journal reproduit réellement la physionomie de la société parisienne à cette époque, en même temps qu'il trace un excellent tableau de la France pendant cette période, en permettant de saisir rapidement les principaux traits de ses agitations et de ses guerres civiles.

L'autre *Journal*, qui commence à la journée des Barricades, est beaucoup plus concis, quoique tracé sur un plan qui le rend le complément naturel du précédent. Il présente un intérêt spécial par le soin avec lequel l'auteur note les voyages et les courses du roi, et permet de composer un véritable itinéraire de la Cour pendant quinze années du règne de Henry IV.

Ces deux manuscrits sont conservés à la bibliothèque impériale. Le premier côté *Fonds français*, *n°* 9913, forme un cahier petit in-folio, sur papier, simplement intitulé sur le dos de la reliure : *Mémoire de ce qui est advenu de l'an* 1557 *à l'an* 1590. Il est entièrement écrit d'une même écriture fine, correcte et renferme peu de ratures ; il est divisé en années et en mois, avec des blancs pour empêcher la confusion. Au bas du premier feuillet, on lit la signature *J. de la Fosse*, avec paraphe qui, jointe aux détails contenus dans le courant du récit, fait suffisamment connaître l'auteur et constate que ce manuscrit est autographe.

Le second, conservé dans le même fond, sous le numéro 10328-5, *Olim Colbert*, forme un cahier de plus petit format, de 127 pages, également sur papier, avec ce titre : *Journal du secrétaire de Philippe du Bec, évêque de Nantes et archevêque de Reims, de* 1588 *à* 1605. Il est évidemment autographe aussi et présente les mêmes divisions que le précédent.

Un mot suffira pour expliquer la manière dont j'ai exécuté cette publication.

J'ai copié soigneusement les deux manuscrits, en conservant l'orthographe des noms, et en corrigeant seulement ceux altérés par une ignorance évidente. Pour les notes, je les ai faites aussi concises que possible, mais assez nombreuses pour que le *Journal* fût d'une lecture facile, et sans qu'on ait à chaque page le besoin de recourir à quelque dictionnaire historique.

JOURNAL

DE

JEHAN DE LA FOSSE

CURÉ DE LA PAROISSE
DE SS. LEU ET GILLES DE PARIS
ÈS-ANNÉES 1557-1590.

I.

Jean-Baptiste de La Fosse n'est mentionné dans aucune biographie et nous en sommes malheureusement réduit aux très-rares mentions qu'il fait de lui et des siens dans son *Journal*. Quelques lignes suffiront pour résumer ces passages. — Il était d'Amiens où son père exerçait la profession d'avocat et jouissait, nous dit son fils en mentionnant sa mort, d'une grande considération. Son frère y demeurait.

Jean–Baptiste de La Fosse était curé de la double paroisse Saint Barthélemi, sise rue de la Barillerie, en face du Palais, et de laquelle dépendait l'église Saint Magloire, et Saint Leu et Gilles, située rue Saint-Denis. Nous le voyons, comme curé de celle-ci, se rendre en 1580 près de l'Archevêque pour demander l'organisation de secours en faveur des pestiférés, et six ans plus tard, comme curé de Saint Barthélemi, accompagner à l'échafaud l'avocat Le Breton, en cherchant vainement à le ramener à des sentiments chrétiens. Ardent ligueur, il approuva toutes les mesures prises dans l'intérêt de l'Union : la vivacité de ses opinions est constatée et résumée du reste par l'appréciation qu'il fait de l'assassinat de Henry III : « c'est par permission divine. »

C'est en 1564 que l'abbé de La Fosse signe pour la première fois comme curé les registres de baptême de la paroisse de Saint Barthélemi : il les signe encore en 1589. Son Journal s'arrête au mois de juin 1590 et, cette même année, il était remplacé par l'abbé Jacques Jullian dans sa double cure. Etait-il mort ou avait-il quitté Paris après l'avènement de Henry IV ? La solution de cette question est à peu près impossible en présence de l'absence de documents, mais cependant je pencherais volontiers vers la seconde hypothèse rendue très-vraisemblable par la vivacité des opinions du curé de Saint Barthélemi et son aversion évidente contre le Béarnais. Nous voyons dans la « liste de ceulx qui sortiront de Paris suivant la vollonté du Roy : ..... le curé de SS. Leu-Barthélemi, le 30ᵉ mars 1594 [1].

1. *Portefeuilles Fontanieu*, 424, à la Bibliothèque impériale.

L'an 1557, septembre, furent prins des luthériens demeurant au collége du Plessis, en la rue Saint-Jacques, et estoient bien jusqu'au nombre de deux cents à la presche. Il y en eust sept ou huict bruslés, entre lesquels fust bruslé ung advocat du Parlement de Paris, nommé Gravolles et quelques damoiselles.

Saint-Quentin fut prinse par le roy Philippe huict jours après la deffaicte Saint-Laurent[1]; à ceste deffaicte monseigneur d'Anguien morut et le Connestable fust prisonnier avec plusieurs grands personnages.

Environ ce temps là les écoliers de Paris s'esmourent à cause que quelques ungs avoient faict bastir au Pré au Clerc et voloient dire lesdits escoliers que cela leur appartenoit. En ces esmotions il y eut un écolier nommé Crocoison, fils d'un sergent d'Amiens qui fut prins prisonnier par le lieutenant criminel; le lendemain condamné à estre bruslé tout vif, toutefois on disoit que ledist escolier se faisoit appeller le capitaine des escoliers, et qu'il menaça le monde de la maison de mettre le feu à la maison. Dès le jour après le procès fut rapporté par ung conseiller nommé Ther..... qui avoit esté autrefois lieutenant à Amyens, et estoit pas aymé en ladiste ville. Et fust condamné après le rapport ledist Crocoison à estre pendu au Pré-aux-Clercs, puis bruslé, mais le bourreau ne voulut exercer la justice, craignant d'être battu; fust inhumé ledit cors en une chapelle près dudit Pré-aux-Clercs.

1. La ville fut prise le 27 août 1557.

Au moys de janvier M. de Termes perdit une bataille devant Graveline.

Mon frère Anthoine morut à Abbeville estant blessé, et demeurant à Gravellyne.

1558. *Janvier*. Calais fut prinse par M. de Guise en ung vendredy, jour des Roys.

Septembre. Le roy Henry mit son camp auprès de la porte d'Amyens. Le roi Philippe avait 60 ou 80,000 combattans, tant reistres allemands que suisses ou franchois. Les reistres firent beaucoup de mal en Picardie.

Le duc de Lunebourg [1], bâtard, capitaine de 10,000 reistres pensa débander ung pistolet contre M. de Guise, mais ledit de Guise évita le coup dudist pistolet. La cause estoit pourtant que le duc de Guise vouloit sçavoir pourquoy ledit de Lunebourg....... prisonnier.

Ledit de Lunebourg fut mis prisonnier aux prisons d'Amyens, et de là mené prisonnier à la Bastille.

1559. *Avril*. La paix faiste avec le roy d'Espaigne fut publiée à Paris en ung vendredy 7 d'avril.

May. M. Boucher, abbé de Saint-Magloire trépassa en ung mardy 23ᵉ de mai [2].

Juyn. Le légat nommé Trivulce, s'en retournant de

---

1. Probablement Othon, duc de Brunswick-Lunebourg, fils du duc Othon II et de Mechtilde de Campen « simple damoiselle du païs de Lunebourg, » né en 1528, duc régnant en 1549, et mourut en 1603. Le titre de bâtard lui fut donné sans doute à cause de la mésalliance de son père.

2. Charles Boucher d'Orsay fut élu abbé de Saint-Magloire de Paris en 1527; il reçut en 1551 le titre épiscopal de Mégare. L'abbaye fut supprimée en 1621 et remplacée par un séminaire.

Paris à Rome, mourut à Saint-Mathurin en ung samedi et ne fut qu'ung ou deux jours mallade [1]. On rapporta les bahuts qui estoient plains d'or et d'argent à Paris.

Le samedy 10e de juyn, le roy Henry, 2e de nom, tout le jour siégea aux Augustins, pourtant que le palays estoit empesché, pour faire la feste de sa fille, laquelle fut maryée au roy Philippe par procureur, et estoit le duc d'Albe. Et a fait lors prendre prisonniers du Bourg et autres conseillers [2] semblablement, Rançonnet président (homme fort docte), à cause d'hérésie [3]. Ledist Rançonnet mourut en prison d'une enflure : on dist qu'il fust empoisonné; on l'accusoit d'avoir eu affaire avec sa fille.

En ung jeudy, 15e du mois, le duc d'Albe avec le prince d'Orange et le duc de Gre..... arrivèrent à Paris, et fut reçu ledist duc d'Albe par le cardinal de Lorrayne et le duc de Nemours qui estoient allés audevant de luy. En ung mercredy 21e du mois, le prince de Pye-

---

1. Antoine II Trivulce; il avait été chargé de rétablir la paix entre le roi de France et d'Espagne, et sa mission fut heureusement couronnée par le traité de Cateau-Cambrésis. Il fut enlevé par une attaque d'apoplexie.

2. Anne Dubourg, conseiller au Parlement, fut arrêté pour son ardeur comme protestant : il fut brûlé en place de Grève. Son collègue, Pierre du Four, arrêté avec lui, en fut quitte pour de la prison. Paul de Foix, André Fumée et Eustache de la Porte furent également arrêtés.

3. Aimard de Rançonnet, né à Périgueux, président au Parlement : « il fut enveloppé, dit de Thou, dans les malheurs où tant de grands hommes se trouvèrent alors engagés, quoique le crime énorme qu'on lui reprocha faussement, n'eût aucun rapport à la religion.

mont arriva à Paris et estoit accosté de M. le prince de
Ferrare et du duc d'Orléans. Le prince du Pyemont
avoit avec luy 200 gentilshommes habillés tous d'une
couleur et ayant tous chacun un cheval de poste.

Le jeudy 22ᵉ fut faist le mariage du roy Philippe et
de madame Isabeau, première fille de France, et fut
mariée ladite fille avec le duc d'Albe qui estoit procureur dudist roy Philippe.

Le dernier jour de juyn le roi fut blessé à la lice
qu'estoit située en la rue Saint-Anthoine, et celui qui le
blessa estoit nommé le comte de Montgommery, fils du
capitaine de Lorge. A cause de ce, on fit démolir le logis royal des Tournelles, et y fust faist peu après le
marché aux chevaulx.

Juillet. La châsse de Sainte-Geneviève fut portée par
ung dimanche 9ᵉ de ce moys en procession : audist
jour l'abbé de Sainte-Geneviève fust sacré [1].

Le roy Henry mourut le lendemain. Ledist jour auparavant la mort, le prince de Pyemont prit en mariage madame Marguerite, sœur du roy Henry. Le roy
Franchois fist publier le 14ᵉ du mois que tous curés
eussent à résider en leurs bénéfices, et qu'ils eussent à
prescher les hérétiques. Environ ce temps, en Escosse,
les hérétiques se sont rebellés contre les fidelles.

Aoust. Le service du feu roy fut fait à Notre-Dame de
Paris en ung vendredi 11ᵉ d'aoust : le corps fut porté

---

1. Cette procession avait lieu pour prier en faveur du roi mou-
rant : Joseph Foulon, alors abbé et non encore consacré, ne pouvant y porter la châsse, on fit la cérémonie du sacre le matin même,
dans une chapelle de l'abbaye, sans aucune pompe.

avec son effigie, et le lendemain déposé à Saint-Ladre, le dimanche au matin à Saint-Denis.

Ce mesme moys l'évesque d'Amyens nommé Pelvin [1] fut envoyé en Escosse à cause des hérétiques, et avoit six à sept enseignes de gens de pied avec plusieurs docteurs en théologie, desquels en estoit l'ung M. Fournier, chanoyne d'Amiens.

Anthoine de Bourbon, roy de Navarre, vint à Paris le 20e d'aoust, et fut avec les autres pour couronner le roy à Reims.

Le pape Paul, 4e de ce nom, morut le 18e d'aoust, et n'y en eust pas d'autre jusqu'à la fin de décembre; lors fut créé le pape Pye, 4e de ce nom, de la maison de Médicis.

Le roy Franchois fut sacré à Reims par le cardinal de Lorraine au mois de novembre. Le sacre dudist fut différé à cause que le prince de Pyemont avoit une fiebvre quarte.

Octobre. Le roy envoya lettres patentes au Sénat de Paris qu'on eust à exécuter les luthériens qu'on détenoit en prison; en ce moys-là y en eust plus de 18 exécutés.

Décembre. Ung lundy 12e de ce moys, M. Minart, 3e président, retournant le soir du palais sur son mulet fut tué de dix hommes estant à cheval, et eust ung coup de dague et ung coup de pistolet [2].

1. Nicolas de Pellevé, archevêque de Sens en 1564. Il s'acquitta de sa mission, d'après les auteurs du *Gallio Christiome*, « avec la plus grande gloire. »

2. Minard avait été à plusieurs reprises récusé par Dubourg pendant son procès; Dubourg ajouta même une fois, dit de Thou, que s'il ne s'abstenait pas, il saurait bien l'y contraindre.

Du Bourg, conseiller, fut estranglé, puis bruslé, et fut mené en une charette, ayant été assemblés tous les sergents de la ville avec le guet à pied et à cheval, en ung samedy, dont la mort fut le lundy 23e de décembre.

Ung dimanche à matines furent tués des luthériens à Saint-Médard, et plusieurs menés par le guet en prison : ils vouloient forcer l'église.

En ce moys le roy Franchois, 2e de ce nom, manda que de trois moys on ne plaidast autre cause que criminelles.

1560. *Mars.* Le roy fait un édit par lequel il donne congé aux luthériens de sortir de partout.

En ung mardy fut faiste une procession à cause d'aulcuns qui voloyent mal au roy. En ce temps furent exécutés quatorze hérétiques envyron qui voloyent mal au cardinal de Lorrayne, dont il y avait un gentilhomme auquel le chastiau fut râsé.

En ce moys fut escartelé un capitaine nommé M. de Maziles[1], son chastiau râsé, à cause qu'il recevoit des luthériens qui portoient les armes contre le roy, les aultres disoient contre M. le cardinal. En ce temps furent appellés huguenots[2].

Le chastiau estoit à trois lieues près d'Amboise.

En ce dist moys le roi pardonna à ceux quil avoient porté les armes contre luy, moyennant qu'ils se reti-

---

1. M. de Mazeres, un des principaux affidés de la conjuration d'Amboise, dirigée par la Renaudie.

2. De Thou dit que ce mot commença en effet à être alors en usage, du nom du roy Hugon, espèce de croque-mitaine qui était censé parcourir la nuit les rues de Tours : comme les protestants n'osaient se réunir que la nuit, on leur aurait appliqué dans cette ville ce sobriquet.

rassent en dedans vingt-quatre heures, deux à deux ou trois à trois.

M. Olivier, qui avoit esté expulsé du roy Henry II, de sa chancellerie, fust rappellé par le roy Franchois, il décéda en ung vendredy 29e du moys [1].

M. de l'Hospital fut mis en sa place audist moys de mars. En ce temps les testons furent mis à 12 sols, quoiqu'ils ne valloient que 11 sols et 4 deniers.

Apvril. En ung lundy après Pasques, 15e du moys, fut affiché devant Saint-Hilaire un papier estant imprimé d'autre impression de Paris, et y avoit à l'intitulation : « Les Estats opprimés par la tyrannie de MM. de Guise au roy salut. »

En ce temps Brisquet [2] fut foité à la Cour, pour avoir dit au roy que du temps de son père il étoit logé au Croissant, mais pour le présent aux Troys Roys, entendant du roy, de M. de Guise, nommé François de Lorrhaine, et du cardinal de Lorrhaine.

Juyn. La reyne d'Escosse, sœur du cardinal de Lorrhaine, morut en son list, de fascherye à cause de la rébellion que faisoient les hérétiques escossais contre le roy de Franche qui estoit aussy roy d'Escosse.

La châsse de Sainte-Geneviève fust portée en ung dimanche, dernier jour de juyn, pour invoquer le beau temps. Quoique le temps fust plein d'eau, il fust cinq jours sans pluye.

---

1. François Olivier, disgrâcié par l'influence de Diane de Poitiers : il avait été rappelé en 1559.
2. Fou du roi.

Martin Lhomme, qui avoit imprimé le placard contre MM. de Guise, fut pris en son logis à l'enseigne du Frais Meurier, quasy par permission divine, car on cherchoit un serviteur, lequel à cause qu'il avoit blessé une servante, s'estoit caché au logis dudit Lhomme, et en cherchant ledist serviteur furent trouvés dessoubs le list lesdits placards où MM. de Guise estoient comparés aux tigres [1].

Juillet. Ledist Martin Lhomme fut pendu en ung lundy 15ᵉ de juillet à la place Maubert [2].

En ung samedy, 20ᵉ du moys, fut publyé l'édist du roy comme il mettoit les luthériens ès mains des prélats par le conseil du cardinal de Lorrhaine. Le mesme jour fut mise en lumière la majorité du roy contre les rebelles.

Aoust. En ung lundy, 12ᵉ du moys, fut faist le service de la reyne d'Escosse, sœur de M. de Guise, où fut le marquis d'Elbœuf estant accosté du prince de la Rossorion [3]; y estoient les deux fils de M. de Guise; y estoient 200 pauvres.

M. le vidame de Chartres fut mené prisonnier en la bastille le 28ᵉ d'aoust [4].

---

1. Ce libraire se nommait Martin L'Hommet, et la brochure : *Le Tigre.*

2. Comme on le conduisait au supplice, un facteur de Rouen, voyant la foule très-animée contre L'Hommet, dit tout haut qu'il fallait se calmer et que le bourreau allait satisfaire les impatients. A ces mots on se jeta sur lui, on l'arrêta et il fut pendu au même lieu huit jours après.

3. La Roche-sur-Yon.

4. François de Vendôme : il eut pour successeur le fils de sa

M. l'admiral fist une requête pour que le roy octroyât aux luthériens un temps et qu'il feroit signer 50 mille hommes. M. le cardinal de Lorrhaine lui fist réponse que s'il trouvoit 50 mille hommes, qu'il trouveroit trois millions de gens de bien.

Au moys de septembre les gentilshommes arrivèrent à Paris, tant pour la tution du corps du roy que pour aller contre les huguenots.

Octobre. En ung vendredy, 11e d'octobre, le roy passa par la rue Saint-Jacques pour aller coucher au bourg la Reyne, et avoit tant avant qu'après lui 300 archers. Le roy Franchois fit prendre prisonnier le prince de Condé dedans Orléans à cause de la faction de devant Amboise, et ne le vollant oncques donner au roy de Navarre à garder. Toutes les portes d'Orléans estoient barrées excepté deux. Le Consistoire fut tenu au logis de l'évesque de Paris touchant les résidances, où furent appelés tous les Etats le 4 de septembre.

Le vidame de Chartres fut condamné à morir, et signèrent à sa mort les chevaliers de l'ordre; le connestable ne le voulut pas signer que les quatre mareschaux n'eussent signé.

Le roy Franchois, 2e de ce nom, morut à Orléans en ung jeudy, entre 9 et 10 heures du matin, le 5e de décembre et la 2e année de son règne.

Le vidame de Chartres morut prisonnier audist moys de décembre.

---

sœur, Jean de Ferrières, sieur de Maligny. Il avait été fortement compromis dans la conspiration d'Amboise.

Le roy fut enterré à Saint-Denis sans nulle pompe , environ le 17 de ce moys; pour ceste cause les huguenots et leurs croniques ont inscript qu'on trouva sur le poële dudist roy cet escript : « Ce n'est pas Tanneguy du Chatel , mais il estoit Franchois, » voulant donner à entendre que M. de Guise devroit comme grand maistre advancer les deniers pour les funérailles du roy comme avoit faist du Chastel , touttefois ledist de Guise estoit à excuser pour les troubles qui estoient en France.

1561. *Apvril*. Le fils unique du prince de Rossorion, aagé d'environ 10 ans, se tua en tombant de son cheval en jouant avec le roy Charles, au moys de janvier. En ce moys de janvier la reyne Catherine de Médicis fût constituée régente par le consentement du roy de Navarre , de M. de Montpensier et plusieurs autres.

Le roy de Navarre en ce temps pensa estre tué des gens de M. de Weymar. Au moys de janvier le roy envoya lettres patentes aux prélats, qu'ils eussent à se préparer à aller au Concile qui debvoit se tenir à Trente.

En ce moys furent tenus les Etats à Orléans , lesquels avoient esté commencés par le roy Franchois, 2e de ce nom. Durant ces Estats furent faistes plusieurs fascheries à M. Quintin [1].

En ce moys fut exécuté un sergent nommé Poiret, auquel le corps fut inhumé aux Carmes, et depuis par commandement de la Cour fut déterré et porté au Mont-

---

1. Jean Quintin, député du Clergé, se signala par son ardeur contre les réformés. Ayant été accusé d'avoir désigné M. de Coligny trop clairement dans une de ses discussions aux Etats, il fut forcé d'en faire des excuses à l'amiral.

faulcon. On dit que le prieur des Carmes en morut de frayeur.

Le dernier de janvier fut foité un escolyer au collége de Boncourt, qui avoit donné un soufflet au président nommé Stoard, Escossais, et se nommoit Boillet. Ledist escolier fut foité du principal et de tous les régents, et fut condamné à estre en exil neuf ans et privé des priviléges de l'Université. Il estoit de Seez, en Normandie, et disciple de M. Frondegoof : il y avoit bien neuf vingts sergents tant de pied qu'à cheval.

Mars. Le 1ᵉʳ de ce moys fut faist défenses aux bouchers et rotisseurs de vendre des chairs sous peine de la hart, sans aulcune forme de procès. *Signé* : Charles.

Le 2 fut faist un bastillon des gens du Guet contre les gens de M. de Termes, au bois de Vincennes, et dist-on que le petit duc d'Anjou donna 100 escus aux vainqueurs, qui furent ceux du Guet, car les aultres se rendirent par portion.

Le premier dimanche de Carême aux Augustins d'Amyens vinrent, avant le sermon quelque nombre de gens et chantèrent les psaulmes : ils furent prins prisonniers.

Apvril. Artus Désiré, quy a composé le contre-poison contre le psaulme de Marot, fut mis en prison à cause qu'il voloit aller voir le roy Philippe pour lui montrer que le roy de Navarre donnoit toute permission aux hérétiques.

Aux festes de Pasques les hérétiques firent le presche en la grande salle du Palais. Les habitans de Beauvais tuèrent un prestre hérétique et le bruslèrent. Pour ceste cause fut envoyée une garnison à Beauvais le mois d'apvril et d'aulcuns des habitans pendus.

Audist moys le cardinal de Chastillon, qui depuis s'est fait nommer archevêque de Beauvais, fut cité du pape.

M. Quintin, docteur en droit, morut le 9ᵉ d'apvril. Après sa mort, les docteurs en droit se marièrent, ce qu'on n'avoit jamais veu; ledist Quentin l'empeschoit. Des escoliers battirent des huguenots qui estoient au Pré-aux-Clercs; vinrent de là en la ville dire un salut devant Sainte-Geneviève, le 24ᵉ d'apvril.

Le mardy devant Pasques un nommé Maupin avec un escolier et la femme dudist Maupin firent apporter des bagues par un orfebvre, et quand l'orfebvre fut en son logis le tuèrent et le jetèrent aux privés; là où il fut quinz jours, jusqu'à temps que la chambrière eut accusé ledist Maupin, qui fut prins à Saint-Denis en France, et sa femme laquelle fut menée en prison.

En ung dimanche 27ᵉ d'apvril, les huguenots s'enfermèrent en grande multitude avec grands personnages dedans la maison d'un conseiller qui estoit au Pré-aux-Clercs, nommé Pierre Thomas, et estoient munis de fauconneaux, long bois et aultres instruments de guerre; ils tuèrent trois artisans et en blessèrent dix. Jusques à présent on dit que M. de Lonjumeau y estoit et mesme qu'on faist son procès.

May. Le roy de Navarre fist réponse à la requeste de théologiens et du recteur qu'il avoit délibéré de vivre mieux qu'au temps passé.

Maupin fust rompu en la place Maubert, son compagnon nommé Quentin, natif de Poix, de même en un mardy 5ᵉ du moys. On coupa la teste et un bras à Maupin.

Le jour de l'Ascension, 15ᵉ de moy, le roy Charles, 9ᵉ de ce nom, fut sacré à Reims; on le sacra à la mode antique, par quelque circonstance faiste par Calvin où son nom estoit point mis, à laquelle M. de Villegagnon respondit par une espitre qu'il envoya à la reyne mère.

Juyn. Le prince de Condé fut absous touchant la faction d'Amboise au mois de juillet. Le jour de la feste Dieu, le roy estant à Saint-Germain, fist une procession avec sa mère, le roy de Navarre et les cardinaux, avec lesquels estoit le cardinal de Chastillon.

Aux processions de la ville de Paris, avoit à chascune beaucoup de gens en armes, craignant quelque tumulte.

Le Guet s'arrêta longtemps devant une maison de la rue Saint-Denis, au Lion, parce qu'il y avoit des huguenots dedans.

Les huguenots firent une requête pour avoir un temple, et pour ceste cause les princes alloient tous les jours au pallais pour en délibérer.

Juillet. En ung jeudy 4ᵉ de may, s'éleva sur le midy ung tourbillon de vent si grand que les gens aagés de France disoyent qu'ils n'en avoient jamais vu ung tel. Ce jour-là, à 2 heures d'après disner, tomba de la gresle grosse comme le noyau d'un œuf. L'assemblée des princes et des conseillers fut le 12 de ce moys.

Artus Désiré fist amende honorable, tout nud, la torche au poing, dedans le palais, en ung jeudy, 14ᵉ du mois, et fut condamné à rester dedans les Chartreux 5 ans au pain et à l'eau; il y fut 4 moys; les ungs disent qu'il s'en fut, les aultres que les Chartreux le firent sortir, craignant les huguenots. Depuis il ne se cacha pas et se promenoit à Paris.

L'édist du Conseil des princes contre les hérétiques fut publyé au palais le 30 de ce moys. Ce mesme jour il y eust un feu dedans le palais par accident; les aultres disent que ce fut d'ung coup de pistolet, les aultres des prisonniers.

Aoust. Les évesques tinrent leurs conciles à Poissy et les gentilshommes à Pontoise. M. Magistry fut démis de son office de premier président en ce mois, et puis il fut remis [1].

Les monnoies furent descriées en ung vendredy, 29e du moys. Environ ce temps, la reyne d'Escosse, veufve du roy Franchois, 2e de ce nom, pàrtit pour s'en retourner en Escosse.

Septembre. Baize [2] fist son oraison à Paassy en présence du roy et de la reyne, et le roy de Navarre l'a oui : les catholiques s'eslevèrent en criant blasphème, pour autant qu'il disoit que le corps de Notre-Seigneur estoit aussi loing du pain et du vin, comme il y a distance du firmament au centre de la terre.

Le cardinal de Lorrhaine respondit à l'oraison de Baize le mardy d'après qui estoit le 16e du moys.

En ung samedy, qui estoit 20e du moys, la femme de Maupin fut pendue en la place Maubert.

Octobre. En ung dimanche 12e d'octobre, les huguenots fisrent une assemblée vers la porte de Montmartre dont le peuple de Paris fut esmu, et y eut beaucoup de huguenots tués.

---

1. Gilles le Maistre, premier président du Parlement de Paris en 1551, mort en 1562 : il se distingua par son ardeur contre les huguenots.

2. Théodore de Bèze.

Les huguenots commencèrent à prescher dedans et hors la ville de Paris vers la fin de ce moys.

Novembre. Ils commencèrent à prescher à Amiens le 16ᵉ de ce moys. Ils commencèrent à prescher à Paris les festes le lendemain de Noël.

Le jour de Saint-Jehan, ils blessèrent beaucoup de prestres de Saint-Médard, et en menèrent sept ou huict prisonniers avec des gens laïcs et jettèrent par terre les statues de ladiste église.

1567. Février. Le Guet s'estoit mis en armes pour faire publier un édist de MM. de la Cour du roy; voulant que les baptesmes et mariages des huguenots fussent approuvés; toutefois il n'en fut rien faist, pourtant que MM. du Parlement s'y opposèrent de rechef le 17ᵉ.

Mars. Ledict édict fut publié en la salle du palais en ung vendredy 5ᵉ de ce moys, là où il y eut bien peu de conseillers et le président Baillet qui signèrent.

M. de Guise tua bien six vingts huguenots à Wassy, en retournant de Jenville pour venir à la Cour [1].

En ce temps furent grandes inondations, de sorte que Ronsard en faist mention dans un traisté qu'il a, faist des misères du monde.

En ung dimanche 15ᵉ de mars, les huguenots voulurent enterrer un huguenot décédé dans Saint-Innocent à l'heure du soir et de fait l'enterrèrent, mais le peuple le déterra et fut jetté dans les ruisseaux.

---

1. Il n'y eut que quarante-cinq morts. Cet événement, dont on a fait tant de bruit sous le nom de massacre de Wassy, comme s'il avait été prémédité, a été odieusement défiguré. Le massacre de Wassy a été un fait déplorable, mais dont les protestants doivent assumer toute la responsabilité. Voir notre *Histoire du diocèse ancien de Châlons-sur-Marne*, tome 1ᵉʳ, in-8°. Paris. Aubry, 1861.

Ce mesme jour Franchois de Lhorrayne, seigneur de Guise, arriva dans Paris, accompagné de quatre mareschaux de France, trois de ses frères, le grand prieur d'Aumalle et le cardinal de Guise ; ensuite il y avoit bien trois mil hommes à cheval.

Ledict dimanche les huguenots commencèrent à venir en armes au presche, avec leurs grands chevaux à la porte Saint-Jacques à l'enseigne du............ où se trouva le prince de Condé.

M. le cardinal de Bourbon fut reçu pour gouverneur le 18e du moys.

En ung lundy 23e on trouva à la porte Saint-Jacques trois muids pleins de poudre à pistolet et à feu grégeois. Ledict jour de Paris partit le roy ; il fut publyé que tous vicomtes et barons eussent à se trouver devant le roy de Navarre, défense fut faicte pareillement de porter pistolets ny arquebuses sous peine de la vye, et commandement à ceulx qui avoient en route gens d'armes d'aller parler au roy de Navarre en dedans le midy.

Le mesme jour furent prins en grève environ 50 bateaux pleins tant de poudre que de pistolets et armures, avec plusieurs lettres.

Le lendemain de Pasques, 29e, les huguenots, tous montés, estant bien 14 ou 1500 vinrent devant la ville de Paris ; on dict que le prince de Condé estoit avec eulx, dont tout le peuple de Paris fut esmu et toutes les chaînes furent tendues.

Apvril. En ung samedy, M. Anne de Montmorenssy, connétable de France, fut devant brasque en la maison où pendoit pour enseigne la ville de Jérusalem, où preschoient les huguenots, et fist mettre le feu dedans la maison, de là il fut à Popincourt où il fist mettre pareillement le feu; en ce même jour furent prins prisonniers aulcuns présidents et ung advocat nommé Ruscé [1].

M. le prince de Condé s'en alla dedans Orléans accompagné de l'admiral, de d'Andelot, et du cardinal de Chastillon et plusieurs autres huguenots, en toute la ville environ deux moys environ le 2 apvril.

En ung lundy 5e d'apvril, le roy Charles, 9e de ce nom, fist son entrée en armes à Paris, où il n'y eust que les marchands et aulcuns conseillers de la ville quy assistèrent; le roy estoit entre la reyne mère et le roy de Navarre.

En ung jeudy 9e fut faict défense par le roy de porter armes sans son commandement.

Davantaige fut faict commandement à ceux qui s'estoyent emparés des villes et chastiaux de les rendre sous peine du crime de lèse-majesté, pareillement le ban et l'arrière ban fut publié.

Ledict moys des citoyens de Sens tuèrent beaucoup de huguenots, voyant que M. le connétable avoit faict brûler Popincourt [2].

1. Le connétable fit faire un bûcher avec la chaire du ministre et les bancs des auditeurs; il n'y eut que cela de brûlé à la maison qui avait pour enseigne : Au temple de Jérusalem. A Popincourt il brûla plusieurs maisons : il n'y eut personne de tué. Pierre Ruzé, avocat au Parlement, était un des chefs les plus marquants du parti protestant bourgeois à Paris.

2. De Thou raconte que la populace massacra une centaine de huguenots, brûla leurs maisons, démolit le presche et arracha les vignes qui appartenaient aux protestants dans les environs.

Ledict moys les huguenots de Rouen occupèrent la ville et ostèrent les armes aux catholiques [1] ; ceulx du M. ...[2] pareillement, lesquels pendirent un chanoine nommé M. de Rigny, lequel tua un capitaine huguenot qui le vouloit mettre à ranchon.

Ledict moys fut publié un édict par lequel il estoit permis aux huguenots de prescher, moyennant que ce fut hors de Paris et banlieue d'icelle.

Le 20e fut publié de rechef le ban et l'arrière-ban, lequel se debvoit trouver le 10e de may, et au bout de l'édict, lequel toutefois ne fut point imprimé sinon par aulcuns qui firent mesmes pour ceste cause.........., ci estoit dénoncée la guerre à d'Andelot et à l'admiral déclarés ennemis de la couronne, comme désobéissant au roi, et empeschant le prince de Condé de faire les honneurs au roy qu'il lui appartient.

Le cardinal de Tournon mourut en ce moys [3].

En ce temps furent levés les légionnaires de Picardie.

En ce moys les huguenots imprimèrent la protestation du prince de Condé, la consolation d'iceulx et ung advertissement à la reyne.

Le cardinal De Lhorraine retourna à la Cour en ung jeudy 23e.

---

1. Cet événement eut lieu le 15 avril. Les Rouennais refusèrent de se rendre à la sommation que vint aussitôt leur adresser le duc de Bouillon.

2. Mâcon.

3. François de Tournon, né en 1489, archevêque d'Embrun à vingt-huit ans; ce fut un des principaux hommes politiques de son temps; il se montra très-ardent contre les protestants; écarté des affaires par Henri II, il y avait été rappelé immédiatement après la mort de ce prince.

En ce temps les huguenots affichèrent un placard diffamatoire contre MM. de Guise.

En ung dimanche 26ᵉ les huguenots preschèrent en une chambre en la rue Saint-Denis dont esmu fut le peuple : furent tués cinq ou six huguenots. Et M. de Montmorenssy arriva sur les entrefaites, trouva un oranger chrestien lequel transportait quelque chose de la maison à ceste heure. M. le maréchal le fist pendre à une fenestre de ladiste maison.

Cabaston, chevalier du Guet, fut mis prisonnier le 28ᵉ.

En ce moys les huguenots prirent Lyon.

On fist la montre de l'infanterie franchoise au Pré-aux-Clercs, en ung lundy 27ᵉ.

En ce mesme moys les huguenots assiégèrent une petite ville en Valencie au gouvernement de M. de Guise, y tuèrent le lieutenant de M. de Guise, et puis après le pendirent aux fenestres avec plusieurs gentils-hommes.

Moy. En ung lundy 2ᵉ furent pendus aux halles le Nez d'argent et le.........; craisgnant esmotion y avoit bien 400 soudards, il y avoit inscript au dos d'iceulx : séditieux de Saint-Médard.

En ung lundy 4ᵉ fut pendu un vieil homme qui avoit assisté et pris, comme l'on dit, quelque chose de ceste maison où fut pendu en ung dimanche ung oranger chrestien, et il y eut tant hommes que femmes cinq ou six qui furent foités, au........ de la charette pour ceste mesme cause.

M. de Termes morut en ung vendredy 8ᵉ; au lieu de luy M. de Cepeaux a esté constitué mareschal. [1]

---

1. M. de Scepeany de la Vieuville, gouverneur de Metz.

Le 7e il y eut une compagnie de Huguenots entre Sens et Troyes défaiste.

La veille de la Pentecoste 16e du moys, fut faicte une alarme dedans Paris : on dict que c'est le roy de Navarre et MM. du Conseil qui la feirent faire, les aultres disent que c'estoit une compagnie de Piémontoys qui estoit arrivée.

Environ ce temps M. Damville, fils de M. le connestable fut eslu admiral de France au lieu du nepveu du connestable, nommé Gaspard de Coligny [1].

Le jour de la Pentecoste le cardinal de Lhorrayne prescha le matin et l'après dîner à Notre-Dame de Paris, où il y avoit grande affluence de grands seigneurs et de peuple; lors estoient bouchées plusieurs portes de ladiste église.

Le lundy ceulx de la ville de Paris commencèrent à faire leurs monstres par quartier. Le jour de la feste Dieu, il y eut encore esmotion en la rue Saint-Denys à l'enseigne du Lion : il y eut un huguenot tué et le meurtrier mené prisonnier.

Ledist jour l'artillerye fut menée sur le boulevard près des Chartreux.

Il fut publié un édict que tous les huguenots sortiroient de Paris : M. le lieutenant criminel Luillier en prist la charge, excepté des conseiller et président, disant qu'il y avoit des présidents qui pouvoient mieulx cognoistre la vie tant des conseillers que des présidents que luy.

Le prince de Condé fist faire des testons des reliques

1. Cette nomination ne figure pas dans le P. Anselme.

qu'il prist aux églises, et tournant la face du roy Charles à l'envers et fist mettre des roupies à aulcuns.

Le camp du roy pour aller contre les huguenots partit le dernier jour de may, et s'y trouvoient le roy de Navarre, M. de Guise, le connestable et le maréchal Saint-André, ces trois derniers ayant reçu le corps de Notre-Seigneur, promirent l'un à l'autre que, si l'ung d'eux moroit, que le dernier vivant porsuivroit.

Les enfans d'Amyens feirent si grand peur aux huguenots qu'ils furent contraints de sortir de la ville, et ce par le moyen du fils du sieur des Essarts, procureur (ou prévost) d'Amyens, qui se faisoit nommer le capitaine Léger.

Les huguenots d'Amyens furent pillés, entre lesquels fut de Villiers le chanoyne. M. de Tavane et M. de Rouilly reprirent Châlons et firent prendre beaucoup de prisonniers [1].

Juyn. La reyne mère fut deux ou trois fois au Parlement avec le prince de Condé, ce pendant que le roy estoit à Lonjumeau.

L'édict de l'an 1543 fut publié dedans le palais en latin et en franchois.

En ung lundy 8e fut bruslé devant le collége de Marmoutier quatre ou cinq charrettes de livres. Cette semaine mesme il y en eust beaucoup de bruslé à la place Maubert et ailleurs.

En ung samedy 13e M. le cardinal de Lhorrayne fust au palais et dist que la reyne avoit fait ses efforts d'ac-

---

1. Châlons se rendit, le sieur du Puy-Montbrun ne s'étant pas trouvé assez en force pour résister.

corder avec le prince de Condé, qu'il n'y a point de remède et qu'il se falloit battre.

Le dimanche fut faicte une procession où se trouvèrent les cardinaux de Bourbon, de Guise, de Lhorrayne et d'Armagnac; ladicte procession alla à Saint-Médard. Le sermon fut faict par un Jacobin nommé le Ungre.

En ce moys la reyne mèrre, le roy de Navarre et le prince de Condé s'assemblèrent pour moyenner un accord, et de faict le bruit estoit qu'il estoit tel que le prince de Condé s'estoit mis en la miséricorde du roi. D'Audelot l'admiral et le cardinal de Châtillon sortiroient du royaume de France jusqu'à temps que le roy fut en aage : toutefois il n'en fut rien faict; le prince retourna pour combattre et fist rapprocher son camp. M. de Guise, au contraire, fist retirer le sien de deux lieues.

En ung mardy, dernier de juyn, fut publié un édict de par le roy, qu'il estoit permis au peuple de tuer tout huguenot qu'il trouveroit, d'où vint qu'il y en eut en la ville de Paris plusieurs tués et jetés en l'eau. Cet édict fut révoqué peu après avec défense, sous peine de la hart, de tuer les huguenots, mais trop bien fut donnée permission au peuple de les arrêter et mener en prison pour ce faire justice.

Juillet. Un sergent d'Amyens fit amende honorable pour tant qu'il entra dedans les Augustins l'espée au poing, et tant bien qu'il fust gardé, on ne pust jamais empescher le peuple de se jetter sur luy.

Le greffier des huguenots, Chaumeau, fit amende honorable le 10e et fut condamné pour estre aux galères tout le temps de sa vye.

Ledict jour furent prins 12 huguenots entre lesquels estoit M. de Lusarche, lequel fut aussy condamné d'aller aux galères.

M. de Haucourt fut tué à Abbeville, son fils, ses deux nepveux, fils du lieutenant d'Amyens, nommé Cauteleu, pourtant qu'ils s'opposoient que les habitans de la ville signassent la protestation de foy, joint que ledict de Haucourt méprisoit le peuple et l'appeloit canaille [1].

Anne de Montmorenssy, connestable de France, reprit Blaye et fist pendre beaucoup de huguenots des plus riches et trancher la teste à plusieurs [2].

Les huguenots de despit sortirent d'Orléans et prirent Bogency, où ils défirent deux vieilles enseignes de Galays.

En ung samedy 18ᵉ fut publié ung édict par la cour du Parlement, par lequel les huguenots auxquels on avoit commandé de sortir du royaume de France, estoient adjournés à la pierre de Marbre à trois briefs jours.

Le 23ᵉ, lendemain de la Magdeleine, fut pendu le lieutenant de Pontoise en Grève pour huguenoterye. Ce fut le premier exécuté à Paris comme huguenot, depuis

---

1. Robert de Saint-Delis d'Haucourt, gouverneur du château, étant venu en ville pour délibérer avec les échevins sur la situation, fut accusé de pactiser avec les réformés : le peuple envahit l'hôtel de ville, assassina M. d'Haucourt, dépouilla son corps et le jeta encore respirant par la fenêtre. François, son fils aîné, fut odieusement massacré; ses cousins, François de Canteleuy de Seconville et Antoine Canceleri eurent le même sort.

2. La ville fut pillée, et de Thou raconte a ce sujet d'odieux détails.

4

le pardon que leur fict le roy Franchois, 2e de ce nom, à Amboise.

Le 3e du moys les lansquenets qu'amena le comte de Ringrave passèrent par le milieu de la ville de Paris pour aller à Orléans : ils estoient bien sept mil ; le peuple de Paris se mit en armes pour les faire passer.

En ung samedy, dernier du moys, fut publié par arrest de la Cour que les fiefs des huguenots seroient confisqués, excepté ceux de Messire Louis de Bourbon, prince de Condé, pour certaine cause au roy cognue.

Les huguenots pendirent le frère Saint-Paterne, comme docte et homme de bien et le harquebusèrent.

Au moys de juillet, M. Arnoul, recteur de l'Université de Paris, fist jurer ceulx qui sont sous la juridiction d'icelle, qu'ils vivroient selon leur obéissance en observant l'édict fait par le roy Franchois, 1er de ce nom, de rechief publié par le roy Charles IX au moys de juing.

Aoust. Le roy Charles IX aagé de 13 ans partit pour aller au camp contre les huguenots, lesquels disoient prendre les armes pour la défense du roy. On cueille argent dedans Paris pour soudoyer sa garde, le 3e du moys.

Le 4e furent pendus et estranglés les huguenots séditieux de Saint-Médard.

En ung jeudy fut pendu le lieutenant de Senlis, lequel auparavant avoit fait protestation de sa foy en se déclarant catholique.

Gabaston, chevalier du guet, fut décapité en Grève, tant pour la sédition de Saint-Médard que pour aultres forfaits et hérésies, en ung vendredy 20e ; il morut en bon catholique et feit chanter un salut.

Septembre. Bourges fut assiégé par le roy Charles au mois d'aoust, et fut contraint de faire battre la ville contre ses sujets huguenots : elle fut rendue à composition le 3e de septembre : les maisons des huguenots furent confisquées et baillées au plus offrant pour une année.

Meaux fut reprise sans effusion de sang par le grand escuyer M. de Boissy [1].

M. de Guise fist ses Pasques à Saint-Denys devant que de partir pour aller à Rouen ; comme fist pareillement M. le connestable et M. de Saint-André, lesquels avoient confédéré tous ensemble, que celui qui demeureroit vivant défenderoit les querelles de Dieu et vengeroit la mort de ses compagnons.

Octobre. Le mardy 3e fut prins le mont Ste-Catherine.

M. de Randon, capitaine d'infanterie franchoise, fut blessé devant Bourges et tué devant Rouen [2].

Le roy de Navarre fut blessé devant Rouen d'un coup d'arquebuse dont il mourut [3].

Les capitaines de la ville de Paris furent tous en procession à Sainte-Geneviève en ung dimanche 18e, et n'y avoient que les quatre mendians et ceulx de Saint-Leu-Saint-Gilles. En ung lundy 26e fut pendu en effi-

---

1. Claude Gouffier, marquis de Boissy. On avait fait sortir au préalable quatre cents protestants qui refusaient de se soumettre.

2. Charles de la Rochefoucauld, comte de Randon. Il mourut des suites de sa blessure, mais n'en reçut pas de nouvelles.

3. Antoine de Bourbon avait reçu une arquebusade a l'épaule le 15 octobre : il languit longtemps, se soignant mal et cherchant à s'amuser beaucoup : il expira en revenant à Paris, le 17 novembre, fort peu religieusement.

gie aux halles pour la huguenoterie, et aussy avoir porté les armes contre le roy, Jean Petit, Gérard Castille, Perrot Ambassadour, et sa femme, fille de Perrot Crocquet; Jacques Gobelin, et Nicolas Crocquet et sa femme, Jacques Bardo, Nicolas Villin, Pierre Goussin.

Rouen fut prinse d'assault eu ung lundy 26ᵉ.

M. de Mongomery se sauva dedans une galère avec plusieurs aultres huguenots [1].

Durant cette année les citoyens avoient puissance de faire élection des personnes pour faire un maire ou eschevin, mais après que les voix estoient données par le peuple, il falloit aller vers le roy pour choisir celui qu'il voloit prendre des trois ou quatre selon qu'il s'en présentoit pour eslire.

Novembre. En ce temps furent à Trente pour faire un concile plusieurs cardinaux et évesques entre lesquels estoient le cardinal de Lhorraine et Pelvin [2], peu après archevesque de Sens, et aultres plusieurs docteurs en théologie dont l'ung estoit soudoyé aux dépens du roy, les aultres aux dépens des grands seigneurs; mais après la mort de M. de Guise, le roy ne l'a plus volu entretenir et furent remandés.

M. Sapin, conseiller d'esglise en l'Université de Paris, fust prins en allant en commission et mené à Orléans, où

---

1. Montgommery avait fait préparer une galère; il s'y embarqua avec tous les siens, et le reste des troupes anglaises : comme il avait promis la liberté aux forçats qui le menaient, ils ramèrent avec une telle ardeur qu'ils passèrent par dessus l'estacade de Caudebec.

2. Monseigneur de Pellevé.

il fut pendu par le commandement du prince de Condé et par le conseil de M. F........ [1].

Ceux de Dieppe se sont rendus au roy en ce moys.

MM. de Paris firent leur montre au Pré aux Clercs le 8e de ce moys.

D'Andelot prist Plouvie environ le 12e [2]. Il demanda deux mil escus à ceulx de Creman [3], et promist qu'il passeroit oultre sans leur nuire, puis, ayant reçu les deux mil escus, il détruisit la ville. Il prist Estampes le 12e du moys.

Le roy de Navarre nommé Louys de Bourbon mourut sur l'eau d'un coup de boulet qu'il reçust devant Rouen en ung mardy 19e.

Les huguenots revinrent camper entre Ville-Juive et Paris en ung lundy 23e et firent une course sur le camp du roy, où il y en eust plusieurs tués de part et d'aultre. En ung samedy 28e, les huguenots pensèrent prendre l'artillerie un matin : après le dîner il fut faict une escar-

1. Jean-Baptiste Sapin, conseiller au Parlement de Paris, et Jean de Troyes, abbé de Gastines, s'étaient mêlés à la suite d'Odet de Selve, ambassadeur allant en Espagne. Tous deux furent pris près de Vendôme et condamnés à mort par le Conseil de ville d'Orléans, auquel le prince de Condé avait attribué le droit de juger des faits prétendus politiques (11 novembre). Ces sévérités étaient en représailles des nombreuses condamnations prononcées par le Parlement de Normandie, malgré l'édit.

2. Pluviers, petite ville près d'Orléans ; comme elle résista, elle fut prise de force ; on y massacra tous les prêtres et les deux capitaines des compagnies qui s'y trouvaient (11 novembre). De Thou dit que le prince de Condé commandait en personne à cette attaque.

3. Nom inconnu : est-ce Dourdan ?

mouche où il y a eu plusieurs des huguenots tués. Il y en peult avoir du camp du roy 40 ou 50 tant tués que blessés.

Décembre. M. de Saint-Ouen, abbé de Saint-Magloire meurt le 11e du moys. Il estoit homme prudent en ses affaires et qui parloit avec grande hardiesse [1]. Depuis son décès M. de Gonor eust l'abbaye qu'il bailla à M. Violle qui le fist arriver à l'évesché de Paris [2]. La veille de la conception de N. D. les Espagnols arrivèrent dedans Paris, en ceste mesme nuit les huguenots levèrent leur camp de devant la ville. Trois jours après M. de Guise les poursuivoit, tirant vers Montfort la Maury.

Les Anglais qui descendoient en France furent défaists par le comte Rhinsgrave.

M. Magistri, premier président, mort en ce moys, fist constituer pour premier président M. de Thou [3], homme de bon savoir et de grande religion. M. le président de Saint-André voloit avoir la première présidence à cause de son ancienneté, mais il en fut débouté, et il y eust alors quelques divisions entre ledict Saint-André et M. de Thou.

La bataille se donna entre Dreux et Noion, le roy et

1. Nicolas de Saint-Ouen, curé de Saint-Barthélemy de Paris, abbé de Saint-Magloire après son parent Boucher d'Orsay. Les auteurs de *Gallié Christiana* ignoraient la date de sa mort.

2. Ces deux noms sont encore inconnus aux auteurs du *Gallia Christiana*, qui se contentent de dire qu'en 1564, une bulle du pape prononça l'union de l'abbaye au siége épiscopal de Paris.

3. M. Le Maistre, très-âgé et déjà souffrant, mourut du saisissement que lui causa la nouvelle fausse de l'entrée des huguenots victorieux dans Paris. Son successeur fut Christophe de Thou, père de l'historien.

M. de Guise, contre les huguenots, en ung samedy 24ᵉ d'octobre. Ceste bataille fut perdue pour les catholiques la première journée pourtant que les huguenots se jetèrent sur la bataille où estoit le chef M. le connestable, et alors M. le connestable fut prins et morut à Orléans.

Le lendemain, jour de Saint-Thomas, récupérèrent par M. de Guise qui avoit l'arrière-garde et fut prins prisonnier le prince de Condé d'ung nommé Horcuse [1] ; il y eut bien treize mille hommes défaists.

Le maréchal de St-André y fut tué, après qu'il se fut rendu prisonnier par le duc de Nevers par fortune et plusieurs aultres grands seigneurs [2].

M. de Saint-Magloire, nommé Nicolas de Saint-Ouen, décéda en ung vendredi 11ᵉ [3].

Les capitaines de Paris furent en procession à Notre-

1. De Thou dit positivement que le prince fut pris par le duc de Damville. Les historiens portent le nombre des morts à 9,000 pour les deux armées.

2. Le maréchal avait rassemblé quelques escadrons pour tâcher de délivrer le connétable de Montmorency. Ayant été pris il fut tué par M. de Mézières. M. de Mézières était fils de M. Perdrier de Baubigny, greffier de la ville de Paris, et était entré dans la maison du maréchal dont son père, pour s'attirer sa bienveillance, s'était porté caution envers de nombreux créanciers. Les dettes cependant devinrent telles, que Baubigny se ruina et le maréchal chassa de chez lui M. de Mézières d'une façon honteuse : il lui suscita une querelle avec un gentilhomme nommé Saint-Sernin, et quand il vint lui en parler, il lui répondit qu'il ne pouvait se battre avec un homme de condition ; Mézières sortit courroucé, attaqua Saint-Sernin et le tua. Le maréchal obtint sa condamnation à mort et se fit attribuer la confiscation de ses biens.

3. Notre chroniqueur vient déjà de mentionner ce fait.

Dame par ung dimanche jour de Saint-Jehan, 24ᵉ d'octobre.

On fist par toutes les églises de Paris un service pour les grands seigneurs qui furent tués à ceste journée.

2000 Allemans se retirèrent en leur pays et eurent conduite jusqu'à Metz, et n'avoient que la verge blancbe en leur main, les capitaines espée et dague.

1563.

Janvier. M. de Guise mist le camp devant Estampes en ce moys ; audict moys ceulx d'Estampes se rendirent.

Les citoyens de Paris firent conduire l'artillerie en ce moys.

Le comte Montgomery estant dedans Dieppe faisoit chercher les prêtres et les faisoit envoyer aux galères s'ils ne payoient rançon.

Les poudres à canon furent bruslées dedans l'arsenal près de la Bastille en ung feu de meschef, comme l'on dit ; d'aultres disent par un huguenot nommé La Treille, qui fut accusé par les..........lesquels furent pendus comme nous verrons après. On dit que ce Latreille avoit mis dedans les roues des pierres à fusil, lesquelles se battant les unes contre les autres firent sortir du feu qui alluma les poudres ; ce fut en ung jeudy 28ᵉ ; il y eust grande perte, tant d'hommes que de biens. Pour ceste cause les huguenots furent recherchés, leurs biens de rechief confisqués ; et ceux-ci excommuniés qui ne vendoient les huguenots qu'ils cognoistroient.

Février. En ce moys fut faist un édict par le roy Charles, lequel demandoit qu'on eust à vendre le temporel des églises pour subvenir à ces affaires, et y avoit en cet édict que pas ung après MM. de l'Esglise ne povoient racheter le temporel, et sy aulcuns s'y opposoient que leurs bénéfices seroient confisqués sans avoir égard aux droits, lesquels deffendent d'aliéner les biens d'esglise : contre cet édict fut présentée une requeste : pourtant on n'a point laissé de passer oultre.

En ung samedy 18ᵉ fut de rechief faicte assemblée du clergé pour mesme affaire et fut trouvée chose inique par Messieurs vouloir aller contre les décrets, et fut délibéré qu'on demanderoit au procureur, à MM. de la Cour et davantaige, que quelque honneste personne de religion feroit remontrance comment l'Esglise a toujours subvenu au roy en toutes ces affaires.

Orléans fut assiégé par M. de Guise au commencement de ce moys.

En ung samedy fut donné un arrêt par lequel fut dict que les prédicans entre lesquels furent nommés de Bèze et Parrochel seroient pendus et estranglés partout où ils seroient trouvés sans aulcune forme de procès, et pareillement les biens des huguenots confisqués.

Les huguenots reprirent Meaux ce mesme jour.

En ung lundy 15ᵉ ceulx de Paris furent à Meaux : aulcuns se firent riches des biens des huguenots.

M. de Guise fut blessé devant Orléans d'un coup de pistolet par la trahison d'un nommé Poltrot qui le salua, puis luy délassa par derrière ce coup. Il se fist cautériser à l'instant, craignant que ce boulet ne fût empoisonné, en ung lundy 18ᵉ.

Ledict sieur morut de ce coup en ung mercredy jour des Cendres 24ᵉ.

M. le grand prieur, frère dudict sieur de Guise morut en ce mesme temps [1].

Le mesme jour que M. de Guise fut blessé, le prince de Condé pensa échapper, ayant gagné ses gardes jusqu'au nombre de 17, lesquels furent tous pendus, excepté ung, qui déclara le faict à M. de Damville, fils de M. le connestable, lequel avoit ledict prince en sa garde.

Depuis la mort de M. de Guise on parla de paix dont les articles estoient fort pernicieux pour l'esglise catholique et romaine. J'estime qu'elle eust été faiste, n'eust été le peuple de Paris qui y obvia.

Jehan de Poltrot, angoumois, traître, sieur de Moret [2] fut tenaillé, puis eust un fer chaud aux pieds, puis fut tiré à quatre chevaux, en la Grève, en ung jeudy 18e de mars, pour la trahison qu'il avoit faict en homicidant très magnanime prince M. de Guise.

Le convoy du corps dudict sieur de Guise fut faict le lendemain, vendredy 19e, où assistoient les eschevins de la ville de Paris et envyron dix à douze mil hommes de la dicte ville en armes, desquels les harquebusiers portoient leurs harquebuses le nez en bas, et les picquiers traînoient leurs picques ; il y avoit six vingt enseignes de pari.... et vingt enseignes de taffetas noir que portoient autant de capitaines tant à pied qu'à cheval, et estoient d'ung costé les armes dudict sieur de Guise et de l'aultre celles de la ville ; les aultres capitaines

1. François de Lorraine, grand prieur de l'ordre de Malte, général des galères, mourut le 13 mars.

2. Mercy.

et lieutenans alloient entre les picquiers et les harquebusiers par troupes ; les tambourins estoient couverts
de noir et alloient les tambourineurs sans sonner. Il y
avoit aussy quelque certain nombre de gens qui avoient
conduit le corps au convoy, tout habillés de *tâne*. Le
corps fut mené à Notre-Dame de Paris par trois chevaux bardés de velour noir avec la croix blanche. On
dict ung obit et lendemain son service ; par chacun an
est célébré à Notre-Dame de Paris un obit pour l'âme
dudict défunct.

Le 27e fut publié un esdict en la cour du Parlement
pour pacifier le peuple, lequel estoit au désavantage des
chrestiens et ne fut point signé par MM. du Parlement
et sy le peuple ne l'approuvoit point comme esdict de
paix, pour autant que les presches estoient accordés en
plusieurs villes, prévostés et vicomtés excepté celle de
Paris [1].

Apvril. M. de Gamache fist démolir les églises à Gamache [2].

May. Une petite ville en Provence nommée Al.... [3]
ne voloit jamais accorder l'esdict de pacification, lequel
toutefois fut publié à Paris le 26e, non sans grand mur-

---

1. C'était l'édit signé a Amboise le 19 mars, promettant aux
nobles protestants l'exercice de leur religion dans leurs châteaux, assi-
gnant dans chaque baillage une ville où serait établi un presche, et
permettant aux prétendus réformés de continuer à s'assembler dans
toutes les localités occupées par eux avant le 7 mars ; cet édit promul-
guait en outre une amnistie générale, et rétablissait le prince de
Condé dans toutes ses dignités.

2. Joachim Bouhaut, sieur de Gamache ; il fut sauvé par le roi
lui-même dans le massacre de la Saint-Barthélemy.

3. Allauch, petite ville des Bouches-du-Rhône ?

mure du peuple. Les Parisiens furent fort pressés qu'ils eussent à mettre les armes bas, mais ils n'en volurent jamais rien faire.

En ce moys les huguenots rentrèrent en leurs villes.

Le roy Charles IX prist 100 mil escus de rente sur les archeveschés, éveschés et abbayes [1].

Juyn. Le roy fut en procession le jour de la Feste-Dieu et la reyne-mère.

Ledict jour il y eust ung huguenot tué nommé le capitaine Coppe ; il fut tué hors la porte Saint-Antoine.

Catte, capitaine des huguenots, avoit résolu de faire tuer le prévôt des marchands, et de faict il l'eust tué sans M. de Bordillon qui le convoya avec quatre-vingts chevaux.

Deux capitaines de Paris, Taneron et Garnier, furent prisonniers à l'hôtel de ville à cause de ce capitaine Coppe, lequel on dict avoir esté tué par ce Garnier. On avoit délibéré de les livrer au bois de Vincennes par eau à minuit pour le lendemain les faire morir ; mais ils furent mis hors de prison par le peuple.

Le roy cheut à bas de son cheval envyron le 19e, dont le peuple eust grand peur et pensoit-on qu'il en deust morir.

Il fut faict défenses de prescher aux maisons du roy envyron le 18e.

M. de Nemours retourna à la Cour au mois de juyn.

En ung lundy 29e furent recoux deux jeunes fils par le peuple qui estoit en armes, lesquels on menoit

---

1. Cet édit fut enregistré dans un lit de justice tenu le 17 mai ; c'était la conséquence de la vente précédemment ordonnée.

pendre pour avoir tyré par les rues un huguenot qui fut pendu et qui avoit étouffé son maistre pour avoir son argent.

Le roy Charles partist en ce moys pour recouvrer le Havre-de-Grâce que les huguenots avoient livré aux Anglais.

En ung mercredy 14e de juillet fut prins un homme nommé Jehan Petit, tailleur de pierres, lequel fust pendu le jour mesme, puis bruslé en la Cour du Palais, pour avoir pensé dérober le symbôle de la paroisse de St-Barthélémy.

La sainte hostie fut remise avec grande cérémonie et le lendemain les Cordeliers vindrent en procession et dirent messe du St-Sacrement audict St-Barthélemy.

En ung mercredy 28e, jour de Ste-Anne, fut reprins le Havre-de-Grâce.

Aoust. En ung jeudy 5e furent pendus et estranglés le principal du Mans, prêtre et le portier de son collége et ung aultre qui estoient l'ung diacre, l'aultre sous-diacre pour avoir homicidé le procureur du Mans, lequel avoit esté tué à la persuasion du principal.

En ce moys le roy Charles 9e se feist mettre en majo-rité par MM. de Rouen [1].

En ce moys envoya lettres à MM. de Paris qu'ils eussent à mettre bas les armes.

En ce moys on commença à vendre le temporel des esglises.

Septembre. En ce moys on porta les armes de Paris à l'Hôtel-de-Ville.

1. 17 Août.

La veille du jour St-Michel fust publié de rechief qu'on eust à porter ses armes à l'Hôtel-de-Ville; ceulx des champs au lieu de forteresse du roy plus prochain, sous peine de confiscation de biens. Tous les conseillers assistèrent pour ouïr cet esdict en la chambre dorée; en ce temps fut continué le parlement.

Octobre. M. de Senerpon voulust créer un maieur à sa porte, tollissant les droits du peuple d'Amiens, mais le peuple s'assembla et fut crier à la porte dudict Senerpon qu'il vouloit que le maieur et ceulx qui estoient eschevins fussent continués.

Novembre. En ce temps il avoit ung jeune homme bon latin et aussi de grand esprit, lequel estant déguisé, simuloit le fol et faisoit de grandes exclamations contre les huguenots et n'épargnoit personne à son parler. Il se faisoit appeler le roy des Gaulois.

Décembre. On commença à tirer la blanque environ le 9e de décembre. Le roy avoit pour sa devise : *Prospera et adversa ut cœteri homines;* et encore : *Pietate et justicia;* on trouve dans quelques livres que les rois adjoutoient : *et strenuitate.*

En ung mercredy 22e, un apostat de la religion des Bernardins prist entre les mains du prêtre à Sainte-Geneviève le précieux corps de Notre-Seigneur. Le même jour, il eust le poing coupé devant Sainte-Geneviève, puis il fut pendu et estranglé à la place Maubert. Le jeudy ensuivant fut faicte la procession générale pour ce forfait où assista le roy, la reyne et plusieurs du sang royal.

1564.

Janvier. En ce moys fut défendu à Postel de ne plus prescher[1].

Ledict mois, le roy des Gaulois fut mené prisonnier, puis il fut baillé en garde en une religion au païs de Normandie, et ce par délibération du privé conseil.

Février. En ce moys fut estably le bureau des marchands à Saint-Magloire, et lesdicts marchands se disoient consuls, jugeoient sans aulcun appel; ils donnoient terme de paiement, et faulte de paiement, ils condamnoient à tenir prison; les parties plaidoient elles-mêmes leurs causes[2]. Aulcuns disent que ceste justice leur fût accordée pour tant que par ce moyen se porroient.......
les gens......... de justice les marchands et par ce moyen ne seroient par après si bien unys pour la tuition de la

1. Guillaume Postel, né de parents obscurs en Normandie, était un homme instruit; à Venise, il fit la connaissance d'une vieille fille à moitié folle, qui lui persuada que la réparation des femmes n'était pas achevée, et il revint à Paris prêcher cette belle doctrine dans des cours. A la fin on crut devoir lui défendre de parler en public; il adressa alors à la reine-mère une rétractation dans laquelle, au lieu de nier sa doctrine, il chercha à la présenter plus habilement. On lui permit de faire des leçons de mathématiques, mais il trouva moyen de revenir par là à ses folles erreurs, il fut définitivement enfermé au prieuré de Saint-Martin-aux-Champs, où il mourut en 1581, âgé de cent ans.

2. L'édit qui avait institué la juridiction consulaire est de décembre 1563. Les consuls étaient des magistrats analogues aux juges de nos tribunaux de commerce. Cette juridiction comprenait à Paris un juge et quatre consuls choisis chaque année dans le corps des marchands, jugeant sommairement les affaires de marchand à marchand pour fait de leur commerce, en dernier ressort jusqu'à 500 livres, en premier ressort au-dessus, l'appel allant au Parlement.

relligion catholique et romaine. Montmorency fut
cause d'accorder ladicte justice.

Apvril. En ung dimanche de nuist on enterra une huguenote', femme de du Crocquot, laquelle avoit esté
pendue en effigie avec son mary aux halles, au cimetière des Innocents, où le guet assista.

Le dimanche au matin le peuple se mutina et plusieurs furent pour la déterrer, n'eut-ce esté le mareschal
de Montmorency, lequel entra en le cymetière l'espée
au poing et blessa plusieurs gens de bien et les voloit
faire pendre le jour même. Il disoit communément
qu'il voloit ayder aux huguenots pourtant qu'ils estoient
les plus foibles.

Juillet. En ung samedy furent tenaillés et rompus sur
la roue deux hommes du village de Taverny, lesquels
avoient coupé la gorge à ung enfant en la rue de la Chan-
vaye, espérant tuer la maîtresse et emporter le bien de
la maison.

Le mardy d'après furent roués en la place Maubert
trois jeunes hommes qui avoient tué un advocat de la
Rochelle.

Le dimanche d'après 17ᵉ fust portée à raison de la
pluye la châsse de Sainte-Geneviève, et depuis le temps
se mist au beau.

Ledict jour le lieutenant de M. de Montmorency fict
injure au capitaine du guet et le frappa de sa baguette,
pourtant que ledict capitaine estoit en armes.

Par commandement de MM. de la cour du Parlement,
craignant les familles, l'on fut trouver ledict capitaine
fort prudent, car s'il eust volu, le lieutenant et tous ses
gens eussent esté défaits. Sy est-ce qu'à la suasion de

M. de Montmorency, il ne fut pas tenu en son estat et le feit même prisonnier.

Aoust. La veille de l'Assomption fut mandé le chevalier du guet pour aller parler à M. de Montmorency, gouverneur pour lors de Paris, lequel le manda en fidélité, et touteffois le feit mener à la cour du roy et le fist emmenoter jusqu'au bois la Vigne. Le prévost des marchands et eschevins furent différés à créer jusqu'au 23ᵉ combien qu'on eust de coustume de les créer à la mi-aoust, puis par le commandement du roi, Guiot qui touttefois estoit soupçonné fut créé prévost des marchands.

Envyron en ce temps, Montmorency, gouverneur de Paris, fist faire un pont à la Bastille pour faire entrer et sortir gens tant de jour que de nuît hors et dedans la ville, dont le peuple de Paris fut fort estonné et appelloit le peuple ce pont, pont de trahison.

Envyron ce temps fut faicte la greffe de consignation où il falloit consigner de chascun livre ung sol à ceulx qui voloient intenter procès[1].

Septembre. Envyron ce temps, Marguerite de Médicis, mère du roy Charles 9ᵉ, feit faire un bastiment hors la porte Saint-Antoine et a esté trouvé de fort grande entreprise[2]; s'il eust esté parachevé ont eust peu dire

---

1. Par édit de novembre 1563, enregistré avec cette clause ajoutée, que cette taxe ne durerait que sept ans au plus; elle excita une réprobation générale et fut en effet supprimée, « *comme préjudiciable et honteuse,* » dit le Thou.

2. Le palais des Tuileries.

comme disoient les Romains de la maison de Néron :

Roma domus fiet veios migrate quirites,
Si non et veios occupet ista domus.

Octobre. Le cardinal de Lhorraine fist faire un concile provincial à son archevesché de Reims où il fit assister tous les évesques sous sa juridiction ; chascun avoit son docteur théologal ; ledict concile finist au moys de décembre.

Envyron ce moys fut exécuté à l'Echelle du Temple ung homme de Sainctes pour adultère. Ce fut le premier en France qui fut exécuté pour ce faict, mais on dist que ce fut parce qu'il répondist au président de Harlé qui lui demanda de quoi il vivoit, estant de pauvre raison, en montrant sa brayette : cela me fait vivre.

Novembre. En ce moys M. Viole prist possession de l'évesché de Paris et de l'abbaye de Saint-Magloire[1].

Décembre. Le 12e, M. du Puis, advocat au parlement, fut tué du baston d'une pistole en s'en retournant du palais.

Le pénultième du moys furent relaschés 16 ou 18 petits canons en grève à cause qu'aulcuns quantons des Suisses s'estoient remis à la sujétion du roy. On dist que leurs gages ont esté augmentés de 200 mil francs par an.

Il feit en ce moys une froidure fort grande, laquelle dura près de six semaines, de sorte que la rivière de Seine fut prise.

1565.

Janvier. En ung lundy 8e, M. le cardinal de Lhorraine

---

1. Il mourut le 4 mai 1568.

entrant dans la ville de Paris, fut contraint de mettre
pied à terre, pourtant que Montmorenssy, fils aisné du
connestable et le prince Porcien le feirent advancer en
la rue Saint-Denis, devant le sépulcre, le pensant tuer,
où il y eust un gentilhomme tué d'un coup de pistolet de
la part du prince Porcien, et se nommoit ledict gentilhomme M. de Mogen. M. le cardinal se sauva avec son
nepveu au logis d'un marchand nommé Garot, le serviteur dudict Garot fermant la porte après ledict sieur
cardinal, eust un coup de pistolet dont il morut peu
après. Aulcuns disent que ledict Montmorency voloit
faire mettre bas les armes audict sieur cardinal comme
gouverneur de Paris, et que le cardinal fist response
qu'il avoit commission du roy pour en porter. Les aultres que c'estoit à cause de la côte de Dâmartin que
MM. de Guise avoient gaigé pour proche, laquelle ils
avoient esté achepter pour feu Monseigneur de Guise
leur père, qui fut tué devant Orléans. Ledict connestable condamna à reprendre son argent les aultres à
cause de la relligion. Ce dict jour défense fut faicte de
porter pistolet et d'en vendre[1].

Le lendemain Montmorency fut en armes toute la
journée, ses gens ayant la couleur blanche et fut accompagné de plusieurs huguenots, et pensoit trouver le lendemain ledict sieur cardinal à Clugni, mais il estoit
parti la nuit pour aller à Metz. M. le cardinal envoya ung
homme exprès à la cour pour porter la nouvelle de la

1. Le cardinal soupçonnait ce péril, car dès le mois de février de
l'année précédente, il s'était fait autoriser à avoir une compagnie de
gardes à lui.

conspiration faicte contre lui et son nepveu, mais ledict homme fut détroussé, de sorte qu'on lui ôta son cheval, ses lettres et son argent.

Audict moys on forgea des pièces de trois blancs.

Ledict moys vinrent en ceste ville de Paris l'admiral, le prince Porcien et aultres qui causèrent une grande peur au peuple de Paris.

Il fut lors découvert une entreprise de par ung gentil-homme qui fut au conseil, comme ledict admiral et aultres huguenots avoient délibéré de piller la ville de Paris et se voloient emparer du Palais, de Notre-Dame, de la Bastille, et semblablement ce dict jour debvoit descendre beaucoup de farine de Corbeil.

Fevrier. Le froid redoubla en ce moys et la rivière se prist de rechief; ce froid fut cause que les vignes furent gelées et que les noyers morurent.

Mars. Il fut publié un esdict de par le roy contre celui que voloit faire publier le gouverneur de Paris, de Montmorency, à savoir défense de manger chair en karesme, sous peine aux riches de cent escus et aux pauvres d'être foettés.

Le deuxième dimanche de karesme, 8e de mars, M. Viole, évesque de Paris, fist son entrée à Paris et sortit de Sainte-Geneviève.

May. Le 9e la rivière de Seyne déborda, de sorte que les personnes aagées de 60 ans, disoient qu'en tel temps ne l'avoient jamais vue si grande.

Juyn. Le lendemain de la Pentecôte 11e morut M. Teurnebus, lecteur du roi en grec, homme fort docte, lequel fut détourné de la voie catholique par Duret, mé-decin, et Salignac, docteur en théologie, huguenot. La veille Turnebus avoit fait ses pasques au jour de Pasques avec grande desvotion, comme le dirent Adelard celluy qui le communia, et celluy qu'avoit ouy en confession. Toutefois il morut huguenot. Il avoit faict une épistre sur Saint-Cyprien, laquelle ne tendoit point pourtant tant à la huguenoterie qu'à réformer l'Eglise, toutefois elle fut conjurée.

Le prince de Condé arriva à Amiens la veille du Saint-Sacrement.

Le vendredy d'après il fist pendre ung sayteur pourtant qu'il regardoit à la porte où preschoient les huguenots, il dict.......

Envyron ce temps le prince Porcien, qui se disoit prince, courut la bague à Ha.....en Normandye et feit faire des joûtes et assaillit un chasteau faict de papier dedans lequel estoient des soldats habillés en moines, lesquels on prist prisonniers et qu'il feit emporter sur des ânes par le milieu de la dicte ville, chose indigne d'un prince tel qu'il se disoit[1].

Juillet. Audist moys vinrent nouvelles à Paris que les Turcs avoient esté deffaits devant Malthe, laquelle ils tenoient siégée.

Le 3e fut publié un arrest de la cour du parlement, lequel faisoit défense d'exercer usure, et, à la requeste du procureur général du roi, monitions en furent publiées aux paroisses de Paris.

---

1. Antoine de Croy, prince de Porcien, fils de Charles de Croy, comte de Porcien, qui était venu s'établir en France, et de Françoise d'Amboise de Senigan : Antoine se fit protestant et se signala par sa bravoure, sa violence et son esprit trop ardent ; il mourut à 27 ans, le 5 mai 1567, sans laisser de postérité.

Aoust. Il y eust un capitaine voleur lequel fut tué à Saint-Innocent, les armes au poing et ne se volut jamais rendre.

La veille de Saint-Jehan il vint un miellat qui gasta les blés dont s'en suivit une grande chereté de vivres.

Septembre. En ce moys vinrent nouvelles à Paris que le Turc avoit laissé son camp devant Malthe; pour ceste cause on fist procession au moys d'octobre [1].

M. le maréchal de Cypierre morut en allant aux eaux [2].

Ledict moys le prince Rossorion morut et fut lors que le roy Charles 9e fist le voyage de Gascogne. On dit que ledict sieur Rossorion déclara plusieurs choses, *sed ut aiunt inter utrumque volebat* [3].

Octobre. Le roy Charles, 9e de ce nom, faisant son entrée à Saint........? ne volut point entrer dedans la ville par la porte accoutumée pourtant que le prince de Navarre y entra le premier, et se fist mettre sous le poële, dont le roy fut fort indigné. Dix jours après ledict prince prist congé de la Cour.

Novembre. En ce temps le prince de Condé se maria à la huguenote avec la sœur de M. de Longueville.

Le roy fist sonner les cloches à Niort et dire la messe,

1. Il s'agit du terrible siége à la suite duquel l'héroïsme du grand maître de La Valette força Mustapha à se rembarquer honteusement.

2. Philibert de Marcilly de Sypierre n'était pas maréchal de France, mais gouverneur du roi et officier distingué. Il mourut à Liège en allant aux eaux de Spa.

3. Charles de Bourbon, frère puîné du duc de Montpensier; il avait perdu, comme nous l'avons vu, son fils unique cinq ans auparavant.

où il y avoit plus de sept ans qu'on y avoit chanté et
bailla le prêtre en garde aux plus riches huguenots,
disant que si les prêtres avoient mal, ils en respon-
droient.

Decembre. Le pape Pie de Médicis morut le 10ᵉ [1].

La surveille de Noël, un trésorier nommé Paiot
trouva sa femme en adultère, la tua avec l'adultère, les
corps furent portés au Châtelet de Paris.

Envyron la fin de ce moys le cardinal de Lhorraine,
lequel n'avoit point vu le roy depuis la mort de son
frère M. de Guise, alla trouver le roy à Molins en Bour-
bonnais. Il avoit bien 1500 chevaux avec luy pour sa
garde, pour tant il craisgnoit la maison de Chatillon.

En ce temps il y eust grande différence entre maistre
Guillaume de Boessy, bachelier en médecine et M. Gi-
bon aussi bachelier en médecine en raison de la rectorie.
Il admit à la fin que Boessy eust plus de suffrages, mais
le recteur Oronne ne volut conclure pour luy, sinon
moyennant que ledict Boessy fut trouvé capable, ce qui
ne se povoit faire touttefois, car il estoit incapable selon
les statuts de l'Université, pourtant qu'il n'avoit point
faict un cours ou régenté six ans en grammaire, pour
ceste cause y leur fut donné un jour en parlement où
ledict de Boessy ora et ayant montré qu'il ne povoit
plus entrer en tel estat, pourtant qu'il alloit estre licencié
en médecine, et que c'estoit la raison que luy qui
n'avoit point perdu du temps en sa jeunesse, fut frus-
tré de son labeur, ayant refusé pareillement le plaidoyer
de........ et la conclusion des gens du roy. Il fut dict

1. Pie IV.

que ledict de Boessy serait recteur sans tourner en.......
aux aultres par cy après.

1566.

Janvier. En ung jeudy 10ᵉ furent noyés plusieurs
pauvres gens au Pont au Meunier, lesquels montoient
un bastiau chargé de marchandises, pourtant que ledict
bastiau se rompist.

En ce moys fut eslu pape un Jacobin Alexandrin et se
feit nommer Pie [1] : on dict qu'il trouva beaucoup de
biens qu'avoit laissé le défunt pape, et qu'il en bailla la
plus grande partie pour guerroyer les turcs.

Le 11ᵉ le cardinal de Lhorraine arriva à la cour qui
estoit à Molins et n'avoit point vu le roy depuis la mort
de son frère, M. de Guise.

En ung mardy 22ᵉ fut faict un feu en Grève par
quelques canonniers délassez, à cause que ce jour
l'évesque de Paris confirma les fils de France et changea
le nom du second qu'on appelloit Loys et l'appella
Henry, du troisième nommé Hercule et l'appella François; cedict jour le roy prist le duché d'Orléans en ses
mains et le bailla à son frère duc d'Orléans en récompense de la duché d'Alençon.

Février. En ce temps par esdict du roy l'admiral fut
déclaré innocent touchant la mort de M. de Guise.

Mars. Envyron le 15ᵉ le roy fist ériger la ville de
Chastiau-Thierry en duché [2].

1. Michel Ghisleri qui prit le nom de Pie V.
2. Par lettres patentes datées de Moulins, 8 février, pour François son plus jeune frère, qui reçut en même temps le duché d'Alençon, avec les comtés du Perche, de Gisors, de Mantes et de Meulan.

En ce moys s'en furent plusieurs marchands de la ville de Paris pour dettes, entre lesquels estoit un marchand de dessus le Pont-au-Change nommé l'Eschassier, qui estoit riche de 80 mil francs, et dict-on que la rigueur du jugement des consuls en fust cause.

De Bèze et les gouverneurs de Genève firent décapiter à Genève Spisame qui avoit esté autreffois évesque de Nevers, maistre des requétes, conseiller à Paris, chanoine de Notre-Dame de Paris, pour cause qu'il fust accusé d'avoir volu rendre la ville de Genève entre les mains du duc de Savoye et aussi pour cause de fornication [1].

Apvril. Envyron le 8ᵉ les nouvelles vinrent à Paris que les Flamands s'estoient révoltés à cause de la relligion contre le roy d'Espagne, Philippe d'Autriche [2].

En ung mardy 9ᵉ, Philippe Gatine prist son enfant et l'arracha à la sage-femme et l'alla porter baptiser à la presche, mais la grand mère voyant l'enfant entre les mains des huguenots qu'elle estimoit ennemis de la chrétienté, par le conseil de M. Vigor, jetta de l'eau bénite sur l'enfant, usant de ce mot « je te baptise, au nom du Père, » dont les huguenots furent fort empeschés, et consultèrent longtemps entr'eux sçavoir s'ils debvroient rebaptiser l'enfant joint que deffense leur estoit faicte de par le roy de n'y toucher : touttefois le souverain ma-

---

Le nouveau duché comprenait les seigneuries de Château-Thierry, Châtillon-sur-Marne et Epernay.

1. Jacques Spifame, évêque de Nevers, avait embrassé les idées nouvelles, et avait fini par s'enfuir à Genève avec une femme.

2. Ce fut le commencement de l'insurrection que ne put réprimer la terrible sévérité du duc d'Albe.

gistrat conclut à ce qu'on le rebaptiseroit. De depuis ce
Philippe de Gastine se abjura et fut bon catholique[1].

May. Peü après le long voyage du roy de France,
en ung dimanche 5ᵉ, M. de Nemours espousa à Saint-
Maur des Fossés la veuve de feu magnanime seigneur
Franchois de Lhorraine, seigneur de Guise. Il y eust
opposition de la part de madame de Rohan, de laquelle
ledict sieur de Nemours avoit eu un fils; lequel madame
de Rohan feit appeller le prince de Nemours et a sur le
bien dudict duc de Nemours 6 mil francs de rente, mais
nonobstant l'opposition, le roy fist passer oultre et
mettre prisonnier ledict procureur de cour de parlement
opposant[2].

Juyn. Envyron ce temps se leva en Flandres une
secte nommée les Gueux, lesquels feirent grand dommage aux esglises de Flandres et se levèrent en si grande

1. Philippe Gastine, riche marchand parisien, fut condamné à
mort l'année suivante, avec son frère Richard et Croquet, son beau-
frère, pour avoir fait la cène chez lui; sa maison fut rasée et une
pyramide érigée à la place. Les protestants réclamèrent, et il en
résulta une rixe violente dans laquelle le maréchal de Montmorency
dut intervenir.

2. Jacques de Savoie, duc de Nemours, avait épousé Françoise
de Rohan, dame de la Garnache, fille du prince de Léon et d'Isabelle
d'Albret, protestante ardente; ce mariage fut annulé par le Pape et
cassé par le parlement; c'est alors que le duc se remaria immédiatement avec Anne d'Est, fille du duc de Ferrare, et veuve du duc de
Lorraine. De l'union annulée étoit né un fils, Henry, qui fut déclaré
bâtard par l'arrêt; dans la suite Anne d'Est, pour donner satisfaction
à Françoise de Rohan, fit ériger pour ce fils la seigneurie de Loudun
en duché non pairie; il mourut en 1596, ne laissant lui-même qu'un
bâtard, Samuel de Nemours, seigneur de Villeman.

multitude que le roy Philippe fut contraint de faire publier ung interdit.

Envyron ce temps furent délégués comme présidens et conseillers pour faire le procès des Thrésoriers cassés, plusieurs recépveurs et réduit à quelque certain nombre.

Juillet. En ce moys fut prins un voleur nommé du May, lequel estant condamné à estre rompu pria qu'on le lacha, et qu'il déclareroit beaucoup de choses pour le bien du public, et de faict accusa aulcuns qui avoyent entrepris de tuer le roy, à la persuasion de l'admiral *Galliæ* [1].

En la fin de ce moys feit fort cher vivre et fut vendu le blé xx francs le septier dedans Paris.

Aoust. Au commenchement de ce moys fut prins au Tréport celuy qui avoit pensé tuer d'ung coup de pistolet le conseiller Chastillon, délégué pour faire le procès des Thrésoriers.

Septembre. En ung lundy 9e furent exécutés au Montfaucon deux thrésoriers frères, nommés Melois, pour avoir dérobé le domaine du roy.

En ung mercredy 18e fut rompu celui qui, pensant tuer le conseiller Chastillon, blessa seulement sa mule. On dict qu'il dict qu'au lieu de supplier qu'il avoit tué le président Minart.

Novembre. En ung mercredy 6e fut exécuté en Grève

1. Simon de May avait loué à Châtillon-sur-Loing une maison appartenant à l'amiral de Coligny, qui, sur certaine accusation que de May en voulait à sa vie, le fit arrêter; de May chercha à se sauver en accusant l'amiral, mais cette tentative fut inutile, le misérable fut condamné à la roue.

uug voleur nommé Jacques du May, lequel admonesta
le peuple de Paris de prendre garde au roy de France et
à sa mère, pourtant qu'il y avoit plusieurs malins qui
avoient conspiré leur mort, et que ledict du May l'avoit
conspiré avec les aultres. Il dict semblablement qu'il
tenoit pour dicte l'accusation de deux grands seigneurs
qu'il avoit faite et qu'il n'avoit faict rétractation que par
contrainte. Il dict qu'il estoit des deux relligions, même
il prist du vin en sa main et dict ces mots : « *Je prends
cela au nom de Dieu et du Saint-Esprit*, » chose indigne
d'un chrestien, puisque Christ n'est pas nommé.

Décembre. Au commencement vinrent plusieurs ambassades à Paris, tant de la part de l'Empereur que du
Pape, que du roy d'Espagne, lesquels mandèrent au
roy de France qu'il eust à faire casser l'esdict de janvier
ou aultrement qu'ils se déclareroient ennemys.

Durant ce moys s'assemblèrent les bourgeois de Paris
pour sçavoir s'il seroit bon d'avoir en ceste ville de
Paris une blanque et une banque.

Envyron le 25e furent baillées les estrapades à quelques Italiens devant le Louvre, et dict-on que ce supplice
est venu d'Italie ; des Italiens aussi les ont eu les premiers
en France. Le roy feit assembler plusieurs des bourgeois de Paris et leur demanda cent mil escus à em-
prunter jusqu'à la Saint-Jehan, ce qui luy fut accordé
et furent taxés les bourgeois de Paris tant de longue que
de courte robbe. L'on dict qu'il alla un gentilhomme au
logis de Crocquet, huguenot, demander 200 escus; il
luy fust respondu que s'il voloit dire au roy qu'il le
laissa en liberté, qu'il lui en bailleroit 2,000: le gentilhomme luy fist response que s'il estoit aussi sot que luy

qu'il iroit, mais s'il estoit aussi puissant que le roy qu'il le feroit pendre devant sa porte.

En ung mardy, dernier du moys, fut pendu en Grève un laquais lequel on dict de luy que M. le cardinal de Lhorraine avoit tâché à faire empoisonner le prince Porcien : toutefois faisant réparation honorable, il déchargea ledict seigneur de Lhorraine.

En ce moys le roy d'Espagne, Philippe d'Austrie, prist les gueux en les mettant tous au fil de l'espée, et feit un édict par lequel y les déclara rebelles à Dieu et au roy, et confisqua tous leurs corps et leurs biens.

1567.

Janvier. En ce moys fust signifié au Chapitre de Paris et aultre de par le roy et M. de Paris, qui estoit monseigneur Viole, qu'ils eussent à porter leurs titres de provision de leurs églises et offices audict sieur de Paris ; et disoit-on que c'estoit afin de rendre à chascun ce qui lui appartenoit parce que plusieurs détenoient les biens de l'église sans tiltre.

En ung mercredy 15e fut pendu à Montfaucon un commissaire des guerres nommé Richer pour les denrées du roy qu'il avoit dérobées. On dict que aultrefois le roy l'avoit envoyé en Turquie où il fut fort mallade, et qu'ayant crainte de mourir, les Turcs luy dirent qu'il n'eust pas de peur, qu'il ne mourroit pas de cette maladie, mais qu'estant retourné en France, il auroit beaucoup de fascherie et seroit pendu, ce que ledict Richer a raconté par plusieurs fois estant de retour.

En ung samedy 20e fut pendu près du Petit-Pont ung nommé Tanchon, frère du prévôst Tanchon ; il avoit tué deux hommes envyron 9 heures du soir, retournant de souper de la ville, et ledict prévost condamné à aller aux gallères perpétuelles, mais il fut peu après remis en son estat [1].

En ung jeudy 30e fut exécuté pour l'argent du roy, au Montfaucon, ung nommé Parfait, contrôleur, et estoit de la paroisse Saint-Paul; Dieu lui fist la grâce de se retrouver et fut envoyé au lieu du supplice par MM. du clergé de Saint-Barthélemy.

Février. En ung samedy 8e fut exécuté un thrésorier nommé La Brétèche pour l'argent du roy; il morut huguenot.

Durant ce moys vinrent nouvelles à Paris que le roy d'Escosse avoit esté tué par ceux mesmes d'Escosse; aulcuns disoient que ç'avoit esté par les huguenots pourtant qu'il avoit fait baptiser son fils en l'église romaine; les aultres qu'il avoit été tué à la poursuite de la reyne d'Escosse pour le mauvais party qu'il lui voloit faire, ladicte reyne d'Escosse estant veuve du roy Franchois 2e l'avoit pris pour son plaisir; aultres disoient pourtant qu'il demandoit à se faire couronner roy d'Escosse, ce qui est contre la loy des Escossois, lesquels ne veulent connoistre qu'ung supérieur et se persuadant que la reyne ne voloit admettre cela par le motif de quelque françois qui estoit conseiller de la reyne, y fist tuer ce françois, après ledict roy fut tué [2].

---

1. Jean Tanchon étant redevenu prévôt, se fit payer par le secrétaire d'état de Goménie, pour le sauver dans la nuit de la Saint-Barthélemy et le laissa périr, après en avoir reçu le don d'une terre à Versailles.

2. Marie Stuart avait laissé assassiner son époux pour pouvoir

Mars. Envyron le 8e vinrent nouvelles à Paris que les huguenots de Lyon avoient faict une mine sous la citadelle pour la faire fondre, mais leur entreprise fut découverte.

En ce moys fut reprinse la ville de Valenciennes par composition avec condition qu'ils rendroient quelque somme de deniers au roy Philippe et livreroient les François qui estoient dedans, lesquels le roy de France tenoit pour rebelles pour cause qu'il avoit faict défense de porter aide aux gueux qui portoient les armes contre le roy Philippe.

Apvril. M. de Bordillon, maréchal de France, morut en ce moys[1]; M. de Gonor eust sa place. On dict que ledict sieur de Bordillon fut empoisonné[2].

Le jour Saint-Marc, les marchands de la rue Saint-Denis et aultres eslurent à Saint-Magloire deux bourgeois commissaires, lesquels avoient esgard aux desseins des commissaires de Paris qui cherchoient grand moyen d'en chasser les huguenots.

Envyron ce temps les Gueux qui estoient dedans Anvers firent crier miséricorde à la gouvernante d'Espagne et demander pardon ; laquelle fist telle réponse : « Laissez les armes, soubmettez-vous à ma volonté et

épouser Bothewel son amant, ce qu'elle fit presque aussitôt. Le jeune prince avait été en effet baptisé dans l'église catholique.

1. Imbert de la Platière, sieur de Bordillon, avait été créé maréchal en décembre 1562 ; il mourut à Fontainebleau le 4 avril 1567.

2. Artus de Coss, comte de Secondigny, sieur de Gonnor, avait non moins brillamment servi que son prédécesseur : mort le 15 janvier 1582.

rétablissez le temple qu'avez démoli, puis je verray ce
ce que je feray. » Ayant ce fait, elle leur dict que ce
n'estoit à elle à leur faire pardon, mais qu'ils allassent
le demander au roy Philippe.

Le 4ᵉ ou le 5ᵉ de May morut le prince Porcien, lequel
estoit huguenot, jeune homme de grandes et folles entreprises; le peuple de Paris, et celui de toute la France
ne fut point marry de sa mort.

Un peu après fut entériné au parlement un édict où
il fut faict de rechief défense de prescher à la huguenote
à Paris, sous peine de vie.

Envyron ce temps fut aussy faict un escrit pour la police
où le cent de cotterets estoit mis à 30 sols, les pigeons
à 2 sols la paire et ainsy conséquemment des aultres
viandes, de sorte que venoit plus de viande à Paris ni
semblablement de lard.

En ce moys furent plantées des estrapades au lieu
public et pour ceux lesquels ne voudroient observer les
édicts, ce que le peuple ne portoit pas fort patiemment,
car il estoit contraint de l'endurer.

Le jour de la Feste-Dieu, les huguenots de Lyon
tuèrent quelques prestres pour ceste cause : aulcuns
furent tués, aultres menés prisonniers et justiciés.

Juyn. En ce moys fut baptisé le fils du prince de
Condé à la huguenotte, au château de Vabry, où il y
eust grande superfluité.

En ung jeudy 26ᵉ fut publié à son de trompe et faict
défense aux hérétiques d'aller à la presche et de baptiser
leurs enfans à la huguenotte, principalement ceulx qui
sont de la prévôté et vicomté de Paris, du ressort
d'iceluy, hormis les lieux establis par le roy pour
faire les presches.

En ce temps fut envoyé M. Hugnon, cordelier, en ambassade par le roi de France. (Il fut arresté de par le roy de Navarre, toutefois il continua son voyage peu après.)

Durant ce moys vinrent nouvelles à Paris que la reyne d'Escosse fut mise prisonnière par ses subjects, à cause qu'on la soubçonnoit d'avoir fait morir son mari.

Juillet. En ce moys s'esleva une grande tempeste de vent, de sorte qu'elle fist battre les blés, lesquels estoient murs, les ungs contre les aultres et furent égrenés, dont le blé enchérit par après.

Aoust. Fust faicte une assemblée du clergé pour sept millions que le roy demandoit sur l'Eglise.

En ce moys se tinrent les Grands-Jours à Poitiers : M. de Vau, président en la grand chambre y alla et plusieurs conseillers entre lesquels MM. Briçonet et de Drac [1].

Septembre. Le sept, veille de la nativité de Notre-Dame, s'esmeut après disner un grand vent, de sorte qu'il y eust un bastiau péri près de Saint-Clou, et il y avoit bien 15 ou 16 personnes qui furent noyées, excepté un jeune garçon qui se sauva.

En ung vendredy 27ᵉ se partirent de toutes les villes de France les huguenots, sans qu'on leur eust dit mot, mais ils craignoient que si on venoit au desseing de leur entreprise qui estoit de prendre ou tuer le roy Charles 9ᵉ, qu'on ne les saccagea ès-villes.

Le dimanche d'après, 29ᵉ, le roy fut adverty estant à

1. De Thou ne mentionne pas cette session des Grands-Jours, à Poitiers, mais seulement celle que M. de Harlay y présida en 1579.

Meaulx que les huguenots se préparoient pour le venir prendre[1]; lors il se leva à minuit et avec la conduitte des Suisses, et à l'aide de M. d'Orvalle arriva le dimanche au soir à Paris par la porte Saint-Denis, disant ces mots : « *Qu'il estoit tenu à Dieu, et qu'il y avoit 15 heures qu'il estoit à cheval et avoit eust trois alarmes.* »

Les huguenots, pendant ce moys, s'emparèrent de plusieurs villes, comme Long...., Dourdan, Soissons et aultres, y prenoient toutes les reliques, de sorte que furent trouvés ces carmes attachés à une petite image de pierre qui donnoient à entendre que les huguenots estoient seulement conduits par une passion de pillage :

> Huguenots qui par cy passés
> Et de piller ne vous lassez,
> Ce petit saint vous fist la nique
> Car n'a ni châsse ni reliques!

Octobre. Le jour de la Saint-Remy les huguenots vinrent aux portes de Paris et brûlèrent les moulins d'alentour et se tinrent dedans Saint-Denis et prirent les forts d'alentour la ville de Paris, espérant de l'affamer, et que toutefois de la grâce de Dieu ne le purent faire; vray est que le blé fut vendu jusqu'à 15 francs le septier et la douzaine de cotterets, 12 et 15 sols.

En ce temps les maisons des huguenots furent occupées par les gendarmes, et les biens desdicts vendus pour subvenir à la ville et avoir gens à porter les armes.

---

1. Le connétable de Montmorency chercha vainement à combattre ce départ, mais les Guises l'emportèrent.

Durant ce moys fut pendu un capitaine nommé
Després, pour avoir livré aux huguenots le pont de
Charenton[1]; le capitaine dict avoir ce faict par le
conseil de Montmorency, gouverneur de Paris, dont
ledict Montmorency acquit un très-mauvais bruit.
Durant ce moys le roy envoya à Amiens M. de Fiennes
pour être gouverneur de la ville, mais les citoyens
d'Amiens envoyèrent par devers le roy le prier qu'il luy
plust de les maintenir en leurs priviléges, qui est de ne
payer tailles ni avoir gendarmerye, sinon en éminent
péril, exhibant même lettre passée avec le roy Louis XIe
de sorte que le roy leur accorda. N'est-ce que par après
qu'il constitua M. de Fiennes gouverneur de toute la
Picardie, et Senerpont destitué à cause qu'il demeûra
huguenot, toutefois il ne porta pas les armes contre le
roy.

M. le connestable volut faire retirer les chaisnes qui
estoient au coin des rues, disant qu'elles gastoient les
talons des chevaulx; sur ce le peuple commença à
murmurer, disant qu'il le voloit trahir; entr'aultres il y
eust ung marchand demeurant dans la rue Saint-Denis,
nommé Pissoral qui dict ne les falloit oster, et que ce
qu'il en faisoit estoit pour faire service et qu'il estoit
serviteur du roy, lors le connestable demanda s'il doub-
tait qu'il ne le fust, puis il dict qu'il s'estoit réservé de
les....... du bordeau.

Durant ce temps les huguenots coupèrent tous les
tuyaux des fontaines qui venoient de Paris; on dict que

---

1. Després commandait dans la tour qui défend le pont : de
Thou dit qu'il eut la tête tranchée.

ce fut les soldats du roy, craignant que les huguenots ne les empoisonnassent.

En ce moys le roy feit un esdict par lequel il pardonnoit à ceulx qui avoient porté les armes contre luy, moyennant qu'ils se retirassent en leurs maisons, vivant en leur liberté, autrement il confisquoit tous leurs biens et leur vie ; ledict esdict fut réitéré par plusieurs fois, et bien peu se retirèrent d'avec le prince.

Novembre. En ung lundy 10e fut donné une bataille entre Saint-Denis et la Chapelle, où fut tué Anne de Montmorency, connestable de France par ung escossois huguenot, nommé Stuart, les aultres disent que Stuart ne luy donna qu'ung coup sur le visage, mais que le coup de la mort estoit d'un coup de harquebuse qui le prenoit au dos et le perçoit jusqu'au cœur ; en icelle furent tués plusieurs grands seigneurs, entre lesquels estoit, des catholiques, M. de Chaunes et vingt de ses compagnons, entre lesquels morts son enseigne, M. de Robes Domemont, et de Préaux ; il en morut davantaige de la part des huguenots ; dont la victoire fut au roy de France [1]. Ces Carmens firent dicts à Paris dudict sieur connestable :

Quand tu morus, seigneur, tu nes cherchois honneur,
Mais malgré triste envie honneur à destruire.
Quand fus blessé à mort, las tu ne pensois mye
Acquérir par ton sort honneur à mort et vye.
Il fust blessé, à tort quand il n'y pensoit pas,
Au lict d'honneur est mort, il ne t'appartient pas.

79. Pressé de se rendre par Robert Stuart, le connétable lui donna un coup violent du pommeau de son épée dans la figure qui lui fit sauter trois dents ; on ne sait si c'est Stuart ou un de ses

Toutefois j'ay opinion qu'il estoit bon et fidèle serviteur du roy [1].

Le samedy suyvant le roy fut voir la ville de Sainct-Denis et y mit gens pour la garder.

Durant ce moys, le camp du roy partit de Paris et alloit après les huguenots; il y eust plusieurs différens, sçavoir qui y commanderoit; à la fin M. d'Anjou, aagé seulement de 16 à 17 ans commanda et fut lieutenant pour le roy.

En ce temps fut commandé par le roy à tous prestres de porter croix à leurs chapeaux pour les distinguer d'avec les huguenots.

Décembre. En ung dimanche 14e fut faicte procession générale pour obtenir la victoire : ce dict jour fut aussi faicte montre générale des habitans de Paris. Le lundy d'après fut publié un esdict par lequel le roy confisquoit le bien des huguenots et permettoit de le vendre au plus offrant.

En ce temps furent remis les estats qui avoient esté supprimés.

Le 22e de ce moys furent apportées nouvelles que

soldats qui, exaspéré par cette injure, lui tira un coup de pistolet dont la balle traversa la cuirasse de M. de Montmorency. Il mourut le lendemain, âgé de 80 ans. L'armée catholique perdit une cinquantaine d'officiers supérieurs et des gentilshommes connus; les protestants un plus grand nombre, et parmi eux, le comte de Sault, M. de Saint-André, son frère, le comte de la Suse, le vidame d'Amiens (d'Ailly de Picquigny) et son fils, M. de Barbançon, etc.

1. L'historien de Thou ne met même pas cette question en doute. Le connétable eut des obsèques splendides. On y porta son effigie, honneur qui ne se rend qu'aux souverains.

M. de Brissac avoit deffaict quelques huguenots ; mesme furent apportées les cornettes au roy [1].

Le lendemain fut faict commandement de par le roy et M. de Paris de faire chanter le salut après le souper partant à cause de la bataille qui se donnoit, laquelle toutefois ne se donna pas, car l'ennemi trouva moien d'échapper.

La reyne partit de Paris en ung samedy pour aller au camp ; on dict que c'estoit à cause de quelques différens entre les grands seigneurs, lesquels ne voloient marcher souls M. d'Homalle [2], les aultres pour faire une paix ; la vérité est que aulcuns grands seigneurs entre lesquels on nomme Gonor Carnavallet donnoient à entendre et que si Monsieur, frère du roy, voloit prendre une partie de ces gens et les joindre avec le camp des huguenots, qui le feroient comte de Flandre.

Durant ce moys les huguenots prirent plusieurs petites villes, entre lesquelles estoient Esperné [3] et Noïon, dont Esperné fut cotisée à 10,000 francs pour éviter d'estre pillée.

La veille du nouvel an les huguenots furent environnés

1. M. de Brissac, fils du maréchal, et colonel général d'infanterie, surprit les protestants à Mesignac, en Périgord, et les battit complètement, Mouvans et Pierregourde qui les commandaient, y furent tués avec un millier d'hommes. Brissac y prit dix-sept enseignes.

2. François de Lorraine, duc d'Aumale.

3. Cette prise d'Epernay n'est mentionnée nulle part ; à ce moment de nombreuses bandes parcouraient la vallée de la Marne et la Brie et y détruisaient toutes les abbayes. L'une d'elles se présenta probablement devant Epernay et traita avec le conseil de ville sans y entrer.

près de Nostre-Dame de Lespine [1] tellement qu'il estoit facile de les défaire, mais la reyne mère et aultres seigneurs de France firent défense de le faire, qui a esté cause de grands maux peu après [2].

1568.

Janvier. Durant ce moys furent amenés le cardinal de Chastillon avec ung abbé nommé....... et aultres pour parlementer avec le roy et furent mis au bois de Vincennes craignant la fureur du peuple.

Durant ce moys fut faicte une assemblée du Clergé pour continuer les deniers au roy jusqu'à dix années sans exception aulcune, mais que les curés ayant plus de 400 francs de rente paieroient trois décimes, les aultres deux. M. le Coq, curé de Saint-Eustache, n'ayant esté appellé, supposa pire : il dict que le roy prétendoit que les curés payassent plus de deux décimes, partant que si M. de Paris passoit oultre qu'il en appelloit au roy en son conseil et de là *ad curiam parlamenti tanquam ad abusum*.

---

1. Les protestants voulurent saccager la belle église qui avait été bâtie au siècle précédent dans ce village, à neuf kilomètres de Châlons-sur-Marne. Repoussés par les paysans des environs aux ordres du sire de Melette, ils brisèrent les vitraux d'une décharge de mousquets. (Voir notre *Histoire du diocèse ancien de Châlons* 2 volumes in-8°, Aubry, 1861.)

2. Cette défense est parfaitement inexacte. L'armée protestante, commandée par MM. de Coligny, à la suite de la défaite de Saint-Denis, craignant d'être coupée et détruite, se retira sur Montereau, et ayant pris plusieurs places aux environs, décida la reine à faire des propositions à ses chefs. Ceux-ci les repoussèrent et se dirigèrent vers la Lorraine pour joindre les troupes de l'électeur palatin Casimir. Le duc d'Anjou commandait l'armée royale de

En ce moys on commença par esdict du roy de compter l'an 1568 sans ajouter avant Pasques, combien que auparavant et de toute antiquité on comptoit selon les romains l'an 1567 avant Pasques; on avoit faict quelque bruit de compter aussy auparavant, toutefois cela fut laissé et commença à ceste année.

Février. La foire de Saint-Germain fut différée à cause des troubles en grand dam des marchands forains, lesquels furent contraints de payer entrée de ville, ce qui ne se fut faict, si la foire eust esté faicte.

Les huguenots prirent Blois [1].

Durant ce moys le clergé accorda derechief au roy de continuer les décimes jusques à dix ans, commençant la première paye au mois de febvrier, et ce faulte de paiement il estoit permis au recepveur des décimes de prendre argent à interêt et le recouvrer sur ceulx qui auroient faict faulte de payer.

On parla durant ce moys souvent de faire la paix, mais les huguenots proposoient conditions inciviles, à sçavoir que le roy dict et accorde que tout ce qu'ils avoient faict avoit esté par le commandement du roy,

---

Champagne et avait l'ordre, dit formellement de Thou, de joindre les protestants et de les forcer à une bataille générale. Les protestants s'étaient laissés allés à accepter une conférence de quatre jours, qui n'avait d'utilité que pour laisser venir quelques troupes catholiques de plus. Une escarmouche qui eut lieu à Sarry, aux portes de Châlons, leur ouvrit les yeux et les fit partir subitement pour le Verdunois; c'est alors qu'ils voulurent dévaster l'Epine. Ce qui a évidemment trompé notre chroniqueur, c'est cette suspension d'armes avec laquelle la reyne voulait endormir ses ennemis.

1. Par capitulation après brèche ouverte.

et de faict tout ce que le prince de Condé pouvoit prendre, il disoit ce faire comme lieutenant du roy et pour la conservation du bien public.

Mars. Durant ce moys fut parlé de paix d'entre le roy et les huguenots : les huguenots se campèrent devant Chartres et tirèrent plusieurs canons dessus.

En ung samedy 27e le roy fut au palais où il fist publier la paix d'entre les huguenots et luy, dont le peuple de Paris murmuroit fort prévoyant que telle paix estoit la ruine du pays, vu aussy que le roy avoit eu ses ennemis en ses mains près de Lespine.

En ung dimanche 28e furent affichés des libelles diffamatoires contre le roy et sa mère, à cause de la paix qu'il avoit faict publier. Pour ceste cause furent envoyées trompettes dans tous les carrefours de Paris, promettant récompense à ceulx qui feroient afficher lesdicts placards : aulcuns disent que cela provient des huguenots et qu'ils ont affichés tels placards pour mettre le peuple de Paris en hayne du roy et de la reyne [1].

En ce temps partirent les huguenots pour faire la guerre au roy d'Espaigne.

Apvril. En ung mardy 6e fut publiée aux carrefours de Paris, le guet y estant, la paix d'entre le roy et les huguenots.

Durant ce moys, de Saint-Foy preschant devant le roy usa de ces mots : *Ne soyez esbahi si les huguenots*

---

1. Le siége de Chartres fut interrompu par la paix, enregistrée au parlement le 27 mars. Cet accommodement, dit de Thou, était à peu près forcé pour les deux partis qui ne pouvaient que bien difficilement continuer la lutte.

démolissent les temples, car ils ont fondé aux lieux ung hospital par toute la France, donnant à entendre que par le chancelier nommé Hospital, la France estoit pauvre, pourtant qu'il a par trop encore de douceur pour les huguenots qui ont ruiné le païs de France.

Lorsqu'on voloit publier l'esdict de paix à Rouen fut faict ung tumulte et le papier osté hors des mains des héraults qui le voloit publier, plusieurs livres des libraires huguenots jetés à la rivière et quelques-ungs tués; ils ne voloient pas retourner en la misère où les huguenots les avoient mis en 1562.

Au commencement de ce présent moys furent abolis les consignations et les cinq sols sur le muids de vin.

Durant ce moys fut faicte une émotion à Amiens où furent tués plusieurs huguenots entre lesquels M. de Ruerie, gentilhomme, riche d'environ 10,000 francs de rente.

May. Au moy de may le maréchal de Gonor fust à Amiens pour faire faire justice d'aulcun qui avoient tué les huguenots.

En ung vendredy 14e furent exécutés quatre hommes aux halles dont l'ung eust le poing coupé et fut bruslé tout vif, l'aultre fut tenaillé, puis roué et les deux derniers pendus, pour avoir tué deux petits enfans pour avoir leur héritage. Durant ce moys fut puni un capitaine nommé des Prés, lequel tachoit de débaucher les soldats qui estoient sous le commandement du capitaine Strozze, et les voloit faire tourner du costé du prince de Condé.

Le dernier dimanche de may fut faicte une sédition en la rue Saint-Antoine à cause de quelque presche, comme on dit : où fut tué ung huguenot et ung catholique.

Juyn. Durant ce moys fut décapité à Brucelles le comte d'Eguemont et le comte de Horne, pour la sédition et conspiration qu'ils avoient faict avec les gueux contre la religion et le roy Philippe. Il y avoit longtemps qu'ils estoient prisonniers, mais il advint qu'il y eust une défaiste où les gueux battirent le duc d'Albe et ses gens, où furent tués le duc de Noreborg avec le nepveu du duc d'Albe et firent pendre tous les Espagnols qu'ils tenoient prisonniers ; peu après, le duc d'Albe envoya quérir les comtes d'Eguemont et de Horne avec plusieurs aultres, lesquels il fit décapiter [1].

En ung vendredy jour de Saint-Barnabé XIe, fist une si grande orage et grelle grosse comme le moieuf d'un petit œuf, avec pluie, de sorte que l'eau entroit aux caves, tant estoit grande.

En ung samedy 27e morut M. le Coq, curé de Saint-Custau, et estoit celui duquel le peuple souvent parloit en se gossant, vray est qu'il estoit fort libre en paroles; toutefois il estoit homme de bon jugement et d'assez bon savoir. Lorsqu'il morut, il estoit syndic des curés et fut enterré à Saint-Eustache avec grande solennité, et fut faicte une oraison funèbre en sa louange après Vigille. Il estoit de vie assez austère, mesme il portoit la hère; il estoit grand aumônier, il s'est ruiné à

---

1. Ce ne fut pas le duc d'Albe, mais le comte d'Aremberg qui fut battu par les insurgés, en Frise, et y fut tué avec de nombreux gentilshommes la bataille eut lieu à Heyligherlée. Le duc d'Albe se vengea en effet par de nombreuses exécutions.

pourvoir les pauvres; il estoit grand zélateur pour l'honneur de Dieu et pareillement du bien public, ne fléchissant devant personne et parlant toujours librement. Ce fut lui qui fonda premièrement les Enfans de la Trinité et y donne 300 francs de rente [1].

Envyron ce temps le roy prist quatre prédicateurs lesquels preschèrent de trois moys en trois moys devant luy et avoient chascun 1,200 francs d'estat. Ils se nommoient MM. Huguonis, cordelier, Vigor, docteur séculier et chanoine de Paris, de Sainctes, docteur en théologie, religieux de Prémontré et de Sainte-Foy.

Juillet. Environ le 15ᵉ, Cocqueville, capitaine des harbaltiers et gouverneur de Dourlans [2], s'empara de Saint-Valery où il fut prins par les gens de M. de Brissac,

---

1. **M.** Lecoq était clerc au parlement de Paris et devint curé de Saint-Eustache en 1557, par la démission de Jean Baluc, son oncle. A propos de ses excentricités, Bonaventure Despérier raconte qu'un jour comme il prêchait, le tambour du baladin Pontallais couvrait sa voix. Le curé descend de chaire, court dans la rue : « Qui vous a fait si hardi de jouer pendant que je prêche, s'écrie-t-il? » — « Qui vous a fait si hardi de prêcher tandis que je tambourine, » répliqua le bateleur? M. Lecoq indigné, crève le tambour; Pontallais le prend, en coiffe son agresseur et le fait rentrer ainsi affublé dans l'église.

2. C'était un des principaux officiers du prince de Condé, et à plusieurs reprises le duc d'Albe se plaignit de ses courses dans les Pays-Bas. Philippe II fit transmettre officiellement ces plaintes à Charles IX qui en écrivit au prince de Condé, lequel déclara se préoccuper fort peu de ce que pouvait faire Cocqueville. Le roi chargea alors le maréchal de Cossé de prendre avec lui les garnisons des places de Picardie et de détruire ces bandes. Cocqueville fut bientôt enfermé avec 600 hommes dans Saint-Valery; la ville enlevée, il se retira avec son monde dans une maison où il fut enfin pris après une vive résistance. Les Français seuls furent épargnés sur le moment.

et en fut bien tué jusques à 600 et la plus grande part de la ville pillée.

Envyron ce temps le duc d'Albe gagna deux batailles contre les gueux.

Après la défaicte de Saint-Valery furent apportées les testes de Cocqueville et des capitaines Vaillant et Laulin, et furent mises en la Grève de Paris sur une potence, le dernier jour de juillet. Il y avoit escript au-dessous de la tête de Cocqueville : « la teste de Cocqueville chef et conducteur général des séditieux, qui a esté rompu et deffaict par M. de Cossé, maréchal de France.» A la dextre « la teste de Vaillant, capitaine du guet de pied. » A la sénestre : « la teste de Laulin, capitaine du guet de chevaulx. » Du depuis en furent encore apportées trois aultres, entre lesquelles estoit la teste de Bofles de Picardie.

Quatre eschevins de la Rochelle vinrent à Paris, alléguant les contrats qu'ils avoient avec les feux roys, qui ne voloient pas se prononcer ni pour le roy ni pour les huguenots ; pour ceste cause ils furent arrêtés prisonniers.

Aoust. Durant ce moys le prince de Condé pensa être pris par M. de Tavannes [1].

Septembre. Environ le 10 ou le 12 M. de Martigues deffit les gens de d'Andelot et se sauva ledict d'Andelot

---

1. Le prince était alors à Noyers, petite place des confins de la Bourgogne. Catherine de Médicis ordonna à M. de Saulx-Tavannes, lieutenant général dans la province, de l'y surprendre, mais Tavannes ne voulut pas se prêter a cette trahison ; il réunit ses troupes assez bruyamment pour donner l'éveil à Condé et le laisser fuir.

sur un courtaud dedans ung chastiau ; il y eust beaucoup
de gens tués d'une part et d'aultré. On dict que M. de
Montpensier avoit promis secours audict sieur de Martigues, mais il ne s'y trouva point, n'est-ce que ledict de
Martigues demeura victorieux et furent apportées six
cornettes des huguenots au roy [1].

En ung jour Saint-Mathieu, 21e, on fist le service du
fils du roy d'Espaigne en ceste ville de Paris ; il estoit
fils de sa première femme. On dict que son père le fist
mourir pour cause qu'il estoit du parti des Gueux et
mesme qu'il avoit volu attenter à la vie de son père [2].

M. de Boisy, grand escuier de l'escurie du roy fut
prins prisonnier par d'Andelot, estant ledict de Boisy
dans son chastiau ; on dict qu'il invita d'Andelot à souper,
et qu'après le souper ledict d'Andelot le fist prendre. On
y trouva beaucoup d'armes et de richesses pourtant qu'il
avoit eu la dépouille de trois roys, à sçavoir, Franchois 1er, Henri II et Franchois II [3].

La veille de Saint-Michel fut rompu l'esdict de
janvier et publié dedans le palais esdict au contraire.

1. Entre La Chapelle et Saint-Mathurin en Anjou : l'affaire fut
vive, et d'Andelot n'échappa que par l'héroïsme de M. de Boisvert,
maréchal de camp, qui y fut tué. Sébastien de Luxembourg, sieur de
Martigues fut tué peu de temps après au siége de Saint-Jean-d'Angély.

2. Il s'agit de l'infant Don Carlos.

3. Claude Gouffier, marquis de Boissy, duc de Roannais depuis
l'érection de ce duché en novembre 1566, était à son château d'Oyron
près de Thouars. M. de la Colombière, lieutenant de d'Andelot, l'y
surprit : il fut envoyé à la Rochelle, et y resta longtemps ne voulant
rien payer ; Condé le renvoya enfin sur parole, mais il n'acquitta
jamais sa rançon.

Le jour de Saint-Michel fut faicte une procession à Paris où assistoient plusieurs esvesques et archevesques, lesquels portoient deux à deux des reliquaires, savoir le chef Saint-Denis, plus les chevaliers de l'ordre portoient la châsse Saint-Loys; plus des évesques portoient aultres reliquaires entre lesquels estoient les trois corps saincts, à sçavoir Saint-Denis, Saint-Rustique et Saint-Eleuthère, plus après suivoient la croix de Victoire et une aultre plus grande, lesquelles estoient ornées de pierreries; Sainte-Geneviève précédoit les reliquaires tant de Saint-Denis que de la sainte Chapelle. Le cardinal de Lhorraine portoit le corps de Notre-Seigneur, accosté d'un costé du cardinal de Bourbon, et de l'aultre du cardinal de Guise; les quatre enfans d'Anne de Montmorency, connestable, portoient les bastons du ciel; plus Monsieur, frère du roy......, sur une couronne que portoient dix chevaliers de l'ordre, plus le roy suivoit à cheval, pour cause qu'il n'estoit guery de sa fiebvre [1].

Jeudy, qui estoit jour d'après la Saint-Michel, fut publiée par tous les carrefours et affichée à tous les poteaux des rues l'abolition de l'esdict de janvier.

Octobre. Au commencement de ce moys furent ostés les sceaux au chancelier l'Hospital [2].

Le dimanche d'après la Saint-Denis 10e, je présente au roy Charles 9e estant logé au palais le pain bénit. Je lui fis une petite harangue comme son père et grand

1. Cette procession eut lieu pour demander à Dieu la paix.

2. Il fut disgrâcié pour avoir conseillé plus de modération à l'égard des protestants. Les sceaux furent confiés à M. de Morvilliers, évêque d'Orléans.

père l'avoient faict. Le dimanche ensuyvant il vint à la messe à Saint-Barthélemy, estant accompagné de M. d'Alençon et des cardinaux de Bourbon, de Lhorraine et de Guise et feit oblation d'un pain bénit à trois étages.

En ung mardy 19e furent apportées nouvelles au roy que madame Isabeau, fille du roy Henry, femme du roy d'Espaigne, estoit décédée en mal d'enfant [1].

Durant ce temps fut fort foullé le peuple de Paris des grands dons que le roy prenoit dessus et n'estoit encore loisible au peuple de se plaindre, lequel estoit mal taxé; on disoit que les cardinaux de Lhorraine, de Bourbon et de Guise avec M. Pelvé, archevesque de Sens, fesoient les taxes tant du peuple que des ecclésiastiques. Il y eust ung président nommé Dormy, qui fut condamné à 1200 parisis pour cause qu'il se plaignoit de sa taxe de 300.

Envyron le 23e ou 24e fut prinse des huguenots Angoulesme avec composition, mais les huguenots ne gardèrent pas leur foy [2].

En la fin de ce moys de novembre, le siége épiscopal vacant, M. Peron qui avoit le placet par le roy, fist commander à ceulx de la ville de Paris de jeûner le mercredy,

---

1. Isabelle, fille aînée de Henry II, troisième femme du roi Philippe II : elle ne laissa que deux filles ; l'une épousa l'archiduc Albert, auquel elle porta les Pays-Bas, l'autre, Charles-Emmanuel, duc de Savoie. En 1570, Philippe II se remaria avec une fille de l'empereur.

2. La capitulation était des plus honorables pour le marquis de Mézières qui y commandait, et de Thou constate que les protestants en observèrent fidèlement les conditions.

jeudy et samedy pour recevoir le précieux corps de notre Dieu le jour de la Toussaint qui estoit le lundy d'après, et ce afin qu'il pleut à Dieu avoir pitié de son peuple [1].

Au commencement de ce mois furent apportées seize enseignes lesquelles furent mises à Notre-Dame de Paris d'une deffaicte que feist M. de Brissac avec l'ayde du prince de Montpensier et de M. de Guise [2].

Décembre. En ung dimanche 21e fut apporté à M. le duc d'Alençon qu'il s'estoit donné une deffaicte près de Poitiers où il y eust plusieurs huguenots deffaits.

Durant ce moys le prince d'Orange se retira d'après de Noyon voyant qu'il avoit en tête le duc d'Albe, d'autre côté pour la France, M. d'Aumale et le mareschal de Cossé. On dict que ledict prince eust de grandes nécessités jusques à être contraint de se passer en son camp de pain et manger des testes de chou; voyant ses nécessités, il dissimula de se retirer en son païs et séjourna assez longtemps devant Reims, puis il se retira vers Chaalons et passa la rivière, alla à Vitry en Partois, de sorte que l'on disoit qu'il ne se délibéroit point de se retirer que la paix ne fut faicte avec Louis de Bourbon, prince de Condé. Durant ce temps, la reyne de Médicis, mère du roy, vint de rechief à Paris et apporta 300,000 francs avec les plus beaux joyaux de la sainte Chapelle,

---

1. Guillaume Viole était mort depuis le 4 mai; le 9 mai Pierre de Gondy fut nommé, mais il n'eut sa bulle qu'au mois de décembre 1569.

2. Il s'agit ici des drapeaux pris au combat de Mesignac, mentionné plus haut.

entre lesquels estoit une pierre fort riche, laquelle fut trouvée en Galice[1].

1569.

Janvier. En ung mercredy 5e furent menés Crocquot, Gattine avec quelques aultres prisonniers pour cause que l'on disoit avoir trouvé quelques lettres en leurs maisons et qui secouroient le prince d'Orange et de Condé d'argent.

Durant ce moys fut exécuté ung gentilhomme espagnol à l'heure de 9 heures du soir avec torches et fut décapité aux prisons contre toute coutume, et sa teste fut portée en Espagne. L'on dict qu'il avoit baillé......... de voler 500.000 escus que les Anglais prirent au roy d'Angleterre, qui fut cause que le duc d'Albe fist arrester tous les Anglais et tenir prisonniers.

Février. En ung mardy 19e fut publié ung arrest à la requeste du procureur du roy Bourdin, que les officiers eussent à déclarer quelle religion ils avoient et où ils ont été à la messe et reçus leur créateur depuis cinq ans et où, et ceulx de la nouvelle religion où ils ayent fait leur cène.

Durant ce moys les huguenots pensèrent surprendre

---

1. Ayant été battu aux environs de Liege, Guillaume de Nassau se jeta dans le Cambresis où il défit à son tour les troupes du duc d'Albe ; il s'avança alors jusqu'à Saint-Quentin, puis à Soissons, où Charles IX lui envoya M. de Schomberg lui dire qu'il agissait en ennemi, ayant envahi le royaume. Le prince répondit des excuses, fort embarrassé avec ses soldats qui se mutinaient. Il se dirigea alors sur Strasbourg.

par trahison Dieppe, dont plusieurs marchands furent exécutés à Rouen [1].

Lesdicts huguenots pensèrent aussy surprendre Lusignan par trahison vers ce temps, et y en eust plusieurs tués [2]. Sancerre fut siégée par les catholiques et y estoit chef des catholiques M. d'Entraigues, mais ils furent repoussés par les huguenots et contraints de se retirer [3].

Le roy Charles 9e fist son entrée à Metz en Lhorraine, où y eust grandes magnificences et à son entrée fist deffendre les presches, et M. le cardinal de Lhorraine fist la prédication, de sorte que les huguenots admirèrent sa grande doctrine.

Mars. En ung lundy 3e fut exécuté en Grève, Pierre Emon, soy disant secrétaire, homme de grand esprit et qui écrivoit fort bien, mesme des deux mains ensemble, et y avoit moyen de faire tenir en une demie feuille de papier ce que d'aultres ne savoient faire en une; il fut exécuté parce qu'il vendoit les secrets du conseil aux hérétiques, et parce qu'il avoit faict des

---

1. MM. de Catteville et de Lignebœuf, instigateurs du complot furent exécutés.

2. Le complot ourdi par le lieutenant du gouverneur, devait se réaliser, le 17 février, pendant que les principaux officiers de la place auraient été retenus à un banquet. Le gouverneur survint à temps, son lieutenant lui tira un coup de pistolet que Mme de Guron reçut en se jetant audevant de son mari; elle fut tuée, mais Guron put gagner le château et rallier des gardes. La place fut prise de force au mois de juillet suivant par M. de Coligny, après une vaillante résistance.

3. Cette tentative fut dirigée par MM. d'Entraigues et de la Châtre.

libelles diffamatoires et sonnets contre la justice. Son procès fut bruslé devant lui et morut hérétique. Il avoit montré à écrire au roy Charles 9e.

En ce moys fut défaist ung cappitaine huguenot nommé de Pilles avec environ 10,000 hommes qu'il avoit et avoit gaigné quelques gens pour faire escorte au prince de Condé, lequel voloit tirer vers le Languedoc, pour ce qu'il ne pouvoit plus vivre vers Poitiers.

En ung vendredy 18e arriva à Paris M. de Poie, lequel apporta nouvelles de la défaicte de l'armée du prince, pareillement de la mort dudict prince [1], lequel fut porté mort à Monseigneur, lequel estant fâché, usa de mot : *Te voilà en piteux estat, mais tu l'as bien mérité, car tu as mis la France et la couronne en piteux estat* : On dict dudict Louis de Bourbon, prince de Condé :

L'an mil cinq cent soixante et neuf
Entre Congnac et Châteauneuf,
Fust apporté sur une ânesse
Le grand ennemi de la messe.

Son oncle de Bourbon qui fut tué sur les remparts de Rome, avoit ce pasquis ci :

Onus Borbonio vot, fuit arma gerente
Vincere vel morier donat utriusque Deus.

On donna l'honneur de cette défaicte à M. de Tavannes, lequel donna conseil de passer la rivière et faire des

---

1. Le prince de Condé, après des prodiges de valeur, renversé sur son cheval, seul et criblé de blessures, se rendit à MM. de Saint-Jean et d'Argence, qui lui promirent la vie ; mais M. de Montesquiou, capitaine des gardes du duc d'Anjou, le tua d'un coup de pistolet qu'il lui tira par derrière.

ponts toute la nuit pour surprendre les ennemys, lesquels se mocquoient le jour de devant de Monseigneur, usant de ce propos qu'ils mettroient le duché d'Anjou en tel estat quy n'y demeureroit pierre sur pierre.

L'admiral se sauva dedans Congnac : de là il s'en alla à Sainctes, puis à la Rochelle.

Apvril. Durant ce moys fut envoyé par le duc des Deux-Ponts en ambassade un gentilhomme au roy, lequel demandoist que l'édict de janvier fut remis et qu'on eust à bailler au duc Casimir 300,000 escus promis par le roy Henry : à ce fist réponse le roi que le duc des Deux-Ponts estoit trop petit compaignon pour luy imposer la loy, et que quant à l'argent que son père avoit promis, qu'il y advisera quand le duc sera désarmé; que s'il ne le faist, il se délibérera avec l'aide de Dieu de luy rompre la teste et à toute son armée.

May. En ung mercredy 4ᵉ fut apportée nouvelle à M. le duc en cette ville de Paris que M. de Brissac avoit esté tué d'un coup d'arquebuse devant Mussedan [1]. Ce Brissac estoit jeune homme, aagé de 22 ans ou envyron, fils du mareschal de Brissac, et estoit un vaillant homme. Ledict jour fut exécuté en la place Maubert ung jeune escolier aagé de 22 ans envyron appellé des Marez, pour avoir enseigné des enfans à la huguenoterie sans autre crime, et fut le premier exécuté pour l'hérésie depuis les troubles; il fut pendu et estranglé.

---

1. S'étant avancé hors de la tranchée, il reçut à la tête un coup d'arquebuse qui le tua raide. La ville fut prise et saccagée, malgré la capitulation, à cause de l'exaspération des troupes d'avoir perdu leur chef.

Durant ce moys fut mariée à Reims la fille de M. d'Aumale et M. de Vaudémont [1].

Durant ce moys vinrent nouvelles à Paris que d'Andelot estoit mort d'une fiebvre en son lict, ce d'Andelot estoit nepveu de Anne de Montmorency, homme de grande entreprise, hérétique dès le temps de Henry II, même fut mis prisonnier par le commandement dudict sieur roy dans la Bastille [2].

En ung mardy 24e, arrivèrent nouvelles à Paris que le duc des Deux-Ponts avec son armée estoit passé et avoit pris une ville nommée la Charité, et que le capitaine de M. d'Aumale s'estoit séparé de luy et alloit avec le baron des Adrets [3].

Juyn. Au commencement de ce moys vinrent nouvelles à Paris que le duc des Deux-Ponts estoit mort, et ung disoit qu'il estoit mort soul [4].

1. Nicolas de Lorraine, second fils d'Antoine duc de Lorraine, lui-même comte de Vaudémont, épousa en troisièmes noces, le 11 mai 1569, Catherine de Lorraine, fille du duc d'Aumale et de Louise de Brezé. Sa fille, née de son union avec Jeanne de Savoie, avait épousé le duc d'Anjou, depuis Henry III, qui le créa duc de Mercœur.

2. Après la défaite de Jarnac, M. d'Andelot descendit dans le Poitou et fut pris à Saintes d'une fièvre violente qui l'enleva rapidement (27 mai). On fit courir à ce propos des bruits d'empoisonnement. C'était le chef le plus éminent du parti protestant depuis la mort du prince de Condé.

3. Le duc des Deux-Ponts avait déjoué la tentative du duc d'Aumale pour l'empêcher d'entrer en France : il descendit vers la Bourgogne et passa la Loire à Pouilly ; il assiégea la Charité qu'il prit le 20 mai par la trahison de quelques protestants qui y demeuraient.

4. Il mourut à Nesson, près de Limoges, de la fièvre, exhortant ses troupes à continuer la lutte, et leur donnant pour général en chef Volrad de Mansfeld, son lieutenant.

Le 25, les capitaines de Paris furent au Palais demander justice pour faire exécuter Crocquet et de Gastine, et s'adressèrent à un conseiller nommé du Puis, disant qu'il ne tenoit qu'à luy et jurèrent aulcuns de ceux qui estoient avec ces capitaines que s'il ne faisoit justice de ces dessus dicts, ils le feroient mourir.

En ung lundy 27 fut inhumé M. de Cossé, sieur de Brissac aux Célestins de Paris ; son corps fut transporté de Saint-Esprit jusqu'aux Célestins avec grand honneur qui lui fut faict par MM. de la ville.

En ung jeudy dernier du mois furent pendus en Grève Philippe de Gastines et Richard de Gastines, son fils, avec Nicolas Crocquet, partie pour hérésie et avoir faict la cène au logis desdicts de Gastines, partie pour avoir aydé à démolir les autels et aultres choses ; la maison des Gastines fut démolie, par arrest de la Cour, y fut plantée une croix au lieu du bastiment.

Durant ce moys, vinrent nouvelles à Paris de la mort de Mouy, lequel avoit faict entrer le duc des Deux-Ponts et ses reistres en France [1].

Juillet. En ung mardy 13e fut décapité en Grève M. de Laschêne, autrefois conseiller au parlement, partie pour hérésie, partie pour plusieurs faits qui ne furent publiés pour l'indignité d'iceulx.

Le mercredy d'après 20, fut décapité en Grève le baron de Courténe, de la maison de Dommartin, partie pour hérésie, partie pour vol et aultres forfaits.

---

1. Le duc d'Anjou vint attaquer Niort après la bataille de Moncontour ; de Mouy y commandait, fit une vigoureuse sortie et y fut blessé par un de ses officiers, Louviers de Maurevel ; il se retira à la Rochelle où il mourut peu après — la ville se rendit après son départ.

Durant ce moys fut donné un arrest par la Cour du parlement et commandé aux curés de l'annoncer aux peuples, que tous ceulx et cels qui sçauroient où il y auroit quelques huguenots ait à le révéler aux capitaines du quartier, de sorte que de ce temps les capitaines de la ville estoient en grand crédit et faisoient des assemblées; et estoit permis à chacun capitaine de picquer ceulx qu'ils soubçonnoient sciemment estre de la religion, et avoient semblablement des marchands et gens pour prendre les soubçonnés.

Aoust. En ung lundy 1er, le roy fist le siège au palais où estoient les cardinaux de Bourbon, de Lhorraine et de Guise, et fut donné un arrest par ledit seigneur, que par cy après, encore que l'édict d'Orléans le permet, on ne pourroit prendre au corps pour exécution d'arrest, qu'un mois après la signification, les hommes d'église. Plus furent déclarés les biens des huguenots confisqués et bailés à l'église jusqu'à cinquante mil escus de rente, lesquels le roy prendroy sur le clergé, et se rembourseroit ledit clergé sur ces cinquante mil escus.

En ung mardy 16e fut surprise Ferrières par les huguenots sur les trois heures du matin et furent tués cinq ou six relligieux, les ungs pendus, les aultres arquebusés [1].

Envyron la fin de ce moys, aulcuns huguenots d'Orléans lesquels avoient faict profession de foy, faisoient quelques entreprises contre la ville, de sorte qu'ils

---

1. Célèbre abbaye bénédictine située en Gatinois.

furent serrés, et incontinent après le feu fut mis en la maison où ils étoient et furent brulés [1].

Septembre. Au commencement de ce moys, le siège vacant, fut commandée procession du chapitre durant trois jours, que le peuple eust à se mettre en dévotion et assister aux processions afin qu'il pleut à Dieu de délivrer MM. de Poitiers, lesquels estoient en grande nécessité de vivre principalement de chair jusqu'à tuer les chevaux pour saller et manger, et dict-on que M. de Guise, lequel estoit chef de la ville, se passoit de pain et de vin.

Le 9e fut de rechief commandé au peuple de se trouver aux processions particulières et générales, au maistre d'escole et maîtresse de mener leurs enfans à Sainte-Geneviève chanter des saluts, ayant tous chascuns une chandelle ardente en leurs mains, semblablement que les pères et mères ayent à advertir leurs enfans tant après le disner que le souper, que soir et matin de chanter des saluts, et ce pour délivrer la ville de Poitiers.

Le dimanche ensuivant durant le temps que M. le duc de Savoie estoit en procession, qui alloit de Notre-Dame à Sainte-Geneviève, furent apportées nouvelles que les huguenots s'estoient levés de devant Poitiers, c'estoit qu'il avoit eust si grande crainte qu'ils avoient laissé le bagage de son artillerye [2].

---

1. On avait enfermé un certain nombre de protestants des deux sexes dans la maison carrée et dans la tour de Martinville. Le peuple, furieux, égorgea tous ceux qui étaient dans la maison, et ne pouvant entrer dans la tour, y mit le feu; ceux qui parvenaient à s'échapper de la fournaise étaient massacrés.

2. Coligny leva le siège le 6 septembre, en apprenant l'arrivée

En ung mardy 13ᵉ, veille de l'exaltation de la sainte croix, fut en Grève pendu par effigie Gaspard de Coligny, seigneur de Chastillon, admiral de France et Bretaigne, déclaré infâme, ses armes traînées par quatre chevaux pour crime de lèze majesté et comme perturbateur du bien public. L'arrest porte que celui qui porra amener au roy ledict Coligny auroit 50 mil escus de don avec pardon de toutes ses fautes, pourtant que ledict Coligny portoit volontiers ung *curedent*, il y en fut baillé ung combien que son arrest n'en dict rien. Les enfans arrachèrent les jambes de l'effigie. Mais pourtant que l'arrest portoit que ladite effigie debvoit être portée à Montfaucon en la place...... qu'il y avoit ung garson assez grand qui y mist le feu, il fust prins et mené prisonnier par un conseiller du thrésor nommé M. Dampon.

Octobre. En ung lundy 3ᵉ fut donné une bataille près de Moncontour, de sorte qu'il y eust bien 10 mil huguenots tués et le bagage des reistres huguenots prins. Gaspard de Coligny, admiral, s'en fut en fuyant et fut blessé [1]. Il n'y eust pas tant de morts et de blessés des catholiques plus de 3 à 400 hommes, et a esté cette victoire admirable, de sorte que MM. du Parlement ont ordonné que tous les ans, le 3ᵉ d'octobre, il ne seroit point plaidé au parlement. On attribue l'honneur de cette victoire à MM. d'Aumale et de Tavannes [2].

de l'armée du duc d'Anjou, ne cherchant d'ailleurs qu'un prétexte depuis plusieurs jours. Il y avait perdu plus de 2000 hommes.

1. D'une balle à la joue. Les protestants perdirent 6 a 7000 hommes.

2. M. de Saulx-Tavannes, au milieu de l'affaire, monta sur une hauteur pour envisager le champ de bataille et en revint, « le visage

Monsieur, frère du roy y estoit, lequel, à la vérité, estant jeune, se hasarda et mist en danger les siens, toutefois Dieu luy aida.

Durant ce moys morut M. de Senerpont et fut enterré à Senarpont à la huguenote et encore qu'il fut fort huguenot, n'est-ce qu'il ne porta les armes contre le roy, combien que ses enfans fussent avec le prince de Condé.

Novembre. En ce moys furent prins prisonniers à l'Isle-Adam et amené à la Conciergerie du palais ung advocat nommé Robert avec le secrétaire Voye et son fils.

Le jeudy, veille de Sainte-Catherine 24ᵉ furent pendus en effigie de Lorge, seigneur de Montgommery, ce fut celui qui tua le roy Henry au tournois, comme verrez ci-dessus, et le sieur de Maligny, vidame de Chartres.

Les huguenots prindrent la ville de Nismes durant ce moys et tuèrent plusieurs catholiques.

Décembre. En ung lundy 5ᵉ furent apportées nouvelles à Paris de la mort de M. de Martigues, lequel fut tué devant Saint-Jean d'Angely.

En ung mardy partirent quatre médecins de Paris pour aller au camp qui estoit à Saint-Jean-d'Angely à cause des grandes malladies : les médecins se nommoient Duval, Picard, Nalod et Marg......l.

Saint-Jean-d'Angely fut rendu par composition environ le 8 ou 10ᵉ de ce mois [1].

plein de gayeté, » dit de Thou, tracer au duc d'Anjou un plan qui réussit complètement. Les catholiques perdirent 500 cavaliers et quelques personnages considérables.

1. Les troupes royales pillèrent cependant la ville ; elles perdirent six milles hommes à ce siege à cause des maladies.

Durant ce moys fut levé argent sur les huguenots soubçonnés pour subvenir aux affaires du roy et estoient députés MM. Boucher, premier président du grand conseil et le lieutenant civil avec deux aultres. Il n'estoit permis de présenter requeste ni même parler pour lesdits soubçonnés, si on ne voloit estre noté; la moindre taxe estoit de 100 escus soleil qui lors valoient 54 sols, toutefois aulcuns furent racomodés.

Durant ce moys vindrent nouvelles qu'il y avoit division au royaume d'Angleterre pour la relligion, et qu'aucuns évesques avoient levé gens avec quelques milords contre la reyne d'Angleterre; les aultres disoient que cela a esté suscité par quelques milords qui faisoient l'amour à la reyne d'Escosse, laquelle estoit prisonnière en l'isle d'Angleterre, et que pour ceste cause la reyne d'Angleterre feit mourir quelques gentilshommes de sa cour : toutefois ce discours dict que c'estoit que les milords voloient qu'elle nomma quelqu'un pour succéder à la couronne.

Envyron le 17 octobre fut prononcé un arrest à la cour du parlement de Paris, par lequel furent condamnés d'Andelot et sa femme à estre déterrés et leurs corps pendus au gibet.

En ce temps on parloit de faire la paix, de sorte qu'il y eust un prédicateur cordellier nommé Higois, qui fist comparaison de la France à une espaule de mouton mise entre plusieurs soudards, lesquels ayant faim, dépouillent de telle sorte l'espaule qui n'y eust plus que les os et de faict ils trouvent la paix, ainsy disoit-il de la France, laquelle après qu'elle a esté pillée il fault faire la paix.

1570.

Janvier. En ce moys se fit le mariage d'entre M. de Montpensier et la fille de M. de Guise [1].

Le 24e morut M. Bourdon, procureur général du roy à Paris, homme de grand sçavoir, lequel jamais ne fléchit, encore qu'il eust de grands biens, et que les huguenots exécutassent tout par leur volonté; il eust de grandes menasses faites et pour toutes ces menasses, il ne cessa de poursuivre contre les huguenots et faire faire des arrêts contre eux. Il ne fut que vingt-quatre heures malade.

Durant ce moys en ung lundy 23e, le chevalier du Boulet fut à Milly en Gastinois où se tenoit quelque foire, où ledict chevalier et ses complices prinrent plusieurs gens notables prisonniers, et après les avoir volés, les mirent à rançon.

Ledict chevalier du Boulet avec les siens se retira en ung chasteau nommé Ville Maressal, où il fut siégé par M. d'Antragues, en voyant qu'il ne pouvoit résister, il se sauva luy douzième; par après le chasteau fut prins et plusieurs qui estoient dedans tués, aucuns prins prisonniers et furent amenés dans la Conciergerie à Paris en ung mardy et le lendemain furent pendus et estranglés. Il y avoit entr'autres un gentilhomme nommé Bouteville, duquel le fils estoit prisonnier entre les mains de M. d'Entragues, qui le pensoit sauver, de sorte qu'il y

---

1. Catherine-Marie de Lorraine, fille du duc de Guise et de Anne d'Est, mariée à Louis de Bourbon, duc de Montpensier, morte le 6 mai 1596.

fut enjoint par la cour du parlement de livrer à ladicte cour le fils dudict Bouteville sous peine de 10,000 parisis d'amende et ce dedans trois jours, de sorte que ledict Bouteville estant arrivé à Paris, fut le lendemain pendu et estranglé en Grève où avoit été pendu son père[1].

Février. Durant ce moys, M. Damville feist entrer à Toulouse ung quidam quy avoit esté chassé de ladicte ville de Thoulouse à cause de la relligion, et estant reconnu des capitouls, ils furent parler à M. le duc d'Anville et luy dire qu'il aie à rendre ledict capitoul pour en faire justice. ce que le sieur d'Anville refusa; ce voyant ung des capitous parler assez hault dont facha ledict sieur d'Anville et luy bailla un soufflet, de sorte qu'estant retiré un d'autres capitous qui l'accostoient firent incontinent après rassembler les aultres capitous, la ville estant en armes, de sorte que ledict sieur d'Anville fut contraint rendre ledict capitou et fut pendu, dont on dict que le sieur d'Anville se vengera.

Mars. En ung mercredy 2ᵉ, M. du Peron, fils de Mᵐᵉ du Peron, mère nourisse du roy Charles 9ᵉ[2],

---

1. Milly est une petite ville entre Etampes et Fontainebleau. Le chevalier du Boulay était un gentilhomme de la Beauce; c'est au retour que les chevaux étant trop fatigués pour continuer, chargés de butin, comme ils étaient, que du Boulay se refugia à Ville-Maréchal, château de l'évêque de Lombez. M. d'Entraigue, gouverneur de la province, se fit seconder par M. de Mansfeld qui ramenait en Flandres les troupes prêtées au roi de France par Philippe II. Malgré les efforts de M. d'Entraigue qui voulait qu'on s'en tint aux termes de la capitulation, les deux Bouteville périrent.

2. Monseigneur de Gondy était fils d'Antoine de Gondy, seigneur du Perron, maître d'hôtel du roi, et de Catherine de Pierre-

prist possession de l'évesché de Paris au chapitre, et après disner prist autre possession de l'abbaye Saint-Magloire annexée à la croce avec tous les priorés estant en présentation de ladicte abbaye. Le dessusdict sieur du Peron estoit homme assez prudent, second fils de la dessusdicte dame, laquelle estoit femme d'ung banquier de Lyon [1]. Il quitta l'évesché de Langres qui valloit 30,000 fr. de revenu et le bailla à M. de Poitiers. Je ne scay avec quelle condicion, car il est certain que l'évesché de Paris ne valoit pas le quart de l'évesché de Langres, joinst que l'évesque de Langres est pair de France. Il fut constitué de par le roy supérintendant des finances au lieu du mareschal de Cossé, sieur de Gonor.

Envyron le 8ᵉ du moys, M. de la Guesle, procureur du roy, prist possession encore que MM. de la cour ne le voulussent admettre pourtant que le bruit estoit qu'il estoit de la relligion, toutefois M. Thomas, carme, porta le témoignage pour ledict sieur, disant que lorsqu'il preschoit à Dijon que le dessus dict sieur procureur du roy assistoit ordinairement au divin service.

Durant ce moys fut arresté prisonnier au Mans un moine nommé Poncet, lequel estoit assez audacieux en sa prédication et ne faisoit difficulté de taxer les grands,

Vive, favorite de Catherine de Médicis. Notre chroniqueur se trompe en la citant comme mère-nourrice du roi; elle fut seulement gouvernante des enfants de France.

1. Elle était fille de Nicolas de Pierre-Vive, seigneur de Lezigny, maître d'hôtel du roi et général de ses finances à Lyon, originaire de Quiers, en Piémont.

jusqu'à la personne du roy, usant de ces mots *que le Dieu éternel auoit pryé au jardin d'olivier, mais les sieurs et roy de notre temps faisoient les jardins lieux de délices où ils faisoient des enfans et non des lieux d'oraison*, pour cause, comme l'on dit, que le roy avoit eu ung enfant à Orléans, lequel s'esbatant en ung jardin, et dict-on que ledict enfant fut baptisé à Paris auc ommencement de ce présent mois[1], pour ceste cause ledict Poncet fut constitué prisonnier entre les mains du procureur du roy du Mans, lequel reçust après le disner ledict sieur Poncet, le faisant prisonnier du roy, mais le peuple estant esmu, ledict procureur du roy fut contraint le mettre entre les mains de l'évesque du Mans.

Apvril. Montmorency, fils aîné du connestable, se retira de la Cour et s'en vint à l'Isle Adam pour une querelle qu'il eust contre le marquis de Mayenne[2], frère de M. de Guise, pourtant que ledict sieur Montmorency voulut marcher devant ledict marquis de Mayenne, et dict-on que le roy dict à Montmorency, qu'il n'estoit raisonnable qui le proposa à ses parens, encore que ledict Montmorency eust espousé la bastarde du roy Henry, du depuis fut dict de par le roy et mist par escrit que ledict Montmorency marcheroit après les princes

1. Ce n'est qu'en 1573 que naquit le fils que Charles IX eut de Marie Touchet, fille d'un lieutenant-général au présidial d'Orléans, qui fut depuis duc d'Angoulême. Il paraît que la liaison du roi remontait à plusieurs années d'après ce détail.

2. Le marquisat de Mayenne ne fut érigé en duché-pairie qu'au mois de septembre 1573.

du sang pour les bons services que son père, connétable de France, avoit faict au roy.

En ce moys y eust quelques troubles en la cour du parlement pour quelques pasquils qui avoient esté attachés, où estoient taxés les femmes du président et conseillers, nommément Mme la présidente de Thou, laquelle, quoiqu'on die, touttefois est tenue et réputée pour femme honorable et vertueuse [1]. On dict que ça a esté le fils du greffier du Tillet [2], lequel a composé ces pasquils, lesquels à la vérité estoient si scandaleux que les hommes désirant garder leur honneur ne l'eussent peu ouyr, et de faict on dict que le frère du sieur Anthoine du Prat, prévôt de Paris, se gossant en lisant ces pasquils, fut tué dedans le Louvre par un gentilhomme de Picardye nommé de Gonnelieu, lequel par après fut décapité en effigie aux halles et depuis eust sa rémission. La cour de Parlement, et principalement M. le président de Thou, voloit que M. le procureur se feit partie contre ledict du Tillet, mais le greffier du Tillet prist la cause pour son fils et recusa M. le premier président avec ses parens et alliés, estant de ladicte cour qui se trouvèrent jusques au nombre de 50 ou 60. Comme l'on dict les causes de récusation dudict du Tillet estoient que roy avoit permis à M. le Président ung estat de maistre des comptes et que par ce moyen ledict président cher-

1. Catherine de Tulleu, fille de Jean, seigneur de Cely et de Jeanne Chevalier.

2. Greffier en chef du parlement, personnage très-justement considéré ; il mourut en 1570, presqu'en même temps que son frère, évêque de Meaux.

choit à avoir l'estat du fils dudict Tillet. Pour conclusion fut aresté de la Cour sans plaider plus outre que le greffier du Tillet seroit mandé et lui seroit enjoint par M. le président Séguier d'apporter ses enquestes pour estre lacérées et bruslées en sa présence, M. le président Séguier proférant ces paroles : *La Cour vous donne à entendre que vous n'estes que serviteur et vous enjoint de porter plus d'honneur à nous servir, que vous ne faictes commandement à M. le premier président qui est le chef vostre maistre.*

May. Durant ce moys fust donné ung arrest contre 80 de ceulx tant gentilshommes que aultres huguenots par lequel leurs corps et biens estoient confisqués.

Juyn. Le 3ᵉ de juyn, furent adjournés au banc lesdicts huguenots, ce qui se fist pour vendre leurs biens.

Durant ce moys furent amenés prisonniers à la Bastille deux chevaliers de l'ordre, ung nommé Fernax, et l'aultre nommé de la Molle, lesquels s'estoient entre-accusés d'avoir voulu livrer le Havre-de-Grâce à Gaspard de Coligny, autrefois admiral de France. On dit que sur ce ils se voloient combattre, mais que le roy leur dict que ce n'estoit à eulx à se présenter le combat, et qu'ils avoient commis crime de lèse-majesté, partant que c'estoit à luy d'en faire justice.

Juillet. Au commencement de ce moys furent amenés prisonniers à Paris dix ou onze marchands de Nevers, lesquels on disoit avoir voulu livrer leur ville aux huguenots.

Envyron le 9 ou 10 furent pendus en effigie devant la porte du palais (?) environ six ou sept vingts huguenots tant hommes que femmes et par après furent dépendus de nuict.

Envyron ce temps le roy porta mauvais visage à M. de Guise pourtant que Mme Marguerite, sœur du roy voloit avoir en mariage mon dict sieur de Guise; ce que le roy ne voloit pas accorder, joint que Montmorency, le chancelier et aultres estoient à la Cour, qui sont amis de la maison de Lhorraine [1].

Durant ce moys il y avoit une louve laquelle on dict avoir esté donnée au roy et baillée en garde à quelques ungs qui la laissèrent aller, c'estoit une beste fort cruelle et ne faisoit difficulté de se jeter sur les hommes ; elle mangea plusieurs, tant hommes que femmes et enfans.

En ung vendredy, jour de St-Victor 21e, accoucha une femme, en la rue des Graveliers, de deux enfans qui tenoient ensemble, par le lien de la nature, de sorte qu'on ne sçut juger s'ils estoient fils ou filles, ils vécurent assez longtemps et furent portés au logis de Madame du Peron, mère-nourrice du roy pour porter au roy à St-Germain-en-Laye.

Durant ce moys le maréchal de Cossé envoya quelques gens d'armes en une petite ville près de Sens [2]. Les

1. La trop grande familiarité de cette princesse avec le jeune duc de Guise, aussi bien fait que brave, dit de Thou, inquiétait le roi qui chargea son frère naturel, le grand prieur de France, de le débarrasser du duc. Le grand prieur ayant manqué plusieurs occasions, fut tellement mal mené par Charles IX qu'il résolut de réussir à tout prix, mais Guise prévenu par M. d'Entraigne, se tint sur ses gardes et se hâta en même temps d'épouser « avec une espèce de précipitation » Catherine de Clèves, veuve sans enfant du prince de Porcien.

2. Probablement Joigny où le maréchal est indiqué comme ayant passé avant de se rendre à Sens, quand il cherchait à couper l'armée protestante.

habitans ne les voulurent recepvoir, disant qu'ils avoient privilége sur ce. Le maréchal de Cossé y envoya le canon, la ville estant prise à cause de la trahison d'ung nommé de la Marolle, ledict de Cossé feit mettre la ville à feu et à sang et pendre 8 ou 10 des officiers de la ville. On parla assez bizarrement dudict sieur, disant qu'on ne s'estonnoit s'il estoit mareschal, pourtant qu'il y avoit longtemps qu'il sçavoit ferrer la mule; il avoit gouverné la France et estoit assez ancien, on disoit que son esprit estoit trop apte à prendre l'espée.

Aoust. En ung vendredy XIe d'aoust fust publié la paix avec les huguenots et avoient en ceste paix plus qu'ils n'eurent à l'edict de janvier, à savoir quatre villes pour sûreté de leurs personnes qui est la Rochelle, Montauban, la Charité et Congnac, avec deux presches par toutes les provinces, et puissance aux justiciers de faire assemblée et prescher en leurs maisons. Il y a des articles assez épouvantables pour faire trembler la France avec les fidèles serviteurs du roy, considérant que les huguenots sont tenus pour fidèles serviteurs, et ce qu'ils ont faict, tenu du roy pour agréable. Il y eust esmeute à Rouen, quand on publia cette paix et de faict on dict que aulcun de ceulx qui le publioient furent blessés et aucuns tués.

Le jour de l'Assomption de Notre-Dame, le roy fust disner au logis de M. du Peron, évesque de Paris où il se fist de grandes insolences par les pages et laquais, lesquels ostoient manteaux et chaperons aux marchands, de sorte qu'il y eust esmeute et quelques pages tués de coups de pierres qu'on jetoit par les fenestres. Après ledict disner, le roy fust à la prédication.

A cause de ceste émotion le lendemain 16ᵉ, fust faicte deffense aux marchands de ne dire mot aux pages sous peine de la hart, et aux pages de ne dire mot aux marchands sous peine de fouet. Ledict jour de l'Assomption, le roy fust souper à l'Hostel-de-Ville ; on croist que c'estoit pour faire des eschevins et prévost à sa volonté. Il y avoit à la porte dudict Hostel-de-Ville deux femmes qui tenoient chacune une palme en leurs mains, et dessoubs leurs pieds, celle qui estoit à destre fouloit une harquebuse et une épée ; celle qui estoit à sénestre seulement une harquebuse. Je ne sçay si ceste devise voloit signifier que le roy a gaigné la victoire contre les huguenots en mettant les armes bas, ou bien s'y vouloient interpréter la devise du roy *pietas et justicia*, toutefois *justitia sit parcere subjectis et debellare superbos*, et partant le jugement d'aulcuns seroit de luy mettre l'épée en la main et non de la fouler au pied.

Le 17ᵉ d'aoust furent eslus pour prévost des marchands M. Marcel [1], orfebvre, et pour eschevins ung nommé Eresse et l'autre Bocquet, encore que tous trois n'eussent eu tant de voix pour élection que d'aultres, mais il pleut ainsy au roy.

Octobre. En ung mardy fust marié Henry de Lhorraine, fils aisné de défunct M. de Guise qui fust tué par Poltro, avec Mme de Clèves, fille de M. de Nevers et veuve du prince de Porcien, il y eust à ceste nopce de grandes magnificences.

Durant ce moys à la requeste de M. le recteur nommé Monseigneur Jacques Sagnier, natif d'Amiens, le roy

---

1. Ce fut un des plus actifs agents de la Saint-Barthelemi.

octroya à l'université de Paris de ne point recepvoir de principaulx et maistres d'école de la religion des huguenots avec deffense aux imprimeurs et libraires de l'université de Paris de n'imprimer ny vendre aulcuns livres, soupçonnés de la dessusdicte religion.

Durant ce moys le roy estant à Ecouan, envoya quérir M. de Thou, premier président du parlement de Paris et luy fist commandement qu'il eust à apporter ses registres. Ledict sieur président envoya au roy quatre conseillers, le suppliant de l'excuser, pourtant qu'il se portoit mal. Le roy n'estant content, renvoya les conseillers, disant qu'il ne les demandoit point et qu'ils s'en allassent faire justice, mais qu'ils envoyassent le premier président sans faillir, lequel estant arrivé, le roy luy dict : « *Vous voilà, vous n'estre guère malade, Dieu mercy; pourquoy allez-vous contre mes édicts. Je ne sçay point de gré à nostre cousin le cardinal de Bourbon d'avoir sollicité et obtenu arrest contre la maison de Chastillon, qui m'a faict tant de services et a pris les armes pour moy.* » C'estoit à cause que M. le cardinal de Bourbon avoit faict vuider le procès touchant l'évesché de Beauvais. Puis le roy dict audict sieur président : « *Montrez-moi vos registres, où est l'arrest contre le cardinal de Chastillon.* » Lors il déchira trois feuillets où estoit l'arrest dudict Chastillon. Lors le maréchal de Montmorency luy dict : « *Sire, regardez que vous n'en déchiriez pas d'aultres.* » Lors le roy vit encore quelques feuillets touchant ledict Chastillon et les déchira [1].

---

1. De Thou omet complètement ce détail dans son histoire.

Novembre. Au commencement de ce moys, le roy partit pour aller prendre sa femme à Mézières[1], laquelle avoit esté espousée par procureur, et c'estoit le duc de Lhorraine, nepveu du cardinal de Lhorraine.

Envyron le 10ᵉ fut tué par un jeune homme qui avoit esté huguenot, le chevalier du Boulet, homme fort malin, lequel estoit échappé des prisons de ceste ville de Paris, et du depuis avoit faict de grandes voleries à Ferrières et Milly en Gastinois, dont a esté parlé par cy-devant. On dict qu'il dict au jeune hommé qui le tua, qu'il avoit délessé la cause qui estoit huguenoterye et quy luy feroit bailler les étrivières. Le jeune homme luy fist réponse qu'il estoit homme de guerre et qu'il ne luy falloit bailler les étrivières, dont esmeu, ledict du Boulet tyra son épée pour frapper ledict jeune homme, lequel avoit un pistolet, lequel il délassa et frappa ledict du Boulet dedans le gosier, au village de Courtène, dont y morut.

Envyron le 14ᵉ fust faict un esdict par lequel fust défendu d'instruire les enfans à la religion des huguenots, et aux imprimeurs d'imprimer ni vendre livres de la religion.

En ung dimanche 24ᵉ fust marié à Mézières *in proprio* Charles de Valois, roy de France avec Isabelle d'Austriche, fille de l'Empereur, et eust 200,000 livres en mariage dont le roy en donna la plupart.

---

1. Les ducs d'Anjou, d'Alençon, de Lorraine, de Guise, d'Aumale et de Montmorency, avec l'escorte la plus brillante, l'avaient devancé à Sedan où le duc de Bouillon fit une splendide réception à la reine qu'il conduisit à Mézières. Le lendemain 26, le mariage fut célébré avec toute la magnificence imaginable.

Durant ce moys viendrent de grandes inondations d'eau à Lyon et grand tremblement de terre à Ferrare, de sorte que la pluspart de la ville est gastée.

Décembre. Durant ce moys les eaux furent fort grandes par la France et particulièrement la Seine.

1571.

Janvier. Au commencement de ce moys furent ostés les sceaux à M. de Morvilliers, puis baillés au président Birague, savoisien [1].

Le duc de Lhorraine obtint durant ce moys la souveraineté de la duché de Bar pour sa vie seulement. M. de Montpensier eust main levée des terres à Stenay et à Bouillon, lesquelles avoient esté saisies et mises en la main du roy.

La duchesse de Ferrare, fille du roy Louis XIe, obtint pour son apanage Montargis, Chartres et la forest d'Arles, et pourtant qu'elle estoit ancienne, elle donna tout à M. de Nemours et son petit bastard genevois, de sorte qu'en peu de temps le roy se dépouilla de plusieurs biens dont ses prédécesseurs avoient joui.

Le cardinal de Chastillon fut aussy remis en tous ses biens et bénéfices, encore qu'il n'eust laissé sa relligion.

Durant ce moys, le roy envoya Montmorency à Paris et vouloit lever sur son peuple grands deniers, mesme jusqu'à la 10e partie des biens d'ung chacun, encore qu'il

---

1. René de Birague, d'une famille noble de Milan, débuta au service de France comme conseiller au Parlement de Paris ; il fut ensuite pourvu d'ambassades, créé cardinal, après la mort de sa femme : naturalisé en 1570, il reçut les sceaux et prit le titre de chancelier à la mort de l'Hopital, en 1573.

fut certain que pour l'an 1570, les parties casuelles soient montées jusques à un million trente mille livres, toutefois pour obéir à cet édict, fut derechief assemblé le conseil où assista le maréchal de Montmorency, l'évesque de Paris, le sieur de Thou, premier président, Marcel, prévôt des marchands, où on dict que le premier président conta quelque histoire d'ung roy de France, lequel voloit faire grands impôts, mais ayant entendu que le peuple se mutinoit, dict qu'il ne veult rien lever sur son peuple. Marcel d'autre part parle assez hardiment, disant que le peuple, les biens et enfans du peuple estoient au roy, mais que toutefois s'il en abusoit, il ne s'en montreroit roy. Par après fut conclud qu'on iroit voir le roy où furent MM. de Montmorency, Pierre de Gondy, évesque de Paris et le premier président avec le prévôt des marchands, et sy tost que le roy les vit qu'ils venoient pour ceste affaire, il leur dict qu'il sçavoit bien que ce moyen n'estoit bon que pour trouver argent et qu'il ne vouloit plus qu'on luy en parla. Toutefois fut dict qu'on prendroit livres sur l'église à condition de ne payer 1,600,000 plus de décimes et que l'argent seroit mis à l'hostel de ville de Paris au profit du roy.

Février. Durant ce moys, les eaux furent grandes et de faict le 11e de ce mois les eaux alloient à deux toises près de la croix des Carmes en la place Maubert et à deux pieds près des maisons de dessus le pont au Change et passoit assez haut par dedans une maison laquelle est vers le Chastellet et ung aultre qui est vis-à-vis de celle de dessus le Pont.

Durant ce moys furent adjoutés deux maressaux, sça-

voir M. de Tavannes et de Villars, encore que le temps
passé il n'y eut en France que quatre maressaux et un
admiral [1].

Mars. En ung mardy 6e fut faicte entrée du roy dedans la ville de Paris[2] où le roy fut accosté de son frère,
du duc de Lhorraine, où se trouva aussi MM. de Guise,
d'Aumale et quelques ungs des grands seigneurs, mais
aulcuns se retirèrent pour l'ambition de marcher.

Le jeudy 8e le roy fust à Saint-Denis pour faire les cérémonies observées pour lever les corps de son père
Henry et de son frère Franchois, roi de France, et pour
remettre les corps saincs, combien qu'à la vérité que
quinze jours auparavant les corps desdicts seigneurs rois
avoient esté transportés et mis au sépulcre, lequel a esté
érigé de nouveau où il est. L'entreprise est de faire
quelques chapelles où sont les corps des dessus dicts roys

---

1. Gaspard de Saulx, vicomte de Tavannes par substitution du
frère de sa mère mort dernier de sa famille ; il avait pris part à
presque tous les combats depuis la bataille de Pavie où il servait
comme page du roi, et avait gagné celle de Renty sur les impériaux.
Ce fut l'un des hommes de guerre et d'état les plus considérables de
son temps, mort en 1373.

Honorat de Savoie, marquis de Villars, fils de René, bâtard de
Savoie, et d'Anne Lascaris, comtesse de Tende : il fut fait amiral
en 1572. La charge de maréchal avait été instituée par Saint-Louis
qui créa deux titulaires : Henry porta à quatre le nombre de ces
officiers qui s'éleva jusqu'à neuf sous Henry III, lequel finit par
les rétablir à quatre. François Ier les avait rendus inamovibles.

2. Un trône avait été dressé à la porte Saint-Denis et c'est là que
le roi écouta les harangues ; il se rendit ensuite à Notre-Dame : partout avaient été élevés des arcs de triomphe avec des ornements et des
inscriptions grecques, latines et françaises, composées par Jean
d'Aurat et Pierre de Ronsard.

et seront par après mis les corps des roys et des enfans de France, et joindre lesdictes chapelles au corps de la grande église de Saint-Denis.

Le Dimanche en suivant XIe, le roy fut en procession honorablement où assistèrent plusieurs cardinaux, évesques et abbés, et furent portées plusieurs belles reliques, mais à la vérité le roy fut tardif d'assister à la procession, et de faict il estoit plus de deux heures d'après midy, dont le peuple se formalysa, toutefois le roy n'estoit des paresseux à la messe. Durant ceste procession il y eust ung page de M. de Guise qui fust frappé par un archer, dont estant adverty ledict sieur de Guise chercha ledict archer, et l'ayant trouvé en service, et en la présence de plusieurs le fit mettre à genoux et commanda à son page de luy rendre ce qui luy avoit presté, de sorte que le page donna audict archer deux petits soufflets, puis M. de Guise le souffleta avec son gant.

Le lundy ensuivant 12e, le roy fut au palais et marchoient devant luy les suisses, lesquels jouoient le tambourin et incontinent après Monseigneur lequel faisoit pareillement jouer du tambourin devant lui.

Après avoir entendu le plaintif dudict archer auquel le roy dict qu'il ne croyoit que ledict sieur de Guise eust faist cela et que son frère ne le vouldroit avoir faict. Toutefois je crois que le duc de Guise se souvint d'ung page qui fut tué à Villers-Costeret, jettant de la boue contre le serviteur du secrétaire d'état, lequel le tua.

En ung dimanche 18e fut faicte à Rouen une sédition et y eust quelques catholiques tués, mais beaucoup plus de hugenots. L'occation de cette sédition fut parceque

M. de Montmorency, lequel avoit charge de faire entretenir l'édict dict de pacification, fust à Rouen, et fist déterrer aulcuns hérétiques, lesquels avoient esté pendus et decapités par authorité de justice à cause qu'ils avoient voulu trahir la ville de Dieppe. Toutefois ledict Montmorency les fist déterrer et ensevelir et mettre en terre et remis les parens desdicts exécutés en les biens desdicts exécutés, dont les huguenots se targuoient et alloient en troupes à la presche, qui fut cause de ladicte esmeute. M. de Montmorency fut à Rouen pour faire justice des catholiques à cause de la sédition, mais ceulx de Rouen ne le volurent lesser entrer sinon luy 20e [1].

En ung jeudy 29e, Isabelle d'Autriche, femme du roy Charles IXe de ce nom fist son entrée en ceste ville de Paris : y avoit beaucoup plus de grands seigneurs qui luy assistèrent qu'il n'y en avoit au roy. Ledict jour ladicte reyne alla souper au palais. Le lendemain 30e elle alla à la messe à Notre-Dame de Paris, et estoit près de trois heures après midy quand la messe fut dicte, dont le peuple derechief murmuroit. Toutefois le roy estoit à excuser, parcequ'il avoit alors de grandes affaires. Elle disna à l'évesché et fut servie à table par les enfans de Paris. Ledict jour vendredy, furent faictes au palais de grandes magnificences avec mascarades où estoient

---

1. De Thou raconte tout autrement ce regrettable événement. Comme les protestants se rendaient à leur prêche par la porte de *Caux*, les derniers furent insultés par les soldats de garde : on échangea quelques coups, mais au retour la lutte fut sérieuse ; il y eût des morts et des blessés.

huict chariots, le soleil, la lune, les signes du ciel, les muses et aultres choses de grande magnificence.

Le lendemain samedy dernier jour du moys, le roy s'en retourna au Louvre, lequel n'estoit encore achevé, et fit achever incontinent après les salles accoustrées d'or, et ne furent jamais vu tant de richesses aux prédécesseurs en leurs bastimens qui s'en trouva faire en ce bastiment encore que le royaulme ne fut jamais en telle pauvreté à cause des guerres civiles.

Durant ce moys furent apportées nouvelle de la mort du cardinal de Chastillon lequel morut en Angleterre hugenot et estoit frère de l'admiral surnommé Coligny.

Apvril. En ung dimanche premier apvril fut exécuté à mort près des filles repenties le serviteur d'ung nommé Mabrot parce qu'il avoit blessé l'ambassadeur de l'empereur le samedy dernier de mars, à quatre heures du soir : il eut le poingt coupé, fit amende honorable devant la porte dudict ambassadeur et par après fut pendu et étranglé. MM. de la justice de Rouen firent emprisonner durant ce moys aulcuns citoyens de Rouen à cause de la dessusdicte sédition pour en faire punir aulcuns, pour contenter le roy, lequel estoit fort animé, et mesme avoit fait cesser le parlement. Mais ceulx de la ville furent aux prisons et firent sortir les prisonniers dont le roy estant averti envoya M. de Morsan[1], président de la Tournelle à Paris avec quelques maistres des requestres et quelques compagnies de gens de pieds, lesquels estoient conduits par M. de Montmorency[2].

1. Rémond Prévot, sieur de Morsan.
2. Il y eut plusieurs condamnations à mort et des bannissements, plus trois cents pendaisons par coutumace.

Le jeudy absolu fut pendu audict Rouen ung boulanger, lequel confessa avoir tué quatre hugenots, dont il requeroit mercy à Dieu, toutefois qu'il estoit marry qu'il n'avoit tué un cinquième, lequel avoit mieulx mérité la mort que luy.

May. Au commencement de ce moys furent faictes les taxes en ceste ville de Paris pour les 300,000 francs de don au roy.

Furent faictes quelques exécutions par effigie audict Rouen à cause de la sédition dessusdicte, et y eut ung capitaine, lequel fit amende honorable, à cause, comme l'on dict, qu'il ne print peine d'apaiser la sédition audict Rouen.

Envyron la fin de ce moys retournèrent de Rouen les conseillers et présidens de ladicte ville avec la gendarmerie et fut baillée la ville en garde à ceulx des principaulx de la ville, lesquels debvoient répondre des séditieux qui se pourroient esmouvoir.

Juyn. Durant ce moys, le Roy envoya lettre à MM. de la ville de Paris pour la cotisation de 300,000 francs, disant qu'il estoit fort esbahy comment ceulx de la ville de Paris estoient si longs à payer, vu qu'ils avoient, eulx, la dépouille, comme fut dict à ung eschevin nommé Bocquel. Au surplus qu'il faisoit deffense à MM. de la Cour d'entrer au parlement, aux advocats et procureurs et aultres qu'ils n'eussent à payer leurs cotisations, quant aux marchands qu'on eust à envoyer en leurs maisons, garnison jusqu'à temps qu'ils eussent payé, ou bien qu'ils fermassent leurs boutiques, ce que firent aulcuns.

Le jour de la feste Dieu, 13e, le Roy estant à Gaillon, lorsqu'on faisoit la procession par les rues et qu'on portoit le corps de N. S., où estoient plusieurs grands seigneurs, lesquels portoient les bastons du poële, entre lesquels estoient M. de Montmorency, lequel estant aperçu par un fol quy estoit à une fenestre, lequel fol commencha à crier : *Montmorency, ce n'est point là ta place, tu es de la maison de Ganelon, tu n'es qu'ung traistre.* En ce temps estoit imprimée la lignée de Montmorency et la publioit-on parmi les rues de Paris; il disoit que ladicte maison de Montmorency prent son origine du premier chrestien de France [1].

Cette année fut fort fertile en fruits, comme poires, pommes, abricots, prunes, scrizes.

Juillet. Pendant ce temps fut arrestée à Venise une ambassade de France, laquelle portoit lettres au Turc de la part de Franchois, et lors le Turc estoit campé assez près de Venise.

Aoust. Durant ce mois, le duc de Lhorraine, beau-frère du roy, à cause de sa sœur, fille de Henry, sœur de Charles, fist décapiter plusieurs gentilshommes hugenots, lesquels avoient pensé surprendre la ville de la Mothe, appartenant audict duc [2]. On dict que Coligny, lors admiral remis par l'édict de paix, luy rescript qu'il estoit fort rigoureux aux huguenots, vu qu'il sçavoit l'édict de pacification. Toutefois ledict duc luy fist

1. C'est-à-dire du premier baron de l'Isle de France d'où on a fait le premier baron chrétien et de France. La plus ancienne généalogie imprimée de cette illustre maison a paru en 1531, publiée par Etienne Forcadel; une autre parut en 1579.

2. Petite ville du Bassigny, sur les confins du Barrois.

response qu'il en feroit comme il luy plairoit, et que ses terres n'estoient en France, et que si le Roy luy en parloit, il aviseroit ce qu'il auroit à faire.

Septembre. Au commencement de ce moys vinrent derechief nouvelles à Paris pour faire abbattre la croix de justice, autrement dit la croix de Gastine. MM. de la ville firent responses qu'ils ne l'avoient faict mettre, partant qu'ils n'y toucheroient point, et MM. de la Cour dirent que leurs jugemens estoient bons, et qu'ils ne les rétracteroient point, partant fut commandé au prévost de Paris de la faire abattre, par lequel fut respondu qu'il n'avoit donné le jugement pour la faire mettre, et qu'il n'estoit audessus de la Cour, et partant que ceulx qui l'avoient faict mettre estoient tenus de la faire abattre, n'estoit que luy [1].

Durant ce moys Gaspard de Coligny, remis par l'édict de pacification en l'estat d'admiral, fut mandé par le roy et vint de la Rochelle trouver le roy à Bloys, et se retira hors de la cour toute la maison de Guise, de sorte que le roy estoit gouverné par ledit admiral et Montmorency.

1. Les protestants avaient demandé la destruction de la croix ou pyramide élevée sur l'emplacement de la maison de Gastine, rasée après l'exécution de ce malheureux vieillard, par ordre du parlement : ils se fondaient sur ce que le dernier édit de pacification avait déclaré nul tous les arrêts portés contre les protestants, et rétabli les condamnés dans leurs biens et réputation. Le roi reconnut la réclamation juste, mais de peur d'émouvoir le peuple, il ordonna de transporter de nuit la croix au cimetière des Sts-Innocents, en détruisant la plaque sur laquelle était gravé l'arrêt. Le secret fut mal gardé ; des séditieux s'armèrent et pillèrent plusieurs maisons de gens soupçonnés de pencher vers les idées nouvelles. M. de Montmorency, gouverneur de Paris, survint alors, fit tuer quelques-uns des malheureux qui voulaient résister, en fit pendre un à la fenêtre d'une maison voisine, et appaisa rapidement ainsi la sédition.

Octobre. Durant ce moys furent reçues lettres à Paris comment les Vénitiens, Espagnols, Italiens et autres avoient défaict les Turcs.

Novembre. En ce temps le royaulme de France estoit fort gouverné d'une telle sorte par la reine-mère de Médicis, l'admiral de Coligny et Montmorency et aultres, la maison de Guise estant hors, ce dont chascun estoit estonné, à cause d'une infinité d'édicts qui estoient du tout en désavantage des catholiques, et en estoient mesme estonnés les estrangers, de sorte que l'ambassadeur du roy d'Espaigne voyant tout mal aller en France, se retira vers le roy d'Espaigne sans prendre congé du roy de France.

On parloit fort en France des sorciers et sorcières, et disoit-on qu'ils estoient plus de 30,000, et que les hommes estoient marqués derrière l'oreille, et les femmes à la cuisse. Il y en eust plusieurs prins prisonniers, mesme que le roy desdicts sorciers fut prins et envoyé à la cour du roy, où il usa, comme l'on dict, en la présence dudict seigneur de ses sorcelleries.

Le roy envoya lettre expresse au Prévost de Paris escripte et signée de sa main avec son cachet pour faire abattre la Croix de justice, autrement dicte la Croix de Gastine, usant de ces mots : *Vous mettez en délibération sçavoir si je seray obéy et si vous ferez abattre ceste belle pyramide. Je vous défends de venir par devers nous jusques au temps qu'elle soit abattue*, et à la fin y avoit *qui vous souvienne du roy Charles XI*[e], il menaçoit de mettre ung aultre prévost que Nantouillet qui l'estoit lors.

9

Durant ce moys voyant que l'ambassadeur d'Espaigne estoit de retour sans prendre congé du roy et après avoir donné quasy par dédain aux relligieux la vaisselle d'argent que luy avoit donnée le roy, sous prétexte toutefois de la victoire contre les Turcs, le duc d'Albe donna congé à l'ambassadeur de France nommé Mendoucet, lequel dict qu'il ne partiroit que le roy de France quy l'avoit envoyé ne l'eust mandé, partant ledict duc d'Albe feit garder ledict ambassadeur avec défense de ne rien écrire en France.

M. Benoist fit un petit livre touchant la croix [1] et fust ledict livre deffendu, et l'imprimeur mis en mains d'ung commissaire prisonnier, et ledict livre confisqué et ledict Benoist mandé par MM. de la Cour, où luy fut dict qu'il ne tendoit qu'à sédition, toutefois ledict Benoit dict que non et qu'il n'y avoit rien de mauvais de tout ce qu'il avoit escript.

Décembre. Le premier dimanche de l'advent nostre Maistre Vigor faisant la prédication à Notre-Dame de Paris, usa de ces mots en sa prédication : *que le peuple de Paris ne vouloit empescher qu'on abbatît la Croix de justice autrement dicte de Gastine*, (à cause qu'elle fut constituée par arrêt de la cour des deniers provenant de la confiscation des biens dudict Gastine) *sinon à cause du zèle qu'il avoit vers Dieu, lequel a enduré pour nous à la Croix et que le peuple de Paris n'avoit murmuré, lorsqu'on avoit dépendu Gaspard de Coligny, lequel avoit esté pendu par effigie, et seroit par après en vérité aydant Dieu, et* aussy dict *qu'il ne falloit croire, à la lettre du*

1. Probablement la Croix de Gastine.

roy sans ung cachet, et que lors mesme que le roy l'auroit
escripte, que ce seroit par importunité, et qu'il estoit
chrestien et catholique, et aussy que si elle estoit abattue
par le moyen que le roy la fist abattre par les hu-
guenots, lesquels en sçavoient bien la manière, et que
pareil privilége fut donné aux catholiques comme aux
huguenots; que sy le roy voloit faire planter une croix
devant le lieu où il fist leur presche, qu'il diroit qu'ils
sentiroient leurs consciences chargées, et qu'il ne le
pourroient endurer, aussy que le catholique sentoit sa
conscience chargée d'abattre la croix. De tout ce que
dessus ledict Vigor fut déféré à la cour du parlement,
laquelle manda M. de Dreux, grand vicaire de M. de
Paris à ceste fin qu'en l'absence de M. de Paris, il
advertit le prédicateur de tenir le peuple en l'obéissance,
sur ce ledict Vigor respondict audict Dreux qu'à la vérité
il avoit amené l'exemple touchant Coligny, et que ce
n'estoit offenser la majesté du roy, considérer que cela
touchoit particulièrement ledict Coligny, et quant au
reste, qu'il n'entendoit jamais d'induire le peuple à
sédition, mais plustost à obéissance qu'il doibt à son
roy, et quant aussy seroit que le roy auroit mandé
qu'on abattit la Croix, ce qui ne pourroit croire, qu'il
vaudroit mieulx imputer telle faulte au ministre qu'au
roy.

Le jour de la conception de Notre-Dame, 8ᵉ, le
peuple rompit les portes des Saints-Innocents et porta
lesdictes portes avec de grosses pierres en la fosse où on
prétendoit mettre la Croix de Gastine, et fut le dimanche
d'après, le Guet repoussé du peuple, de sorte qu'il fut
forcé de se sauver; une partie se sauva dedans l'esglise

de Saint-Leu et Saint-Gilles dans la rue de Saint-Denis et mirent leurs harquebuses et morions dedans le veustiaire de ladicte esglise, et furent contraints mesme de se déguiser, craignant le peuple, lequel incontinent après fust au logis de trois huguenots dont l'ung estoit nommé Mercier, demeurant au Marteau d'or, sur le pont Nostre–Dame, et furent les fenestres et ouvroirs des maisons desdicts huguenots rompus; il y eut quelques petits pillars melés avec le peuple, qui prirent quelques petites choses aux maisons desdicts huguenots, dont aulcuns furent mis prisonniers.

Durant ce moys furent tués à la cour du roy deux gentilshommes catholiques par ung nommé Carles, des comtes de Mansfeld, lequel s'estoit bandé avec les gueux contre le roy d'Espaigne; l'ung des gentilshommes estoit M. de Lignerolles, l'aultre Colomb;[1] peu après fut tué M. de la Vallette, catholique et vaillant homme à cause de la dessus dicte émotion, fut envoyé le chevalier du Guet à la cour du roy pour supplier le roy que la croix ne fut point abattue, voyant le tumulte populaire qui en pouvoit advenir. Sur ce le roy renvoya le chevalier du Guet en poste avec lettres rigoureuses qu'il envoya de rechief à la cour de parlement, usant de ces mots : *que s'il n'obéissoit à ces mandemens, qu'il montreroit · qu'il est roy.*

---

1. Pendant le séjour de la cour à l'abbaye de Bourgueil en Anjou, le vicomte de la Guierche, accompagné du grand prieur de France, frère bâtard du roi, de Charles de Mansfeld et de quelques autres, attaqua près de la halle de ce bourg, M. de Lignerolle, son ennemi. Ce meurtre fut commis, à ce qu'assure de Thou, à l'instigation de Charles IX.

En ung jeudy 20ᵉ Décembre entre une heure et deux
de la nuict fut abattue la Croix de justice, autrement
dicte de Gastine, et eussiez dit que le temps déploroit
la calamité, car auparavant le temps estant serein, il se
leva ung vent fort véhément avec une pluye grande.
Toutefois on ne laissa de lever ladicte croix avec chables
et aultres instrumens et fut mise par terre, non sans
grande mutinerie du peuple, lequel fut au logis des
huguenots, où ils rompirent les maisons et mettoient
tout dedans le feu, et mirent le feu même en la maison
d'ung huguenot tout devant la croix. Toutefois le
chevalier du guet et prévost de Paris avec le prévost
assemblèrent le guet, de sorte que toutes ces séditions
s'appaisèrent.

Le mercredy de devant que la croix fut abattue, je fus
mandé de MM. les gens du roy avec nostre prédicateur
de Saint-Barthélemy, nommé Poncet, docteur en théologie, auquel M. Piebrac, advocat du roy, fist de grandes
remontrances, mesme jusqu'à dire audict Poncet qu'il
informoit contre luy et que c'estoit ung homme qui ne
demandoit qu'à déchirer le roy et les magistrats, mesme
qu'il avoit répété en sa chaire les remontrances que
M. de Thou avoit faictes à MM. les curés et prédicateurs
en la chambre dorée. Ce que ledict Poncet dict en sa
chaire quy trouvoit fort étrange de mettre, disoit-il, les
meschans citoïens au rang des bons, davantage ledict
Poncet avoit dict que les magistrats estoient pour les
prédicateurs catholiques, ce que ledict Piebrac, de Thou
advocat du roy et Laguelle procureur du roy, prirent à
cœur disant par ledict de Thou qu'ils estoient catholiques
et que si la Cour n'eust esté..... qu'on l'eust renvoyé du
baton.

En ung samedy 22e décembre, lendemain de la feste
St-Thomas, sur les six heures du soir, il esclaira et
tonna, puis tomba de la grelle grosse comme un gros
pois.

En ung jeudy 27, jour de St-Jehan se leva un brouillart
fort espais envyron sur les dix heures du matin et se
montroit le soleil rouge comme ung barricau de feu.

1572.

Janvier. Au commencement de ce moys revinrent de
la cour MM. Vigor, curé de Saint-Paul, Peltier[1], curé
de Saint-Jacques de la Boucherie, et aultres, lesquels
avoient esté dépêchés tant de la faculté de théologie
que du chapitre pour faire remontrances touchant
la croix de Gastine, laquelle fut abattue cependant
qu'ils estoient en chemin, et firent rapport à leur retour que le roy les avoit traités humainement, toutefois leur dict de prime face qu'ils estoient séditieux ;
qu'il n'y avoit que les prédicateurs de Paris qui fussent
séditieux ; attestant ledict roy vouloir vivre et mourir en
la religion de ses prédécesseurs roys, religion catholique
et romaine, toutefois qu'il avoit fait abattre la croix pour
certaine cause laquelle il vouloit taire et avoir faict
plusieurs choses contre sa conscience, toutefois par
contrainte à cause du temps, et supplioit les prédicateurs n'avoir mauvaise opinion de luy, et que si il
sçavoit quelque chose contre la religion et le royaulme,

---

1. Ardent ligueur expulsé de Paris quand cette ville se rendit à
Henri IV.

qu'ils en advertissent, et au surplus qu'il avoit défendu qu'en l'université il y eust un seul huguenot faisant office public. Vigor dict une partie de ce que dessus en une prédication qu'il feit à la procession de St-Magloire

En ung lundy furent fouettés des pauvres gens, lesquels avoient bruslé et mis le feu aux maisons des huguenots à cause que la croix de Gastine avoit esté abattue, et y en eust ung qui fut pendu par les aisselles en Grève : aulcuns d'eux estoient à cause d'avoir pris quelques pots de beurre. Combien toutefois qu'il se trouve que beaucoup désireroient prendre les biens des huguenots, mais mettoient tout au feu, lesdicts pauvres gens avoient esté condamnés à estre pendus et estranglés au lieu où estoit la croix de Gastine.

Envyron le 13ᵉ ou 14ᵉ février furent trouvés une damoiselle, une servante nourisse avec ung petit enfant assommées en la maison du bailly de Coulomiers près des Augustins en Paris; le mary de la damoiselle, bailly de Coulomiers, tomba fort malade, estant de retour, voyant qu'il estoit privé de sa femme et de son enfant.

Le premier février furent pendus, puis après bruslés un sorcier et une sorcière aux halles.

Durant ce moys arriva à la cour du roy, le légat Alexandrin, jacobin avec son habit de jacobin, et fut humainement reçu du roy, et mesme MM. les frères du roy furent audevant de luy. On dict qu'il demandoit sçavoir s'il plaisoit au roy de se liguer avec nostre Saint-Père et avec les princes chrestiens pour faire la guerre aux Turcs. Il demandoit aussi que l'accord ne fut faict d'avec madame Marguerite, sœur du roy et du roy de Navarre, lequel estoit de la relligion, et ce jusques au temps que le Concile de Trente fut publié et arrêté en France [1].

Durant ce moys arriva à la cour la reyne de Navarre, laquelle estoit de la relligion, et n'y vouloit arriver, que premièrement le légat ne fut party de la cour [2]; elle estoit pour traiter le mariage de son fils avec Margueritte, sœur du roy, et avoit pour sa garde 200 pistoliers.

Durant ce moys, l'abesse de Jouarre (fille de M. de Montpensier, prince et en premier degré pour succéder à la couronne après la maison de Bourbon) sortit hors de son couvent, emmena plusieurs religieuses et s'alla marier ladite abesse en Allemagne avec un des parens du comte palatin, le prince d'Orange, lequel l'avoit faict enlever. On dict que ledict palatin envoya du depuis quelques lettres au Sire de Montpensier pour s'excuser de ce qu'il avoit enlevé sa fille, et respondict ledict Montpensier que ce n'estoit bien faict audict Palatin d'avoir fait ung tel acte, que jamais sa fille n'amenderoit de ses biens et qu'elle en avoit plus pris en relliques d'esglise qu'il ne lui en sçauroit appartenir [3].

---

1. Le roi était alors à Blois ; il voulait substituer le roi de Portugal au roi de Navarre, comme époux de la princesse Marguerite. Il partit sans rien conclure, mais, à ce qu'il paraît, après avoir reçu de la reine-mère de grandes assurances au sujet de la destruction de l'hérésie.

2. Le légat l'avait rencontré en venant à Blois et avait affecté de ne pas la saluer.

3. Charlotte de Bourbon, fille de Louis II, duc de Montpensier, et de Jacqueline de Longevic ; elle épousa, le 12 juin 1574, Guillaume de Nassau, prince d'Orange, et mourut à Anvers le 6 mai 1582 de la révolution que lui causa la tentative d'assassinat commise sur son mari. Sa sœur aînée lui succéda à Jouarre. Elle n'eut que des filles ; l'une fut la mère de Turenne ; une autre devint abbesse de Sainte Croix de Poitiers.

Avril. Durant ce moys on faisoit quelques menées des huguenots contre le roy d'Espagne, et s'estoient ligués quelques allemands avec les huguenots de France.

May. En ce moys arrivèrent nouvelles à Paris que Notre Saint-Père le pape, Pie, 5e de ce nom, lequel auparavant estoit Jacobin, estoit décédé et partit alors le cardinal de Lhorraine pour aller à Rome.

Durant ce moys à cause du réglement qui avoit esté faict sur les bois, y eust quelques discussions entre MM. de la ville et du Chatelet. Ung commissaire nommé de Sons feit commandement au marchand Firon de bailler quelque bois qu'il avoit en son bastiau, en payant toutefois. Ledict marchand fist réponse qu'il ne pouvoit ce faire sans l'autorisation de MM. de la ville, lesquels lui avoient défendu de n'en bailler à personne sans leur permission. Ce voyant, ledict commissaire envoya ledict marchand prisonnier, de quoy MM. de la ville envoyèrent ledict commissaire prisonnier par après à l'hostel de ville et fut le lendemain plaidée la cause pardevant les gens du roy, où M. Miron, lieutenant civil, argua fort Marcel, prévost de Paris, usant de ces mots *que Marcel estoit tout à Paris et faisoit tout, et que les enfans alloient à la moutarde, disant qu'il estoit vice-roy.* Ledict Miron respondict seulement qu'il avoit fait exécuter en vertu de son pouvoir par don du roy. Quelques jours après il fut dict par arrest de la cour que Marcel avoit fait mal emprisonner ledict commissaire, et furent condamnés tant ledict prévost qu'eschevins aux dépens, dommages et intérêts, dudict commissaire, avec défense par cy après d'user de telle force et n'arrester leurs archers sous peine de la vie.

Durant ce moys les haustregueux avec les huguenots de France s'allièrent ensemble contre le roi d'Espagne et le duc d'Albe, non tant pour la relligion que pour la vengeance de la mort du comte d'Eguemont, lequel avoit esté décapité à Anvers par le commandement dudict duc d'Albe, et prenoient prétexte lesdicts huguenots de la tyrannie dudict duc d'Albe, lequel vexoit fort le peuple, prenant la 100e partie des biens des subjects du roy d'Espaigne, et de faict estoit faict défense de ne parler relligion; on dict que le roy de France tacitement conjoignit à ceste guerre moyennant que les huguenots luy remettroient en ses mains le comté de Flandres. Les huguenots françois marchoient toute la nuit sans sonner tambourins, et, estant avec lesdicts haustregueux, surprinrent par le consentement de quelques habitans les villes de Valenciennes et Mons en Hainaut, où on dict qu'estoit le magasin du roy Philippe; peu de temps après fut reprinse ladicte ville de Valenciennes et furent mis au fil de l'espée les huguenots qui estoient dedans et les habitans [1].

Juyn. En ung samedi 7e, un capitaine huguenot nommé Storgues, gascon, estant pris de frénésie, alla en la salle du mercier du palais, avoit lié à la jarretière

---

1. Louis de Navarre et Coligny s'emparèrent de Mons par la trahison d'Olivier, héraut d'armes de Hainaut : étonnés de ne pas se voir soutenus par les bourgeois, ils se retiraient, puis ayant été rejoints par MM. de Genlis et de Guitry, ils voulaient revenir sur leurs pas : Guitry arrivait comme on commençait à hausser le pont-levis; le poids de son cheval le fit retomber et la ville fut enlevée cette fois sans coup férir (24 mai). Valenciennes avait été aussitôt abandonnée que prise par MM. de Guitry et de Genlis.

de ses chausses une croix et dansoit dedans ladicte salle
et par après deslogea son espée, et frappoit les pillers de
ladicte salle, puis s'adressa au fils de Lansac, et delà
trouva ung conseiller nommé M. Forliaus, lequel il feit
mettre à genou et par après le feit relever, dont estant
esmeu ledict conseiller feit sa plainte en la cour, et fist
commande à Tanchon, prévost des mareschaux de désarmer ledict Storgues, lequel estant désarmé, prist un
cousteau qu'il avoit au fourreau de son espée et blessa
ledict Tanchon, de sorte que ledict Tanchon tua en
ladicte salle ledict Storgues.

Le dimanche d'après mourut la reyne de Navarre,
femme du défunct Bourbon, sieur de Vendosme et
mourut d'une pleurésie en la ville de Paris et y avoit
longtemps qu'elle n'y avoit esté considérée : elle s'estoit séparée avec les huguenots de la Rochelle, où elle
faisoit sa retraite : toutefois envyron ung an et neuf mois
après l'édict de pacification du roy avec les huguenots à
cause que son fils estoit accordé avec madame Marguerite, sœur du roy, ladicte reyne vint à Paris, aulcuns
disoient que c'estoit d'une permission divine, mesmement que le pape Pie V avoit dict dedans Rome à ung
nommé M. de Savigny, lieutenant de M. de Montpensier, que le mariage d'entre la sœur du roy et du roy de
Navarre ne viendroit jamais à consommation parce qu'il
estoit contre l'honneur de Dieu et de faict ladicte reyne
morut sans voir les fiançailles. Le bruit estoit que la
veille de la Fête Dieu, ladicte reyne fut prier le roy à ce
qu'il luy plut que l'*idole* ne passât pas devant sa porte,
et de faict la procession ne fust en ladicte rue où demeurait ladicte reyne et n'y fut porté le corps de Nostre

Dieu qu'elle appeloit l'*idole*, et estant de retour et ayant impétré du roy que la procession ne passeroit par ladicte rue, la malladie luy prit et en mourut le lundy d'après [1].

Le lundi 9e, le roy envoya à la cour du parlement luy mander qu'elle eust à luy envoyer ung nommé M. de Chavegny du païs de Lhorraine et chevalier de l'ordre, lequel avoit tiré la barbe à ung huissier de la cour en exécutant un arrest de ladicte cour, et pareillement en procès, ce que MM. dénièrent, et pour ceste cause le roy. envoya le prévost de l'hostel avec des Suisses lesquels forcèrent les prisons de la conciergerie, et menèrent ledict Chavegny au roy. — Durant ce moys le bruit estoit dedans Paris qu'on trouvoit des petits enfants morts, lesquels estoient fendus par le milieu, et furent tués pour ceste cause quelques italiens et plusieurs menés prisonniers, de sorte que lesdicts Italiens avoient grand peur et n'estoient asseurés dedans Paris.

Juillet. Durant ce moys s'entretuèrent MM. de Ruffec [2] et Ligny, gouverneur de Dourlens.

Fut faict décrit des monneyes dont le peuple endura beaucoup et devoient estre lesdictes monnoyes ralassées à la Saint-Remy.

---

1. La reine avait quitté Blois, le 15 mai, pour venir faire à Paris les préparatifs du mariage de son fils : elle logea chez Jean Guillart, évêque de Chartres, qui avait embrassé les idées nouvelles ; elle succomba le 5 juin à un second accès de fièvre pernicieuse. Jeanne d'Albret n'avait que 43 ans. On fit courir des bruits d'empoisonnement que l'autopsie démentit, mais de Thou remarque qu'on n'ouvrit pas le cerveau, ce que le roi avait expressément ordonné cependant. Charles IX parut fort affligé de cette mort qui sembla à tous un présage funeste pour le mariage qui se préparait.

2. M. de Volvire, marquis de Ruffec.

Arriva à la cour du roy le roy de Navarre et le prince
de Condé, lesquels avoient été absens de ladicte cour
et s'estoient retirés à la Rochelle, laquelle ils tenoient
contre le roy, et ledict roy de Navarre vint pour espouser madame Marguerite, sœur du roi de France.

En ung jeudi 10ᵉ mourut mon père, Maistre Jean de la
Fosse, advocat à Amiens et estoit aagé de 66 ans, et y
avoit longtemps qu'on le portoit à cause des goustes qui
le tourmentoient, toutefois avoit toujours le cerveau
bon et prenoit fort bien ung faict, de sorte qu'il a esté
fort pleuré en ladicte ville à cause de sa prudhommie et
bon conseil.

Durant ce moys furent défaicts du duc d'Albe plusieurs
huguenots de la France entre lesquels estoit chef M. de
Falis, lequel fut prins avec envyron cinq cens et autres
furent tués : ladicte défaicte estoit environ de 2,500 ou
3,000 hommes. Lorsque ledict Falis fut présenté au duc
d'Albe ledict duc luy dict de qui il estoit advoué, s'il avoit
gens comme voleur ou gens de guerre ; Falis fist response
qu'il estoit à la guerre et avoit esté prins en guerre, advoué du roy de France ; lors ledict duc tira de son sein
la lettre du roy de France par laquelle il désavouoit lesdicts
huguenots et dict lors ledict duc : *La lettre de votre prince
vous condamne*; et peu de temps après ledict duc envoya
vers le roy de France sçavoir s'il advouoit ledict Falis et
aultres prisonniers, et cependant fit donner la question
audict Falis pour tirer la vérité de qui il estoit advoué,
dont à ce qu'on dict le roy fut fasché, et toutefois il ne
laissa d'envoyer au audict duc lettre de désaveu, qui fut
cause que ledict Falis fut décapité et plusieurs aultres
pendus.

Durant ce moys le roy envoya à Rome pour avoir dis-

pense de faire espouser sa sœur, madame Marguerite
avec le roy de Navarre, lequel se debvoit épouser à
Nostre Dame de Paris sur ung eschaffaud, par M. le
cardinal de Bourbon, son oncle, et de là se retirer à la
presche et son espouse à la messe; toutefois la dispense
ne se doit sinon que par la consangunité. On faisoit
courir ung bruit que le pape avoit fulminé une monitoire
contre le roy à cause dudict mariage, et que cela estoit
fait par la suasion de M. le cardinal de Lhorraine, lequel
estoit lors à Rome.

En ung dimanche se maria à Blaudy à la huguenote
le prince de Condé, fils de Louis de Bourbon, lequel
fut tué à la bataille de Cognac, et print à femme la fille
de M. de Nevers, sœur de la femme de M. de Guise et
du prince de Gonzague, lesquels ne se voulloient trouver audict mariage, n'approuvant la relligion [1].

Aoust. En ung mercredy 13e d'aoust fut M. de Montpensier aux Augustins où se tenoit la cour du parlement,
à cause qu'on préparoit le palais pour le mariage de madame Marguerite avec le roy de Navarre, et est allé
ledict sieur de Montpensier auxdicts Augustins pour
faire publier l'édict du roy, touchant les procureurs,
lesquels le roy vouloit prendre provision de luy, en
payant la somme de cent escus, lesdicts procureurs du

1. Marie de Clèves, fille de François, duc de Nevers et de Marguerite de Bourbon-Vendôme; elle mourut dès 1574 ne laissant
qu'une fille décédée sans alliance. Ses trois frères moururent sans
laisser de postérité avant 1563; sa sœur aînée épousa cette année-là
Louis de Gonzague-Mantoue qui devint duc de Nevers et de Rethe-
lois.

palais, et ceux du Chastelet cinquante, toutefois lesdicts
procureurs empeschèrent fort la publication de l'édict et
dirent qu'ils avoient recouvert pardevant notaire obliga-
tion de 4,000 escus, lesquels debvoient estre distribués
audict sieur de Morvilliers pourvu qu'il feit passer cet
édict, et qui debvroit estre plutost soigneux du profict
public que de son profict particulier ; du depuis fust la
cause plaidée devant le roy par M. Mariau, advocat, et
fut dict de par le roy quy vouloit que ces ordonnances
demeurassent et le sabmedi d'après fut prononcé ledict
édict en présence de monseigneur le duc d'Alençon par
lequel les anciens procureurs estoient tenus de se faire
pourvoir en dedans six mois, et ceulx qui avoient esté
pourvus depuis l'année 1566, en dedans six semaines.

En ung lundy 19ᵉ fut mariée madame Marguerite,
sœur du roy, au roy de Navarre, par le cardinal de
Bourcon, et furent mariés à trois ou quatre heures
d'asprès disner, et la messe dicte à ladicte heure. Le
roy de Navarre se retira ung peu devant la consécration
par dessus un échaffaud où estoit une rue nommée la
rue d'Enfer par le peuple. Il paroît que la cérémonie
fut ainsi retardée parceque le roy de Navarre ne vouloit
pas aller à ceste messe [1].

Vendredy 22ᵉ après le jour du mariage du roy de
Navarre avec madame Marguerite, Gaspard de Coligny,

1. Les fiançailles avaient eu lieu le 17 au Louvre. On avait dressé
aux portes de Notre-Dame, un échaffaud d'où l'on descendait à un
moins élevé ; on se rendait par là au milieu de la nef et au chœur.
Tous les seigneurs protestants assistèrent à la messe, après laquelle
il y eut un grand banquet au palais épiscopal.

admiral de France, retournant du Louvre vers les 10
ou 11 heures du matin et tenant une lettre en mains
qu'il lisoit, fut blessé d'une arquebuse d'ung italien, à
ce que l'on dict, lequel estoit à une fenêtre vis-à-vis
dudict admiral, et estoit nommé ledict Maurevel et
estoit celuy qui avoit tué Monseigneur de Moy, lequel à
la vérité eust frappé l'admiral à l'estomac, mais ledict
admiral se print à crasser, de sorte que tournant la
teste et le corps, fut blessé seulement en une main et
eust un doigt coupé, et si le boulet entra dedans son bras
et sortit par après du coude, de sorte qu'il estoit conclu
qu'il luy falloit couper le bras ce que toutefois ne voulut
endurer, et disoit qu'il aimoit mieux mourir, et qu'aussy
bien estoit-il prédestiné qu'il devoit mourir ainsy. On
dict que celuy qui avoit fait le coup estoit advoué de
quelque grand seigneur, et avoit ung cheval qui l'attendoit à la porte de derrière du logis où il avoit faict le
coup et ung autre genet d'Espagne à la porte Saint-Antoine. Il se sauva à Montereau; ledict admiral manda
dès le soir au prince d'Orange qu'il lessa le duc d'Albe
contre lequel il avoit guerroyé, qu'il vint et qu'il auroit
3,000 gentilhommes qui luy feroient escorte.

Le sabmedy d'après, sur les 10 à 11 heures du soir,
le roy ayant entendu que les huguenots se délibéroient
de bref luy couper la gorge et à son frère, et mettre à
sac la ville de Paris [1], le Louvre estant fermé, se déli-

---

1. Cette opinion d'un contemporain est curieuse à noter en présence des bruits qui attribuaient sérieusement ce projet aux réformés.
On sait que M. Crétineau-Joly assure avoir en sa possession une
lettre de Coligny établissant la preuve de ce complot. (Voir la
Diplomatie de Venise, par M. Armand Baschet, *tome 1er, p.* 533.)

béroit de faire mourir ses ennemis, et puis envoya pardevers les quartiniers de Paris d'advertir le peuple de se mettre sur ses gardes, et de se mettre en armes, et puis le dimanche sur les trois à quatre heures du matin, MM. de Guise, M. d'Aumale et aultres furent au logis de l'admiral, où ledict admiral fut blessé d'ung coup d'espée bastarde [1] et à demy vif fut jetté en bas des fenestres, et le lundy d'après, ayant la teste ostée et les parties honteuses coupées par les petits enfans, fut d'iceulx petits enfans qui estoient jusques au nombre de 2 ou 300, traîné le ventre en haut parmy les ruisseaux de la ville de Paris, comme faisoient les anciens romains, lesquels traînoient les tyrans *ad scalas gemonias unco*, qui estoit le lieu des cloaques de Rome, de là furent pendre ledict admiral les pieds en haut au Montfaucon [2]. Il semble que Dieu eut le tout permis pour la tyranie et mauvaise vie dudict admiral, lequel seul avoit esté moteur des guerres civiles et cause de la mort de cent mille hommes, des violemens de temples, des filles forcées et relligieuses et saccagemens de peuples, bref tous seigneurs doivent prendre exemple à ce malheureux et s'en persuader que combien que Dieu diffère la punition, si est-ce qu'elle est en Grève pour le retardement d'icelle.

Il y eust ce jour-là dimanche qui estoit le jour Saint-

---

1. Par l'allemand Bême, ancien officier de la maison du duc de Guise.

2. La tête fut envoyée à Rome. Quelques jours après cette odieuse scène, François de Montmorency, parent de l'amiral, fit dépendre son corps pour l'enterrer à Chantilly.

Barthélemi, plusieurs grands seigneurs tués, lesquels avoient faict la mesme faulte que ledict admiral : en premier lieu fut tué la Rochefoucauld, un fils dudict admiral, M. de Téligny, gendre dudict admiral, lequel dict, lorsqu'on frappoit sur luy : *Dieu est juste de piller,* le fils et plusieurs aultres ; il y en eut ce jour beaucoup tant hommes que femmes tués et jettés à la rivière.

Le lendemain lundy l'occision ne cessa et y eust plusieurs présidens et conseillers tués entre lesquels fut le président de la Place [1] et aultres. Il y eut grand nombre de huguenots tant hommes que femmes, de sorte qu'ung chascun portoit une croix en son bonnet ou chapiau pour se sauver la vie, mesmement les huguenots qui avoient abattu la croix, n'en pouvoient mettre à leurs chapiaux d'assez grandes.

Le mardy d'après le roy fust au palais et paravant que d'y entrer il fust à la messe à la Sainte-Chapelle où se trouva le roy de Navarre, lequel y avoit plus de huict ans qu'il n'avoit ouy la messe et dict voyant les morts, mesmement ses serviteurs, que le roy se voloit faire obéir et que estoit raisonnable, et quant à luy qu'il luy vouloit obéir et mourir à ses pieds [2].

---

1. Pierre de la Place, premier président de la Cour des Aides ; il s'était racheté le premier jour moyennant une forte somme payée à un capitaine Michel ; il fut odieusement massacré par un sieur Pez qui avait été mis chez lui soi-disant pour le protéger. Le roi l'avait en effet fait désigner comme un des protestants à épargner.

2. Le Roi allait au Palais pour tenir un lit de justice où il expliqua les causes du massacre et déclara qu'il n'avait eu lieu que par ses ordres. Le roi ne parlait ainsi que sous la presssion de sa mère ;

Le jeudy 4 de septembre fut faicte une procession générale, et fut portée la châsse de Sainte-Geneviève, et assista le roy, MM. ses frères à ladicte procession, et fut porté le Saint-Sacrement de l'autel par le cardinal de Bourbon.

Depuis ce temps les capitaines de Paris ne cessèrent de garder les portes et visiter aux maisons, de sorte qu'il y eust plusieurs grands seigneurs prins prisonniers, entre lesquels fut prins ung nommé Briquemaut, capitaine, lequel fut trouvé qui pensoit les chevaux de l'ambassade d'Angleterre; fut pris aussi ung nommé Cavangne qui se disoit advocat de la cause, et estoit ung homme, lequel estoit favorisé dudict Coligny et ne parloit que par menace ; plusieurs aultre prins et entre lesquels fut Loménie, secrétaire du roy [1], et ung advocat fameux nommé de Chappes, et aultres, lesquels on faisoit exécuter de nuict aux prisons, puis on les jettoit à la rivière.

En ce moys de septembre, envyron le 14, furent mis les testons de France à 12 sols 6 d. On ne cessoit de re-

---

il résulte en effet des très curieuses *relaczione* des ambassadeurs Vénitiens, récemment publiées par M. Baschet (*loc. cit.*, p. 550), que Charles IX ignorait le 21 août le massacre décidé entre sa mère et son frère, le duc d'Anjou. Ce livre renferme les détails les plus précis et les plus importants, et l'on ne peut prétendre connaître le grand drame du 24 août 1572 si on ne l'a étudié dans ces documents originaux.

1. Martial de Loménie, seigneur de Versailles ; le comte de Retz lui extorqua la vente à vil prix de sa seigneurie, puis le laissa massacrer par le prévôt des marchands Tanchon. Il était père de M. de la Ville-aux-Clercs, secrétaire d'Etat, père lui-même de Loménie de Brienne.

chercher les huguenots et de les mettre prisonniers et
estoient exécutés de nuict par le bourreau ceulx qui de-
meuroient obstinés, mais ceux qui vouloient abjurer et
anathématyser toutes hérésies, nommément luthérienne
et huguenotique, estoient reçus à miséricorde, et fut
ordonné par M. l'Evesque de Paris, avec le conseil des
curés de ladicte ville, que tous les hérétiques seroient
reçus à miséricorde pourvu toutefois qui se retirassent
vers leurs curés, lesquels curés envoyoient avec un cer-
tificat l'hérétique qui désiroit de sy retirer en l'église
romaine par devers M. le Pénitencier, de là se retiroit
ledict pénitant hérétique vers M. l'official et faisoit
profession de sa foy en la forme et manière qui s'ensuit :

« François le Court, chantre chanoine official de
Paris, sçavoir faisons que nous inclinant à la requeste
de Jacques Lamy, marchand de bois, vins et bleds, demeurant à Jouarre, diocèse de Maux, estant de présent
en ceste ville de Paris pour aulcunes siennes affaires, et
logé en la paroisse Saint-Leu-Saint-Gilles, luy avons
exhibé et présenté les articles de la foy cy devant or-
donnés, conclus et déterminés par le saint Concile de
Trente et par toute l'Eglise catholique pour iceulx lire
et jurer en nostre présence, lesquels par luy leus et
prononcés et après que d'iceulx luy avons donné intelligence selon l'urgence du cas, a iceulx franchement et
volontairement jurés et confessés et promis par serment
à l'attouchement des saints Evangiles de Dieu, garder
et observer et d'avoir soing tant que luy sera possible
de le faire par les siens et sujets tenir, garder et observer
jusques en dernier soupir de sa vie et à davantage ab-

jurer et anathématyser toutes les hérésies luthérienne
et huguenotique et toutes autres hérésies contraires à
la religion catholique, apostolique et romaine, et en
cas de s'en départit à l'advenir, il s'est soubmis aux
peines des canons de ladicte esglise; parquoy nous
mandons et ordonnons au curé de l'esglise et paroisse
Saint-Leu et Gilles de recepvoir ledict Lamy en son
esglise et troupeau des aultres chrestiens et fidelles,
luy administrer le Saint-Sacrement quand il en sera
requis et jugera que sera bon le luy bailler et administrer. En témoignage de quoi, nous avons faict faire et
signer les présentes par Me Lois Loisel, notre greffier,
pour servir et valloir audict Lamy en temps et lieu, ce
que de raison. Donné à Paris, l'an 1572, le 17 septembre. *Signé :* Loisel. »

En ung mercredy 29e jour Saint-Michel, par le commandement du roi Charles IX, y toutefois incitant
Catherine de Médicis sa mère, sortirent les religieux de
l'abbaye de Saint-Magloire, assise rue Saint-Denis, et se
retirèrent en une commanderie dicte Saint-Jacques du
Haut-Pas : lesdicts relligieux furent fort pressés de sortir
et avoient commandement sur commandement, de sorte
que le premier président du grand conseil, nommé
M. Boucher, estant importuné de la reyne mère, les
importunoit fort de sortir, et ne leur baillant pour la
première fois que vingt-quatre heures à sortir, et par
après leur fist encore bailler douze heures, et en faulte
de sortir les menassoit d'envoyer les suisses qui les mettroient hors de la maison ; à la parfin furent contraints
lesdicts relligieux de sortir, protestant toutefois que ce
n'estoit de leur consentement, mais pour obéir au prince

et de faict ce dict jour sortirent lesdicts relligieux portant leurs reliquaires et estant accompagnés de M. Jehan de la Fosse, du curé de Saint-Leu-Saint-Gilles avec ses gens d'église, et pareillement de celui de Saint-Innocent, aussi avec ses gens d'esglise [1].

Ce dict jour de Saint Michel, le roy fist des chevaliers de l'ordre, et allant à Notre-Dame trouva les reliquaires de ladicte abbaye de Saint-Magloire.

Durant ce moys fust reprinse par le roy d'Espagne Mons-en-Hainaut et sortirent les soldats par composition, les armes au poingt, lesquels toutefois ou pour le moins quelque partie d'iceux furent deffaicts par les compagnies de MM. de Longueville, Fiennes et Crévequeur.

Durant ce moys furent prins les enfans de l'admiral de Coligny, de d'Andelot de La Rochefoucauld et aultres, lesquels furent envoyés au roy.

Au commencement du moys de septembre vinrent nouvelles à Paris que le Turc avoit esté defaict et que la bataille fust mesmement donnée au jour M. Saint-Barthélemi, et que les plus grands seigneurs de la Turquie avoient esté tués ou pris, et l'on dict et fist chanter un *Te Deum* aux esglises de Paris [2].

1. Catherine de Médicis vou!ait installer à Saint-Magloire les filles repenties établies au palais d'Orléans qu'on allait reconstruire. La translation ne fut approuvée par le Pape que par bulle du 1er mars 1580, enregistrée seulement en 1586 au parlement. Pendant ce temps, les auteurs du *Gallia Christiana* constatent le relâchement de la discipline chez les religieux; la réforme en fut décidée, mais sans succès, ce semble, car la suppression de l'abbaye fut prononcée par lettres royales du 7 février 1618.

2. La bataille de Lépante.

Octobre. En ung lundy 27, veille de saint Simon et saint Judes, furent pendus et estranglés aux halles François Briquemault, chevalier de l'ordre, et Armand de Cavangues, lequel avoit esté maistre des requestes, (toutefois n'avoit esté reçu de là cour de parlement encore que le roy ait donné commandement de le recevoir) pour avoir conspiré contre la majesté du roy, et derechef fust traîné sur une claie, avec lesdicts Briquemault et de Cavangnes, Gaspard de Coligny, autrefois admiral de France, ses armes rompues et cassées et pareillement traînées aux pieds dudict Coligny et par après pendu par effigie [1], et fut la postérité dudict déclarée ignoble et roturière, et la principale maison de Coligny rasée de font en comble, et en place d'icelle mise une pierre de taille en laquelle seroit inscript l'arrest dudict Coligny [2]. Quant à Briquemault déclaré ignoble avec sa postérité, et les biens appartenant à eulx réunis à la couronne, comme par exemple a esté jugé par ledict arrest des biens dudict de Cavangnes.

Ledict jour la reyne de France accoucha d'une fille sur les onze heures du matin et fust nommée Elisabeth; le neuvième jour de la nativité de ladicte fille fust faicte oblation pour ladicte fille en la chapelle de Saint-Leu

1. On avait eu soin de placer un cure-dents dans la bouche du mannequin, suivant l'habitude constante de l'amiral.

2. Henri IV, dès son avènemen fit casser cet arrêt; mais déjà Henri III avait réhabilité la mémoire de Coligny, ainsi que celle de Briquemault et de Cavangnes, par son édit de pacification, et rendu l'héritage aux enfants. L'un des fils de l'amiral, le marquis d'Andelot, se fit catholique, comme plus tard, son arrière petit-fils, le duc de Châtillon.

d'ung cierge et ung escu, et sy fust dicte à l'intention de ladicte fille la messe et distribuée quelqu'argent aux pauvres, selon l'ancienne coustume où l'on a coustume le neuvième jour de la nativité des enfans de porter les enfans avec le cierge porté à leur baptême. En perpétuelle mémoire, j'ay fait mettre ledict cierge en ladicte chapelle avec ung tableau où sont ces vers :

Au peuple de France.

> Que sent ton roy des saints, quelle religion
> Tient-il? Tu le verras en ceste oblation
> Laquelle il fist offrir pour sa première née.
> Icy bas et là haut, soit de couronne ornée,
> Croyant la foy des saints, la résurrection,
> Aux reliques Saint-Loup fist son oblation,
> Le contemplant au ciel, icy bas son image
> L'adora par esprit, à Dieu faisant hommage.

Au bas estoit escrit : offert le 9e jour de la nativité du premier enfant du roy Charles IXe de ce nom et d'Elisabeth d'Austriche, ladicte fille fust née en Paris, le 27 octobre 1572, priez Dieu pour eulx [1].

Novembre. Le roy estant party pour conduire la duchesse de Lhorraine, sa sœur, jusques envyron huiét ou dix lieues, furent advertis MM. de la Cour, qu'il y avoit quelques certaines gens, mesmement quelques seigneurs e: tre lesquels estoit par six (*sic*) et s'estoient délibéré soubs prétexte de achever de tuer les huguenots, de piller les meilleures maisons de Paris, toutefois on y mit ordre, et se mirent les habitants de la ville de Paris sur leurs gardes, entr'autres il y eut ung chevalier de l'ordre

---

1. La princesse Marie-Elisabeth mourut en 1578. Ce fut le seul enfant légitime de Charles IX.

natif de Picardie, nommé Stavay qui s'estoit préparé audict pillage.

Durant ce moys fust derechef pendue l'effigie faicte de bois de Gaspard de Coligny au Montfaucon et y avoit un escript sur une feuille de fer blanc : Gaspard de Coligny qui fust jadis admiral de France, et y avoit en chiffre, 1572.

Janvier 1573.

Durant ce moys, Monsieur frère du roy et plusieurs aultres partirent pour mettre le camp devant la Rochelle et Sanserre [1].

Mars. Durant ce moys vinrent nouvelles à Paris que M. d'Aumale avoit esté tué d'ung coup de mousquet devant la Rochelle. Ledict sieur d'Aumale estoit frère de M. de Guise qui fust tué par trahison de Poltrot, et estoit ledict sieur d'Aumale homme puissant et hardy, toutefois malheureux en bataille, et fut fort regretté après sa mort mesme de ses ennemis [2].

Le dimanche de quasimodo 21e, M. Guillaume Postel, lequel autrefois avoit esté repris d'hérésie à cause de sa mère Jehanne, duquel aussy les œuvres avoient esté réprouvées au Concile de Trente, mesmement *non tantum opera edita, sed edenda*, ledict Postel au jour

---

1. Le duc d'Anjou arriva avec le duc d'Alençon, le roi de Navarre, le dauphin d'Auvergne, les ducs de Guise, Nevers, Aumale, Longueville, Bouillon d'Usez, le maréchal de Cossé, le bâtard d'Angoulême, etc.

Claude la Châtre dirigeait le siége de Sancerze, qui capitula le 19 août.

2. Il fut tué le 5 mars, dans un combat très-vif qui eut lieu dans la soirée, d'un coup de couleuvrine à la tête.

dessus dict durant l'offertoire entra dedans la chaire de Saint-Nicolas des Champs et dict qu'en dedans huit jours le peuple périroit, s'il ne s'amendoit. Ledict Postel, lors fut resserré en l'abbaye de Saint-Martin des Champs. et dict en la présence de M. de Thou, premier président, et de Laguelle, procureur du roy, que pour la malice du monde nostre Dieu viendroit au ventre d'une femme, laquelle concepvroit par la vertu du Saint-Esprit et estoit lors une femme dedans la ville de Paris, âgée de 30 ans, assez belle, laquelle disoit mesme chose que ledict Postel, et disoit ledict Postel que nostre Dieu viendroit au ventre de ceste femme et que toute et quantefois que le peuple avoit failly, qu'il estoit de nécessité que nostre Dieu vint.

Apvril. Le 12e d'apvril vinrent nouvelles à Paris que l'assaulx fut donné contre ceulx de la Rochelle, où furent repoussés nos gens et plusieurs tués, entre iceulx furent blessés M. le marquis du Maine, M. de Nevers [1] ; aussy durant ce temps ce faisoient plusieurs processions dedans Paris, et fut enjoint de faire des paradis où reposoit le corps de Notre Seigneur dans les paroisses, selon qu'on avoit fait sept ou huit ans auparavant et fut enjoint aux marguilliers des paroisses sitost qu'il seroit huit heures du soir de fermer l'esglise, afin de porter plus grand honneur au Saint-Sacrement.

---

1. Il s'agit de l'attaque dite des casemates, tentée le 7 avril, manquée en grande partie par l'indiscipline de la noblesse volontaire, qui exagéra sa témérité ce jour là. Le duc de Nevers fut blessé au bras en allant délivrer le duc de Guise, et Mayenne reçut une balle à la jambe.

Mai. En ung lundy 5ᵉ, tomba le tonnerre sur le clocher de Saint-Magloire où estoient depuis un an venues habiter les filles repenties, et fut le feu sur ledict clocher depuis deux heures d'après jusqu'à dix heures du soir, de sorte que le feu mina le bois où estoit attachée la croix et à la fin la croix et le clocher tombèrent sans faire autre mal : considéré qu'on fit diligence pour esteindre le feu.

Durant ce moys mourut M. de Tavannes, maréchal de France et fut en sa place M. du Peron, comte de Rez [1].

En la fin de ce moys il y eust grande cherté de bled de sorte que le septier fut vendu ès halles de Paris 15 liv. et partant le dernier du moys fut publié par la cour que ceulx qui avoient des bleds eussent à les faire porter aux halles de Paris, pour mettre en vente, sous peine de confiscation desdicts bleds, pris pour être distribués aux pauvres, et le tiers au dénonciateur; fut permis aux boullangiers mettre tous les jours leurs bleds à vendre.

---

1. Il mourut a son château de Sully en Bourgogne, le 19 juin, âgé de 63 ans, et fut enseveli à la Sainte-Chapelle de Dijon. Il était chevalier de l'ordre, gouverneur de Provence, conseiller d'honneur au Parlement de Bourgogne, lieutenant-général de cette province, bailli de Dijon, amiral des mers du Levant. Il avait reçu le collier de l'ordre des mains du roi sur le champ de bataille de Renty, scène dont un tableau à Versailles perpétue le souvenir. C'était lui qui avait décidé l'envoi du duc d'Anjou à la Rochelle et il était parti pour le rejoindre; la maladie le surprit en route et il dut se faire reporter chez lui.

Albert de Gondy, duc de Retz, mort le 21 avril 1602.

Juyng. Le 7ᵉ de ce moys fust descendue la châsse Sainte-Geneviève tant à cause de la cherté de vivre, mesmement que le samedy précédent fut vendu le septier de bled aux halles 24 liv., et le pain, lequel en bon temps on a pour trois et quatre sols, fut vendu vingt-deux et vingt-trois sols ; toutefois après le disner ledict jour de samedy ramenda le pain et ne fut vendu que douze sols ce qui avoit esté vendu 22, et le bled 14 liv. Et estoit le peuple qui y mettoit la cherté, lequel prenoit plus de pain que de coutume.

Ledict jour de dimanche, 7 juyng fut chanté le *Te Deum* et faict feu de joye de Paris, à cause que M. d'Anjou, nommé Henri de Valois, fust eslu roy de Pologne [1].

En ung mardy 9ᵉ furent mis les testons à 13 sols.

Durant ce moys vinrent nouvelles à Paris que Monsieur frère du Roy avoit esté blessé quelque peu devant la Rochelle et fut tué auprès de luy M. de la Garde son écuyer [2].

En ung samedy 27ᵉ, fut assemblé le clergé de Paris pour ouïr la lecture des lettres patentes du roy, adressées à M. de Paris, et par icelles donnoit à entendre qu'il voloit que le clergé s'acquitta à cause des frais qu'il avoit faicts durant les troubles, et aussy qu'il estoit raisonnable que le clergé fist quelque présent à Mon—

1. A la place de Sigismond-Auguste, dernier des Jagellon, mort en 1571.

2. Comme il visitait les postes avec le duc d'Alançon, on tira deux coups de fauconneaux dont ils reçurent de légères contusions ; Jean de la Garde, sieur de Vins, voyant tirer la seconde pièce se jeta sur le prince et reçut la charge dans la poitrine ; il en guérit, mais sa guérison passa pour un miracle.

sieur son frère, lequel avoit mis sa vie pour la protection
de la foy catholique et pour punir les rebelles du royaume,
et estoient mis en avant plusieurs points, lesquels toutefois estoient fort pernicieux pour l'esglise.

Le roy desmandoit qu'on aliéna des biens d'esglise et
principalement les maisons, moulins et aultres biens
de petite valeur et qu'il appeloit *terrulas*; que les
priorés par mort fussent vacans et unis aux abbayes,
pareillement que les cures vallant plus de 10 cents livres
de rente, vacantes par mort, fussent *en annate*.

Que le clergé eust à rachepter deux décimes et en
constituer de nouvelles ;

Que les recepveurs de décimes seroient gens laïcs et
seroient mis les estats desdicts recepveurs à prix pour
estre mis au domaine du roy;

Plus qu'on eust à délibérer, sçavoir si on convoque-
roit le syndicat, et aussy pour ouïr les comptes de
Me Claude Marcel, lors recepveur général des decimes.
Après meure délibération fust respondu par escript, non
toutefois sans piquer MM. les cardinaux, lesquels avoient
mis en avant ces moyens fort pernicieux à l'esglise, et
lesquels depuis dix ans avoient esté inventés par les
huguenots, toutefois voyant MM. les curés qu'il ne failloit
procéder contre les grands avec picque, furent déduit
d'adoucir les remontrances et toutefois d'ung commun
accord fust dict qu'on supplioit le roy de différer jusqu'à l'assemblée générale du clergé, pour tant que la
chose estoit de grande importance et méritoit bien d'estre
communiquée à tous ceulx du clergé afin que chascun
amena sa part tant en général qu'en particulier. Toutefois ledict clergé s'opposoit à ce qui pourroit estre

procédé contre ceulx tenant pour nul ce que lesdicts
cardinaux pourroient faire contre ledict clergé, entendant s'opposer et en appeler comme d'abus.

Que le premier article de vendre les petits biens
comme ils disoient fut dict par le clergé qu'il ne valoit
mieux vendre les biens des grands que des petits ;

Quant au deuxième article d'unir les prieurés fut dict
qu'il estoit pernicieux et que c'estoit le moyen d'oster
les ecclésiastiques et que par cy après, on ne voudroit
plus entretenir les enfans au collége, n'ayant aucun
moyen de les pourvoir ;

Quant au troisième de rachepter les décimes et en
constituer de nouvelles n'en fut parlé que bien sobre-
ment, voyant que la chose est inique et le clergé assez
foulé ;

Quant au quatrième qui est de constituer recepveur
des décimes autre que du clergé, fut trouvé fort pernicieux, disant que par ce moyen le roy vouloit realliser
toutes les décimes et que les décimes n'estoient prises
par le roy, sinon qu'en cas de nécessité, et aussy que
s'il y avoit un recepveur des décimes aultre que du
clergé, que ce recepveur molesteroit les ecclésiastiques
d'avantage, qui se conteroit plusieurs che............
desdicts recepveurs avec autres mises et espèces de sorte
qu'il n'en viendroit la moitié en la bourse du roy, et sy
ne seroient payées lesdictes décimes au jour, de sorte
que ceulx qui ont rentes à l'hôtel de ville sur lesdictes
décimes ne seroient payées, qui seroit cause de faire
ung tumulte en Paris, et aussy de ne bailler plus occasion de mettre argent à l'hostel de ville à rente. Quant

aux aultres articles, il fut dict qu'on en délibéreroit à l'assemblée du clergé générale. Du depuis toutefois et du temps de Henri III furent exclus recepveurs des décimes et baillées lesdictes décimes à gens laïcs.

Juillet. Le camp du roy fust levé en ce temps de devant la Rochelle et la paix faicte.

Aoust. En ce moys furent quelques grands seigneurs au logis de M. de Nantouillet, prévost de Paris, pour ce qu'il ne fut à la Rochelle et lui fist oster de nuict quelques chevaulx, de la vaiselle d'argent et argent monnoyé.

En ung mercredy 19e arrivèrent à Paris envyron 300 polonais et estoient en des coches, et en chascun coche y avoit ung prince de France ou quelque seigneur pour entretenir lesdicts polonais; lesdicts polonais estoient entretenus et nourris dedans Paris aux dépens du roy.

Trois jours après lesdicts polonais furent saluer le roy de France, puis après le roy de Pologne et par après le roy de Navarre [1], et estoient lesdicts polonais fort bien en ordre et avoient force pierreries tant sur eulx que sur leurs chevaulx.

Septembre. En ung lundy jour de l'exaltation de la Sainte-Croix. 14e, le roy de Pologne fist son entrée par la porte Sainte-Antoine en la ville de Paris et estoit accosté ledict roy du roy de Navarre et de M. le duc d'Alençon, frère du roy, et pareillement des polonais.

---

1. Les ambassadeurs polonais furent reçus à la porte Saint-Martin par les magistrats municipaux et la plupart des princes et seigneurs de la cour : Paul de Foix, conseiller au parlement, porta la parole au nom des princes. Ils montèrent dans cinquante carrosses.

Entr'autres devises, il y avoit sur la porte Saint-Antoine, le roy de France au milieu, le roy de Pologne au costé dextre sans couronne, lequel tenoit une épée et la présentoit au roy, duquel l'épée estoit à ses pieds et au costé senestre estoit le duc d'Alençon et tous trois estoient environnés d'une chaîne de diverses couleurs. En ung jeudy, le roy et Henry de Valois, roy de Pologne, pareillement les princes du sang furent au palais et aussy quatre des plus grands seigneurs de Pologne et estoient assis le roy et le roy de Pologne en haut, MM. les présidens et conseillers en bas, et là fut lu publiquement qu'au cas que le roy de France mourut sans enfant mâle, que sy le roy de Pologne avoit enfant mâle né en Pologne, lesdicts enfans seroient tenus et reconnus comme enfans de France et non étrangers et pourroient succéder à la couronne de France [1].

Peu de temps après fut donné supplément de revenu au roy de Pologne et publié en la chambre dorée de 30,000 liv. de rente dont plusieurs furent fort esbahis [2].

Octobre. Au commencement de ce moys ceulx de Languedoc, Provence et autres pays prinrent les armes

---

1. Ils allèrent aussi chez la reine-mère, chez la reine Elisabeth. Le 9, le roi élu leur donna un grand banquet.
2. Voici d'après une note, mise par Conract, dans le tome XII, in-folio de ses papiers, ce que coûta le voyage de Henri III en Pologne.

Chapelle.........	1,750 livres.
Cuisine et vaiselle.	15,705 »
Echansonnerie	4,020 »
Panneterie.......	6,420 »
Fruiterie........	4,065 »
Chambre........	4,550 »

contre le roy et envoyèrent subsides de sorte que le duc
de Damville fut contraint de bailler otages à ceulx
desdicts pays, lesquels envoyèrent au roy, disant l'esglise
qu'elle avoit accoustumé de ayder à son Dieu et non
d'aliéner le bien de l'esglise ; la noblesse, que puisque
le roy ne congnoissoit que bien peu de nobles, qu'il
demanda ayde à ceulx qu'il congnoissoit, et non à eulx ;
quant au peuple fist response qui ne pouvoit du tout
porter les subsides que le roy prétendoit prendre sur
eulx et fut le roy en son conseil estonné, voyant les
ambassadeurs estre venus pour telles affaires [1].

1574.

Febvrier. En ung mardy 9e, fut pendu en Grève, puis
après bruslé ung hérétique nommé Beauvalet et avoit des
opinions fort pernicieuses, entre aultres, il disoit qu'il
ne falloit croire que ce qu'on voyoit.

La veille du premier dimanche de caresme, dernier
febvrier, s'amassèrent près de Londun deux à trois cens
huguenots assez bien montés, et dict-on qu'ils vouloient
prendre le roy à Saint-Germain-en-Laye, de sorte qu'il
se départit ladicte nuict, puis voyant qu'il estoit tard, il
se retourna audict lieu et le lendemain s'en vint à Paris [2];

1. Les protestants de la Guyenne et du Languedoc avaient repris
courage à cause des démarches tentées en leur faveur par ceux des
ambassadeurs polonais appartenant à la religion évangélique. Le roi
reçut leurs députés à Villers-Cotterets et, très-mécontent, les renvoya
au duc de Damville. En même temps il reçut les députés du Dauphiné
et de la Provence qui demandaient un allégement de charges, mais il
ne leur fit qu'une réponse des plus évasives.

2. Les protestants voulaient décider le duc d'Alençon à se prononcer pour eux. Jean de Chaumont-Quitry fut envoyé à Saint-Germain

et fut lors par devers lesdicts huguenots, M. de Torsy et amena au roy le sieur de Guitry soubs la foy. Ledict sieur de Guitry fut assez longtemps au bois de Vincennes et par après fut renvoyé avec de l'argent que le roy luy donna, et mesmement son serviteur, qui avoit esté pris comme officier, et estoit ès main du prévost de l'hostel fut pareillement renvoyé avec ledict de Guitry.

Mars. M. de Guise se retira de la cour pour aller en son gouvernement envyron le 22 ou 13, et dict-on qu'il avoit quelque différend avec le roy de Navarre et Monseigneur le duc d'Alençon, de sorte que ledict sieur de Guise fut contraint deux ou trois nuicts devant partir, faire armer ses gens toute la nuict, et dict-on que s'il ne fut party, il eust esté en danger d'estre tué.

Apvril. Le 9ᵉ, jour du vendredy saint fut découverte une trahison de quelques capitaines tant huguenots que catholiques, lesquels estoient délibérés de tuer le roy et prendre la ville de Paris [1]. Il y eust plusieurs desdicts capitaines prins prisonniers, entre aultres le comte Conconas, autrefois capitaine des gardes suisses du roy de Pologne, auparavant qu'il fut roy de Pologne, et le

---

avec un fort détachement pour le presser. M. de la Mole voyant le coup manqué, raconta tout à Catherine; on délogea sur l'heure, en traversant la rivière sur des bâteaux. Le roi coucha chez le comte de Retz au faubourg Saint-Honoré et delà, après quelques jours, alla à Vincennes, en gardant près de lui le roi de Navarre, le duc d'Alençon et le prince de Condé, pour plus de sûreté.

1. C'était la suite de l'affaire de Saint-Germain-en-Laye. Condé se retira prudemment et le roi ordonna aussitôt de sévères poursuites. Les présidents de Thou et Hennequin furent chargés de l'instruction.

sieur de la Mole, ung nommé le sieur Grandby [1], le
capitaine Martin [2] et plusieurs aultres, pour ceste faction
y en eust ung nommé de Torte [3], pendu en Grève, et du
depuis furent décapités en ladicte Grève, lesdict sieurs
de la Mole et le comte Conconas. En ce temps le prince
de Condé, fils de Charles de Condé qui fut tué devant
Moncontour, se partit d'Amiens et s'en alla aux Alle-
maignes, comme fist M. de Thore, fils de M. le connestable [4].

May. En ung mardy 4e, furent amenés prisonniers en
la Bastille par les suisses, le tambourin sonant, M. le
maréchal de Montmorency, fils de M. le connestable, et
le maréchal de Cossé pour mesme conspiration comme
dessus dict [5] ; M. de Thoré, frère dudict sieur de Montmorency print la fuite. Aulcun disoit que c'estoit pourtant que ledict sieur de Montmorency avoit dict au roy
que jamais il n'auroit paix, si les estats n'estoient tenus,
et que le chancelier Birague estoit indigne de son estat ;

1. Fion de Grandri, maître d'hôtel du roi : il fut acquitté grâce à
l'évêque de Limoges, son oncle.

2. Laurent du Bois, seigneur de Saint-Martin.

3. François Tourtray, ancien secrétaire de Guillaume de Grand-
champ, pendant son ambassade à Constantinople, frère de M. de
Grandri, fut roué.

4. Le prince avait prétexté un voyage dans son gouvernement
de Picardie. MM. de la Mole et de Coconnas furent décapités.

5. La reine voyant augmenter la maladie du roi, et craignant
l'influence des maréchaux de Montmorency et de Cossé, les fit arrêter
sans motif sérieux. Cossé fut mis en liberté au mois de septembre
1575 ; Montmorency en même temps, mais après avoir failli être
étranglé dans sa prison par ordre de la reine-mère. M. de Souvré
chargé de l'exécution, parvint à gagner du temps et sauva le maréchal.

aultres que c'estoit pour les finances; aultres que c'estoit que le roy estoit fort malade et qu'on y attendoit que la mort, et d'autant que M. de Montmorency à la maison duquel estoit alliée la fille de Gonor, tenoit le party de M. le duc d'Alençon, frère du roy, craignant que ledict sieur de Montmorency ne se volut emparer du royaulme pour ledict sieur duc d'Alençon, et priver Henry de Valois, roy de Pologne, lequel estoit lors en Pologne pour ceste raison fut ledict sieur de Montmorency prins. Charles IXᵉ, roy de France, aagé de 24 à 25 ans morut le 14ᵉ de son règne en ung jour de 30 may, Pentecoste, et ce jour y eust jubilé [1]. Il morut ayant fort bon entendement et fort catholique. Le lendemain furent MM. de la cour au palais encore qu'il fut feste pour déclarer Catherine de Médicis, mère du roy, régente en France, jusqu'au temps que le roy de Pologne seroit de retour en France, et pendant ce temps estoient gardés M. le duc et le roy de Navarre craignant qu'ils ne fissent quelques menées. Son corps fut enterré avec magnificence à l'esglise Monseigneur Saint-Denis.

Gabriel de Lorge, comte de Mongommery, fut décapité en ung mercredy 26ᵉ en la place de Grève pour avoir esté convaincu du crime de lèse-majesté [2], déclaré

1. Charles IX avait ressenti les premières atteintes de son mal, généralement attribué à un empoisonnement d'une habile lenteur, à Vitry-sur-Marne, pendant qu'il reconduisait son frère partant pour la Pologne. Le 18 mai il avait donné la régence à sa mère. Il avait 23 ans 11 mois et 30 jours, étant né le 27 juin 1550.

2. Charles IX avait appris son arrestation peu de jours avant de mourir; il en fut peu touché, tandis que sa mère en témoigna la joie la plus vive.

villain et pareillement ses enfans roturiers, tous ses biens
confisqués et acquis au roy. C'estoit Mongommery
lequel tua le roy Henry à la lice, et encore que le roy
fils de Henry lui eust pardonné, n'est-ce qu'il se vantoit
du coup qu'il avoit faict, laissant les armes de ses ancêtres
et ayant pris pour ses armes une lance rompue, tenue
par une main, laquelle sortoit d'une nuée, qui fut la
cause pour quoy la cour demanda audict Mongommery
sçavoir s'il estoit gentilhomme et quelles armes portoient
ses prédécesseurs, et puis luy furent présentées par
ladicte cour ses armes qui estoient ladicte lance rompue
comme dessus dict [1].

Juillet. En ung dimanche 9e fut apporté le corps du
roy en la ville de Paris et y eust quelques disputes entre
quelques chevaliers de l'ordre et MM. de la cour, pourtant que lesdicts chevaliers voloient tenir le poële de
l'effigie du roy; au contraire MM. de la cour soutenoient
que cela à eulx appartenoit, et de faict par l'ordonnance
de la régente Catherine de Médicis, les six présidens
tenoient le poële de l'effigie du roy et les conseillers
estoient à l'entour. M. de Gondy, évesque de Paris, se
voulut aussy ingérer d'approcher près du poële, mais il
lui fut dict par MM. de la cour qu'à luy appartenoit
comme curé d'estre auprès du corps du roy et non auprès de l'effigie, et de faict ledict évesque marcha devant
l'effigie, et fut porté ce jour ledict corps en Notre-Dame
de Paris. Le lendemain 12e, avec pareillement cérémonie que le dimanche, le corps fut porté avec l'effigie à

1. Sa mémoire fut réhabilitée par Henri III, lors de l'édit de pacification de 1576.

Saint-Denis en France. Le mardy ensuivant fut dict le service et après fut un banquet en la manière accoutumée où M. d'Aumale représentant la personne de M. de Guise, grand maistre, se mit en une salle à part avec les ambassadeurs. MM. les présidens et conseillers furent mis en une aultre salle à part, où advint qu'après disner M. d'Aumale représentant le grand maistre envoya par devers MM. de la cour sçavoir s'ils ne vouloient pas venir par devers luy pour voir rompre le baston, qui estoit quelque cérémonie où , en rompant ce baston, ung hérault crie par trois foisà haulte voix : *Le roy est mort ! chascun cherche son partit quy pourra.* Et à l'instant est crié par ung aultre hérault : *Le roy vit !* Et pour revenir au propos, fut dict par M. de Thou , premier président et les aultres présidens qu'il n'appartenoit pas à la cour, mais au grand maistre de venir saluer MM. de la cour et en leur présence rompre le baston, et auparavant falloit que le grand aumonier vint dire grâces au bout de la table et à l'instant fut envoyé ung huissier de la cour par devers ledict aumonier nommé Amiot [1], lequel feit response qu'il estoit mallade, et sur ces entrefaites arriva le cardinal de Lhorraine, lequel dict qu'à la vérité il estoit nécessaire que ledict aumonier dict grâces. Toutefois qu'il supplioit la cour de luy permettre de les dire, et alors fut dict par M. le premier président que non, et qu'il falloit que ledict aumonier vint, et tantost fut donné adjournement personnel

---

1. Jacques Amyot, l'un des hommes les plus considérables de son temps, savant illustre, diplomate consommé, grand aumónier nommé le 6 décembre 1560, mort en 1589.

audict Amyot par faulte de n'avoir dict les grâces, et fut prins ung aultre aumonier lequel dict grâces et puis procéda aux cérémonies.

Septembre. En ce moys vinrent nouvelles à Paris que le roy Henry de Valois, 3ᵉ de ce nom, estoit arrivé à Lyon, et à cause de ce, furent faicts feux de joye en Paris. On dict que ledict roy se déroba des Polonais, craignant qu'il ne le fissent trop retarder et s'en aller voir l'empereur lequel le reçut honnêtement, de là il alla à Venise où il fit entrée avec grande pompe[1].

Quelque temps après qu'il fut arrivé, il tenoit tellement sa grandeur de sorte qu'il se faisoit servir par tout ; et qu'il ne vouloit parler aux seigneurs, mais il vouloit qu'ils parlassent à luy par placet, de sorte que plusieurs seigneurs furent irrités de ce, et se retirèrent de la cour [2]. Fut contraint ledict roy de France de faire comme les prédécesseurs roys de France, et mander aux gouverneurs qu'ils eussent à apaiser lesdicts seigneurs, chascun en son gouvernement, et que les affaires qu'il avoit au commencement en son royaulme estoient cause qu'il n'avoit accueil si grand pour des gentilshommes comme il devoit.

Décembre. Le 26ᵉ mourut M. le cardinal de Lhorraine,

---

1. Il partit la nuit de Cracovie, chargeant le sieur d'Ansay d'expliquer ses raisons au Sénat polonais : il fut reçu fort honorablement à Vienne et magnifiquement à Venise ; de là il se rendit à Ferrare, à Mantoue, à Turin, passa le Mont-Cenis et fut salué au Pont de Beauvoisin par le duc d'Alençon et par le roi de Navarre. La reine-mère vint à Bourgoin au-devant de lui.

2. De Thou constate également cette excessive hauteur du nouveau roi : MM. de la Châtres, Nançay et de Rambouillet furent des premiers à s'éloigner.

frère du duc de Guise qui fut tué par Poltrot, et dict-on que ledict cardinal a esté empoisonné. Il estoit homme de fort grand esprit et il estoit fort hay des huguenots : toutefois ce fut luy du temps du roy Henry qui obtint de ne plus punir corporellement les hérétiques[1].

1575.

Janvier. Durant ce moys, fut reprise par conspiration la ville de Lusignan que tenoient les Huguenots[2].

Fust mené prisonnier en la Conciergerie un fils de Briquemont, lequel avait esté pendu le jour Saint-Barthélemy, 1572.

Febvrier. Le roy Henry III fut sacré à Reims le dimanche de la quinquagésime, 13e [3], et le mardy d'après fut mariée avec Louise de Lhorraine fille de M. de Vaudemont.

May. En ung mardy 10e fut desrobée la vraye croix à la Sainte-Chapelle et furent limés quelques barreaux de fer et forcés avec quelqu'aultres fers.

Juillet. Le 1er, veille la visitation Notre-Dame, tonna si véhémentement et tomba si grande pluye que toutes les rues de Paris estoient à nage et y eust plusieurs personnes noyées.

1. Il prit froid en suivant avec le Roi la procession des Pénitents et en mourut le 23 décembre.

2. Le 23 janvier, après trois mois de siège vigoureusement mené par le duc de Montpensier : le vicomte de Rohan commandait dans la place.

3. De Thou dit qu'il remarqua qu'on oublia d'y chanter le *Te Deum*, ce qui parut un fâcheux augure. « Et deux jours, ajoute-t-il, la messe ne put se dire que sur le soir, parce que le roi était occupé toute la journée à arranger ses pierreries et à ajuster ses habillements et ceux de sa nouvelle épouse. »

Durant ce moys y eust ung escolier tué par un italien nommé Ascagne et pour ceste cause des escoliers s'assemblèrent pour se ruer sur les Italiens, et de faict y eust quelques Italiens du depuis tués par les escoliers, et se voulurent soubs ce prétexte bander avec lesdicts escoliers quelques capitaines soldats pour saccager lesdicts Italiens et piller leurs biens, partant que durant ce temps y avoit des Italiens en France, et principalement à Paris, riches, lesquels estoient publicains et fort hays du peuple à cause des impôts ; et de faict sembloit que le peuple eust esté joyeux du saccagement desdicts Italiens. Toutefois le roy prévoyant le danger de mettre les armes entre les mains du peuple, par le conseil de Birague, son chancelier, fist prendre quelques cappitaines, et entr'aultres le cappitaine Gravier, lequel fut pendu pour ceste occasion, lequel toutefois soustint jusqu'à la mort qu'il n'avoit faict ce dont on l'accusoit, et qu'il n'y avoit tesmoing contre luy, sinon quelques italiens ; toutefois fut exécuté non-seulement pour ce faict, mais on rechercha sa vie et trouvoit-on qu'il y avoit quelques homicides. Du depuis ledict Italien fut tué en la rue Saint-Honoré.

Aoust. Le 27ᵉ, le roy Henry III fut au palais, lequel de son autorité donna la souveraineté du duché de Bar-le-Duc à son beau-frère le duc de Lhorraine [1].

---

1. Le duché de Bar se partageait en deux parties, en deça et au-delà de la Meuse, celle-ci était mouvante du parlement de Paris, dite *Barrois mouvant*, et soumise aux foi et hommage du roi de France. En 1571, Charles IX avait tout cédé au duc de Lorraine, sauf le fief et le ressort, malgré les remontrances du Parlement. Cette fois, Henry III renouvela la même déclaration qui souleva la même observation.

Buisson, advocat du roy, feit de belles remontrances comment le roy le pouvoit de son autorité, mais quant à luy et ses consors qu'il ne l'approuvoit ny empeschoit.

Septembre. En ung jundy 15ᵉ, François, frère du roy, duc d'Alençon, se retira secrètement de la cour et s'en alla à Drueil où il fut quelque temps ; la reine sa mère alla pour parler à luy touteffois, elle ne put ; de là il se retira et alla vers Blois où après quelque séjour elle parla à son dict fils [1].

Durant ce moys, M. de Guise défit quelques reistres et en ramena quelques-uns qui se rendoient à luy ; ledict sieur de Guise eust à ceste deffaiste ung coup d'arquebuzade en la joue, et en a tenu longtemps le lict et porta la marque [2].

Octobre. Le 1ᵉʳ, M. le maréchal de Montmorency sortit de la Bastille où il avoit esté l'espace de 17 moys et durant le temps qu'il estoit prisonnier alloient toutes les nuycts cent ou six vingts hommes de la ville de Paris le garder outre les gardes mises de par le roy, ledict sieur de Montmorency estant sorti de prison, fit quelque promesse de fidélité au roy et partit peu après le maréchal de Cossé (lequel avoit esté mis prisonnier en la Bastille au temps et jour mesme que ledict sieur de Montmorency y avoit esté mis) pour aller parler à M. le duc.

1. Il se retira à Dreux, qui lui appartenait, et en lança un manifeste justifiant sa retraite sur les mauvais conseils que le roi recevait d'une coterie « ennemie des honnêtes gens. »

2. Il joignit les ennemis commandés par M. de Montmorency-Thoré près de Dormans, à Verneuil ; il reçut, en poursuivant un soldat qui ne voulait absolument pas se rendre, la blessure qui lui a valu le surnom du Balafré.

Le 31 fut tué en son lict ung nommé Le Gast, lequel le roy avoit fait avancer et aymoit beaucoup pour sa vaillantise, entr'aultres celui qui le tua, qu'on dict estre le baron de Vitreau, frappant Jusa de ces mots : *Je te frappe, Monseigneur te tue.*

On dict que ce fut pourtant qu'il avoit donné conseil au roy de dissimuler de s'aller promener au Pré aux Clercs, et faire faire revue à MM. de Paris et puis prendre de toutes les compagnies jusque à 15,000 hommes et aller siéger Drueil où s'estoit retiré M. son frère [1].

Novembre. Le samedy 26 furent appelés les curés de Paris pour les advertir qu'ils ayent à annoncer à leur peuple que la bulle de Mre René Benoist avoit esté vue par Nostre Saint-Père Grégoire XIII et par la Sorbonne, et qu'elle estoit conservée. Nostre Saint-Père le Pape envoya lettre de bulle à la Sorbonne en la forme et teneur qui s'en suit : — *(en blanc).*

1576.

Janvier. Durant le moys arrivèrent nouvelles au roy Henry de Valois que Henry de Bourbon, roy de Navarre, s'estoit esvadé, dissimulant d'aller à la chasse, lequel ayant compagnie, s'empara de quelques villes et institua des presches ès villes.

May. Durant ce moys fust publié l'édict de pacification grandement au préjudice tant du roy que du royaulme ;

---

1. Jean Béranger du Guast, favori de Henry III : il se permit les propos les plus insolents à l'égard de la reine Marguerite, qui décida Guillaume du Prat, baron de Vitreaux, à l'assassiner ; le roi lui fit faire des obsèques magnifiques.

toutefois le roy ordonna que pour cest édict et paix que l'on appelle, le *Te Deum*, seroit chanté et faict feu de joye. Quant au feu il fut faict devant l'hostel de ville de Paris, seulement le reste du peuple nesgligea de faire feu de joie pour une telle paix : MM. de Nostre-Dame refusèrent de chanter le *Te Deum*, en tant que la paix n'estoit faicte à l'honneur de Dieu. De sorte que le roy assistant feit chanter le *Te Deum* par ses chantres et non par les chantres de l'Esglise Nostre-Dame, ce qui fut cause que MM. de Nostre-Dame furent mandés par auprès du roy, lequel par édict du Conseil voloit mettre à grosse amende, touteffois n'en feit rien faire.

Septembre. En ung lundy 17e furent assemblés les Estats, sçavoir, l'Esglise, la Noblesse et la Justice avec laquelle estoit le peuple, et y eust quelques différends entre l'évesque de Paris, M. de Gondy, et le prévost de Paris, sieur de Nantouillet, et ce pour la séance, de sorte que les estats assemblés dès sept heures du matin furent contraints se retirer et fut remise l'assemblée à deux heures après-midi, où de rechef y eust contestation entre les dessus dicts pour la dicte séance pourtant que le prévost de Paris possédoit en ladicte assemblée, vouloit tenir le costé droit avec la noblesse d'aultre, l'évesque disoit qu'à luy et son clergé appartenoit le costé droit, et furent longtemps en contestation jusqu'à tant que Séguier, lieutenant civil, dict audict prévost qu'il avoit grand tort de vouloir perdre ainsi belle occasion de tenir les estats et molester le peuple pour la séance et que le costé droit appartenoit à l'évesque et à son clergé; lors fut content ledict évesque de Paris et prit sa séance au costé droit avec son clergé, et le prévost de Paris avec la noblesse au costé sénestre ; par après fut requis par le procureur du roy aux Estats que lesdicts Estats furent tenus selon la volonté du roy et incontinent après ledict lieutenant civil fist ung oraison en la présence de l'assistance où il comparoit la misère de la France, laquelle ne pouvoit estre remise en son entier, sinon que les Estats et que le roy estoit un second Joseph, lequel sembloit avoir reçu plusieurs tribulations, mais par grand secret de Dieu, affin que la France fusse remise en son premier entier ; son oraison estant finie, le procureur du roy de la ville de Paris entra à la salle, en laquelle il dict avoir eu mandement exprès du roy d'amener des marchands et bourgeois de Paris pour estre reçus en la dicte assemblée, pourquoy fist faire délibération par les dicts Estats, et fut dicts par le prévost de Paris que les Estats admis, qu'ils auroient séance à la manière accoutumée auprès de la Noblesse, et pour ce faict fut apportée une selle pour scoir lesdicts marchands quy estoient Jehan Morault et Louis Airol. Après fut lu par l'audiencier l'édict du roy touchant les Estats et puis furent nommés et appelés les sieurs du ressort de Paris, non par leurs noms, mais selon leurs seigneuries. Après ces lettres, fut dict par le prévost de Paris que les estats se retiroient chacun en une chambre à part ; le peuple estoit avec la justice. Le clergé se retira en la chambre de l'évesque, où fut proposé par ledict évesque que l'assemblée se faisoit seulement pour l'heure pour eslire de chacune part deux hommes ès quels seroient données les plaintes d'ung chascun particulièrement. Premièrement pour les curés, deux curés, et furent nommés Prévost, curé de Saint-Severin, le curé de Saint-Cosme, et Peltier, curé de Saint-Jacques ; les chapîtres et religieux ont aussi nommé de leur part. Toutefois fut dict que *nihil agendum erat*. . . . . *domini prius erat consolendi*, tellement que fust ordonné que processions seroient faictes et prières afin qu'il pleut à Dieu que l'eslection fut libre et que les estats fussent tenus au profit et salut du royaulme. Puis fut dict que par après se feroient autres assemblées pour eslire de chascun estat ung ou deux hommes pour porter les caïers des plaintes aux estats qui se debvoient tenir à Blois au moys de novembre ensuivant.

Octobre. M. le duc, frère du roy, retourna avec le roy et vint tenir l'enfant de M. de Nevers sur les fonts en ung vendredy 9ᵉ.

Novembre. Durant ce moys le roy partit pour aller aux estats de Blois, et fist son entrée avec sa femme à Orléans. Le tout est imprimé contenant la description de la salle où furent lesdicts estats, la harangue du roy, du chancellier, de l'esglise et noblesse.

Envyron ce temps les Espagnols prirent la ville d'Arras, et mirent le feu dedans la ville, tuèrent plusieurs bourgeois et la mirent à rançon.

1577.

Febvrier. Le roy fut fort longtemps à Blois et ayant entendu nouvelles que La Charité estoit prise, il fit siéger la ville de (*sic* en blanc) [1] laquelle estant prise [2], y furent

---

1. Issoire : le pillage y fut effroyable et arrêté seulement par l'incendie qui détruisit la ville (10 juin).

2. Le 30 avril, par capitulation.

fait grands excès sur ceulx de la ville, et par après siégea la ville de Brouage, laquelle fut prinse de M. du Maine par composition.

1578.

Janvier. Au commencement de ce moys par esdict du roy, l'escu au soleil, lequel en ce temps là valloit 6 liv., fut remis à 60 sols, et le teston qui valoit 30 sols fut remis à 14 sols, avec défense de ne plus compter par livre, mais par escu et demi escu et quart d'escu.

Febvrier. Durant ce moys y eust quelque querelle entre MM. Bussy d'Amboise et Quélus à l'occasion de quoi ledict Quélus avec MM...... furent pour tuer ledict d'Amboise, lequel s'estant desfendu, en blessa ung de la part dudict Quélus et se sauva. Et du depuis estant ledict Bussy dedans le Louvre, fut prins prisonnier, estant en la chambre de M. le duc, et Quélus et aultres furent pareillement prins prisonniers; toutefois le mesme jour qu'ils furent menés prisonniers, ils furent délivrés, dont Monsieur estant fasché qu'on avoit fait tort audict Bussy, qu'il sembloit qu'on voulut tuer ceulx qu'il aimoit, entre lesquels estoit ledict Bussy. Le samedy 25e, ledict sieur fist semblant de vouloir mander collation à l'abbé Saint-Geneviève, et envyron sur le minuict, passa par dessus les murailles, et s'en alla avec ledict Bussy et aultres à Bourges [1]. La reyne-mère alla incontinent pour parlementer avec luy

Apvril. En ce moys, le roy feit ung esdict par lequel

---

1. le duc d'Alençon se sauva par crainte de quelque surprise de son frère.

il cassa plusieurs thrésoriers et receveurs, toutefois par après, y les remit à condition de faire chastier les délinquans, et de faict pour ce fist publiquement monition à la requeste des gens du roy.

En ung dimanche 27ᵉ, fut donné un conflit au marché aux chevaulx entre M. d'Entraigues le jeune et Quaylus pour ung *deroty* (?); et estoient en ce conflit le comte Riberac et Chambert qui estoient de la part dudict sieur d'Entraigue, et du costé de Quélus estoient le sieur de Maugiron et le Orrot, lesdicts Maugiron, Riberac et Chambert furent tués et le Orrot avec ledict Quélus furent blessés et ne se sauva que le sieur d'Entraigues, lequel eust esté tué, si eust voulu ledict Quélus son ennemy, car il estoit tombé et blessé à mort, toutefois ledict Quélus dict audict d'Entraigues qu'il en avoit assez et que ledict d'Entraigues estoit gentilhomme, et qui le laissa, de sorte que ledict d'Entraigues laissa ledict Quélus qui fut porté à l'hostel de Boisy où il fut fort bien et où le roy l'alloit voir deux fois par jour et ne voulut jamais confesser ledict Quélus qu'il eust esté blessé par d'Entraigues, mais qu'ils savoient que c'estoit Riberac qui l'avoit blessé, encore que la vérité fut que ce fut ledict d'Entraigues qui le blessa [1].

Juillet. En ce moys, Monsieur, père du Roy, partit

1. Charles de Balzac, seigneur de Dunes, frères de M. d'Entraigue. Jacques de Levis, seigneur de Caylus, l'un des mignons du roi. François de Maugiron, autre mignon. François d'Aydie de Riberac. Georges de Schomberg. Le second témoin de Caylus, était M. Darces de Livarat. Le duel eut lieu au marché aux chevaulx. Caylus avait eu un lobe du poumon percé; il ne mourut que le 31 mai.

pour aller en Flandres laquelle estoit divisée, sçavoir les estats contre le roy d'Espagne, et don Juan, lequel tenoit le party dudict roy d'Espagne. Monsieur estant arrivé à Mons en Hainaut, fut faicte procession à laquelle il assista [1].

Aoust. Au commencement de ce moys, le roy Henry III envoya lettres patentes au clergé de Paris, par lesquelles il vouloit que le clergé paya dorénavant un décime et demy, et... de la ferme... mais donnoit permission au premier sergent de saisir le temporel des évesché, abbayes, couvents, chapîtres, lesquels devoient par après répéter sur ceulx de leurs diocèses ou sur ceulx qui dépendoient d'eulx une partie desdictes dîmes, chacun selon sa cotisation. Sur ce fut advisé par le clergé qu'il n'estoit raisonnable de payer lesdicts décimes, et plutost qu'il faudroit endurer la prison ou la saisie des dicts bien que de payer, doinct que tant que ceulx qui prengnoient que ceulx qui bailloient les dicts décimes, n'est qu'ils soient baillés de gré à gré, encourent la censure ecclésiastique. Toutefois fut advisé de déléguer quelques ecclésiastiques pour faire les remontrances au roy, et fut pour ce délégué M. Prévost, lors curé de Saint-Séverin, lequel en la présence des chapîtres, curés et couvens fist la remontrance au roy en ung mardy 19ᵉ, en la forme et manière qui s'ensuit, le roy estant en chambre, debout, en la présence de M. de Birague, lors cardinal et chancelier de France. — La harangue manque au manuscrit.

1. Cette tentative eut peu de suite, le duc d'Alençon se voyant abandonné par son frère et surtout par les insurgés.

12

Septembre. Le 19ᵉ fut appelé le clergé en la salle de M. de Paris, auquel lieu M. Prévost, curé de Saint-Séverin, donna à entendre à l'assistance de point en point les remontrances qu'il avoit faict au roy et comme à la parfin, le roy luy dict qu'il vouloit appeler MM. les présidens de la cour avec le procureur du roy et principalement pour cause que ledict Prévost avoit dict que le roy ne pouvoit prendre sans blesser sa conscience les décimes qu'il demandoit. Sur ce, lesdicts présidens insistèrent disant que le roy estoit en possession de prendre lesdictes décimes et qu'il avoit les régales et pouvoit disposer des bénéfices, et qu'il y a verbale de Boniface VIII, par lesquelles il permet au roy de France et à son fils de prendre décimes en cas de nécessité, sans avoir bulle du pape : toutefois sur ce fust avisé, et à la parfin le roy estant à Fontainebleau remit le décime et demy qu'il demandoit et donna lettre signée de sa main, adressée à M. Castille, recepveur général des décimes, par laquelle il exemptoit ledict clergé pour ceste fois du dict décime et demy, et que sy aulcuns avoient payé, entendoit leur estre déduyt pour le décime à venir.

Octobre. Durant ce moys, Monsieur, frère du roy, partit de Paris pour s'en aller en Flandres pour ayder aux estats et avoit pour son assurance Mons en Hainaut, toutefois il n'estoit le plus fort et fut contraint par après de s'en retourner sans rien faire.

1579.

Janvier. Le premier jour de l'an le roy Henry III fist des chevaliers de l'ordre du Saint-Esprit auxquels il vouloit assigner chascun 2,000 livres de rente sur l'esglise, mais le pape Grégoire III, lors séant, ne s'y volut consentir [1]. Et y eust aussy quelques prédicateurs de la ville de Paris qui en murmuroient en leur chaire, à cause de quoy fut mis prisonnier dedans la Bastille ung docteur en théologie nommé Bruslart. Durant ceste année y eust plusieurs contrées qui se vouloient esmouvoir, toutefois par la prudence de la reyne-mère, laquelle se transporta en Gascogne, le tout fut appaisé.

Monsieur, frère du roy ayant quelqu'intelligence avec quelques seigneurs de Flandres, fut longtemps en la ville de Mons en Hainaut, et le furent trouver une grande troupe de françois qui gastèrent fort la Picardie, et sy ledict seigneur fut contraint de s'en retourner sans faire aultre chose.

Durant ceste année fut faicte assemblée par le clergé, lequel fist ses remontrances au roy estre déchargé des décimes. Cette assemblée fut de longue durée : toutefois à la fin y gagnèrent quelques petites diminutions des décimes.

---

1. Louis XI avait créé l'ordre de Saint-Michel dit vulgairement l'ordre du roi, lequel perdit singulièrement de sa valeur par l'abus qu'on en fit pendant la guerre civile; c'est ce qui décida Henry III à fonder l'ordre du Saint-Esprit; le nombre des titulaires ne dut jamais dépasser cent, et ils furent dits chevaliers des ordres, parce que la veille de leur nomination, ils devaient recevoir le collier de Saint-Michel. Les premiers nommés furent le duc de Nevers, de Mercœur, d'Aumale, d'Uzez, le marquis de Villars, le maréchal de Cossé, MM. Gouffier de Crevecœur, d'Escars, de Fiennes, de la Rochefoucauld-Barbesieux, le prince de Carency, marquis de Trainel, comte de Clinchamp, de Fiesques, comte de Marennes, d'Humières, maréchal d'Aumont, de Malicorne, maréchal de Retz, baron de Torcy, vicomte de la Guiche, marquis de Cœuvres, comte de Braine; d'Entrague, de la Guiche, Strozzi.

1580.

Janvier. Le jour de l'an le roy fist derechef des chevaliers du Saint-Esprit, entr'aultres y en avoit d'esglise,
dont M. Pierre de Gondy, évesque de Paris, en fut
l'ung [1].

Febvrier. En ce moys le sieur de Gondy, évesque de
Paris fist assembler le clergé à cause des coustumes;
c'estoient les curés, lesquels avec les aultres ecclésiastiques nommèrent procureur pour regarder audictes
coustumes. Il fut lors remontré à mondict sieur par les
curés que les Jésuites faisoient bastir une maison près
la porte Saint-Antoine, et qu'en ceste maison se délibéroient y avoir religieux, lesquels ils appeloient petits
profés, lesquels prétendoient avoir bulle du pape de
pouvoir administrer les sacremens partout dedans la
ville de Paris. Lesdicts Jésuites entrèrent en ceste ville
comme pauvres, toutefois tost après devinrent riches
et n'avoient lesdicts Jésuites aulcune qualité. Estant
interrogés en la cour qui ils estoient respondoient : *Tels
qu'il plaict à Dieu*. Ils estoient soutenus de M. le cardinal de Bourbon lequel leur donna la maison dessusdicte,
toutefois il fust advisé à la réunion des curés faicte le
premier lundy de caresme qu'il falloit s'opposer et empescher qu'ils ne fissent telles entreprises parce que c'est
pour le public et au dommage des curés.

1. Plusieurs prélats avaient été également dans la première pro-
motion, savoir : les cardinaux de Bourbon, de Guise, de Biragues,
de Gondy : Charles d'Escars, evêque de Langres, du Lude, abbé du
Châtellier, Amyot.

Mars. Envyron ce moys, M. le prince de Condé se retira de Sainctes et s'en alla dedans la Fère en Picardie, laquelle il tint de forcer et feit désarmer les habitans, disant qu'il estoit en son gouvernement, toutefois à la fin le roy fut contraint y envoyer son camp au moys de juillet et estoit le sieur de Matignon, conducteur dudict camp.

Juillet. En ce moys, voyant MM. de la police que la peste continuoit à Paris, envoyèrent vers M. de Paris à ce qu'il commanda aux curés qu'ils ayent quelques hommes d'esglise pour administrer les Saints-Sacremens aux pestiférés, et que les marguilliers de la paroisse trouvassent lieu ou chambre pour les loger aux despens des fabriques [1]. A raison de quoi les curés au nombre de douze s'assemblèrent avec les marguilliers, lesquels marguilliers promirent loger lesdicts gens d'esglise à leurs despens. Quant à la nourriture desdicts gens d'esglise, fut accordé que l'on s'en rapporteroit à MM. de la police, et fut cest accord signé tant desdicts curés que des marguilliers, sauf quelques ungs de ceux-ci qui refusèrent; pour présenter ceste requeste furent députés les curés de Saint-Pierre des Arcis, M. Poncet, docteur en théologie, M. Jehan de la Fosse, curé de l'esglise Saint-Barthélemi, où après que lesdicts seigneurs de ladicte police eurent entendu les remontrances desdicts curés, fust ordonné que lesdicts mar-

---

1. La cour s'était retirée à Blois. La peste avait commencé à sévir au mois de juin et on évalue à 40,000 le nombre des victimes, presque toutes de la plus infime classe de la population, qui furent frappées dans l'espace de six mois.

guilliers logeroient lesdicts hommes d'esglise députés pour aller aux pestiférés au logis du barbier de l'hoste Dieu de Paris, et seroit ledict logis payé aux despens de la fabrique, et les gens d'esglise stipendiés tant par les curés que marguilliers à communs frais ; quant au lieu ou reposeroit le Saint-Sacrement ce seroit en quelque chapelle dudict Hostel-Dieu. Ce fut ordonné en ung mercredy 13ᵉ.

Durant ce moys fut commencé le bastiment de Grenelle pour y loger les pestiférés.

Novembre. En ce moys fut bruslé le couvent des Cordeliers de Paris [1].

1581.

Janvier. En ce moys fust publié ung esdict de pacification par lequel estoient concédées plusieurs choses aux hérétiques, jusques à avoir des ministres pour les conduire au lieu du supplice les exécutés à mort.

Febvrier. Durant ce moys commencèrent à partir plusieurs compagnons de Monsieur, frère du roy, pour aller en Flandres, secourir ceulx de Cambray, qui tenoient lors pour Monsieur [2].

---

1. Le 19 novembre. Cet incendie, qui détruisit complètement cette belle eglise, fut allumé par l'imprudence d'un religieux qui laissa des cierges allumés sur les lambris d'une chapelle. Le couvent fut préservé.

2. Le duc d'Anjou passa la frontière vers le 15 août, après avoir réuni près de Château-Thierry son armée ; il emmenait avec lui le duc d'Elbœuf, le comte de Laval, le comte de Saint-Aignan, Mongommery, Turenne, Bellegarde, Bellefond, de Hautemer, la Chatre, Rochepot, de la Voulte, la Guierche, etc. A son approche, Cambray fut immédiatement débloquée.

Mars. Durant ce moys partirent plusieurs seigneurs de France, entre lesquels estoient M. de Montpensier, prince Dauphin, le maréchal de Gonor, le président Brisson et plusieurs aultres pour faire une alliance avec la reyne d'Angleterre, redoutant la force du roy d'Espagne, lequel estoit roi de Portugal [1].

Apvril. Le jour de Pasques 26ᵉ, se leva ung si grand vent avec pluye et vent, durant les 7 et 8, à 9 10 heures du matin, qu'il y eust plusieurs clochers qui tombèrent, entr'aultre celle de Brolle près de Beauvais où il y eust plusieurs prestres tués, mesmement le prieur dudict Brolle et le prédicateur.

Juillet. Le lundy 3ᵉ, le roy Henry IIIᵉ de ce nom, alla au palais, où estant en ung lict de justice pour publier des esdicts qui estoient à la foule du peuple, toutefois auparavant que d'entrer en son lict, luy fust demander par le procureur du roy, sy luy plaisoit d'entendre quelques remontrances de la cour, à quoy fut respondu que non et qu'il ne vouloit estre vaincu. Puis M. de Thou, président, remontra qu'il estoit roy par la loi salique laquelle ne permet la femme règne en France, l'on veult que les roys ne fassent lettres au préjudice du peuple, suivant les opinions des anciens, toutefois pour ce le roy ne laissa de publier les neuf esdicts, dont l'ung estoit de créer encore vingt conseillers et d'avoir ung controsleur de plus pour controsler les papiers des......; toutefois le roy sortant du palais dict qu'il

---

1. Cet ambassade avait en effet pour but la négociation du mariage de la reine avec le duc d'Anjou : elle fut splendidement reçue, mais n'amena aucun résultat.

voyoit le peuple mal content et que une aultre fois il n'iroit au palais pour publier tels esdicts. On trouva fort mauvais que l'advocat du roy de Thou se leva après que le roy eust publié les esdicts et qu'au lieu de gémir la doléance du peuple, dict avec une voye joyeuse que les esdicts estoient approuvés de tous, et auparavant que le roy entra en son lict royal, se trouva de fortune M. Vigolle, conseiller, homme advisé à ce que l'on dict et pareillement le sieur de Thou, advocat du roy. L'on dict que ledict sieur Vigolle dict, estant au parquet, voyant le sieur de Thou venir : *Voicy le pressoir*, et parce que ledict sieur Vigolle a le visage assez rouge, ledict sieur de Thou dit : *Il est vray, mais taschez que de vostre teste on ne tyre du vin.* Le sieur Vigolle respondit : *J'ayme mieux qu'on tire du sang de ma teste que des follies et cholères mal digerrées* [1].

Aoust. Durant ce moys, Monsieur, frère du roy, fist ravitailler Cambray, ville forte, laquelle luy fust baillée par le gouverneur d'icelle, et après avoir faict son entrée mit la garnison oualonne dehors et mit en leur place des françois : les Cambrisiens furent fort joyeux de l'entrée dudict seigneur, parce qu'ils se pensoient tyrannisés par le roy d'Espagne qui prenoient grands subsides sur iceulx. Ils firent forger monnoies au nom dudict seigneur, et estoit la monnoie quarrée où estoit escript : *Fransciscus protector cambriensis.* De ceste ville ledict seigneur alla au chasteau de Cambresy, lequel il prit et mit garnison ; peu de temps après laissa la ville et

---

1. De Thou dit qu'il y eut vingt-sept édits bursaux enregistrés ce jour, dont il fixe la date, par erreur, au 13.

chasteau de Cambresy et se retira en Picardie, ce qui
fist grande playe et ruyne pour icelle, parce que les
soudars pilloient, vivant à discrétion.

Durant ce temps se fist le mariage du sieur duc de
Joïeuse avec la sœur de la reyne de France, fille du sieur
de Vaudemont, auquel mariage se firent de grandes
magnificences tant en habits qu'en la danse [1].

Peu de temps après ce mariage Monsieur alla en
Angleterre et de là se transporta, estant accompagné de
plusieurs milords d'Angleterre, dedans Anvers où il fist
son entrée magnifique [2].

[1]. M. de Joyeuse avait été fiancé avec Marguerite de Chabot, fille du
comte de Charny; il rompit cet engagement pour épouser Louise de
Lorraine Vaudémont. Le roi donna 300,000 écus d'or de dot à chacun
des deux époux. Les fêtes furent d'une magnificence qui exaspéra le
peuple accablé d'impôts. Le roy avait créé M. de Joyeuse duc et
pair quelques jours avant son mariage.

[2]. Il avait passé trois mois en Angleterre, au milieu de fêtes nombreuses, mais sans rien conclure pour son mariage. Il fut reçu
splendidement à Anvers et proclamé duc de Brabant; le prince
d'Orange et tous les seigneurs des Pays-Bas vinrent prêter serment
entre ses mains. Son règne dura peu, comme on sait; il était allé
successivement et non moins triomphalement à Bruges, à Gand, à
Tenremonde; de retour à Anvers, il y avait reçu le duc de Montpensier qui lui amena des troupes. Puis craignant de voir les Flamands
changer à son égard, il crut prudent de s'assurer d'un certain nombre
de places; il réussit sur plusieurs points, mais son échec devant
Anvers le perdit; il se plaignit aux Etats qui, malgré l'intervention
du roi, ne lui répondirent pas, et se retira alors à Dunkerque, puis
vint en cour se réconcilier avec sa mère et avec son frère et s'établit
à Château-Thierry où il reçut une députation chargée par les Etats
généraux de lui faire des excuses et de se mettre à ses ordres; mais
il était déjà atteint du mal qui, après quarante jours de souffrances,
l'emporta, le 10 juin 1584.

Tout après vinrent nouvelles que le prince d'Orange fut blessé par ung serviteur demeurant à Anvers, lequel de propos délibéré alla trouver ledict sieur pour le tuer, et lui bailla le coup de pistolet dedans la maschoire, toutefois ledict sieur n'en mourut point; fut ledict serviteur exécuté à mort avec deux aultres [1].

1582.

Durant cette année, parce que M. de Paris avoit fait quelques statuts, mandoit à tous curés d'enseigner à son peuple l'oraison dominicale avec ces mots : *parolam memoria teneant et intelligant*, aulcun curés entre lesquels estoit M. René Benoist, curé de Saint-Eustache, assez indiscrètement preschèrent publiquement qu'ils n'administreroient le Saint-Sacrement à leurs paroissiens, si ils ne sçavoient et faisoient profession de dire l'oraison dominicale en françois. A cette occasion furent mandés lesdicts curés, où mondict sieur évesque interpréta ces mots : *intelligant parolam per vocem et predicationem pastoris*. Et fut tacitement contraint de rougir ledict curé de Saint-Eustache pour son indiscrétion et pour par trop voloit manifester à ung peuple ce qu'il doit recepvoir avec silence [2].

1. Le 18 mars ; la balle entra par l'oreille droite et sortit par la joue gauche. L'assassin, nommé Jauréguy fut exécuté avec ses complices Anastro et Venero, agents de l'Espagne. Le prince guérit assez vite, mais sa femme, Charlotte de Bourbon Montpensier mourut du saississement que lui causa ce crime, le 5 mai.

2. René Benoist avait succédé à l'abbé Lecoq, son oncle ; il avait été confesseur de Marie Stuart et la suivit en Ecosse. De retour à Paris il fut nommé en 1566 curé de Saint-Pierre des Arcis. Il joua pendant la Ligue un rôle considérable, par son ardeur contre les protestants,

Juillet. Durant ceste année, envyron le moys de juillet, plusieurs compagnies marchèrent pour aller contre le roy d'Espagne en Portugal, dont le sieur Strozze estoit conducteur ; duquel les compagnies furent détruites sur la mer, et le estant blessé après sa mort fut décapité ; et plusieurs gentilshommes françois avec plusieurs aultres qui furent pendus en la ville dicte Saint-Michel [1].

Septembre. Le vendredy 28e y eust un jeune clerc nommé Claude Thovart, natif d'Estampes, lequel fut condamné d'estre pendu par arrest de la cour pour avoir eust la compagnie d'Artémise Bailli, fille du précédent Bailly, encore que ladicte fille eust protesté que ce n'avoit esté le jeune homme qui l'avoit délaissée, mais qu'elle l'avoit sollicité ; estant le jeune homme en Grève, se mua en tumulte populaire, de sorte que les sergents furent contraints de fuir, et en eust deux de tués, plusieurs blessés, et le jeune homme délivré du peuple, et

et fut nommé *le roi des Halles*, mais quand il vit la Ligue devenir un parti d'étrangers, il revint au roi avec non moins d'ardeur et résista à toutes les violences dont on usa envers lui ; appelé dès lors le *Diable des Halles ;* il fut l'un des docteurs chargés d'instruire Henry IV, et devint son confesseur. Il refusa l'évêché de Troyes et mourut à 87 ans, le 7 mars 1608, ayant reçu un brevet de conseiller d'Etat.

1. Philippe Strozzi avait reçut le commandement de la flotte chargée de s'emparer de l'île de Terceire, la principale des Açores. Il débarqua dans une des îles de ce groupe, San Miguel (15 juillet) et la dévasta. Le marquis de Sainte-Croix ayant paru avec sa flotte, il y eut une bataille des plus rudes ; Strozzi résista avec un magnifique courage. Enfin il fut pris et expira à l'instant même. Nous perdîmes huit vaisseaux et 2,000 hommes ; les Espagnols avouèrent 700 hommes tués ou blessés.

aussy par le moyen d'une femme qui coupa la corde dont estoit lié ledict patient. Pour ce on fist publier une monition à la requeste du procureur du Chastelet par arrest de la cour, intervenu par lequel Tanchon, prévost des marchands de l'Isle de France, lequel estoit présent, pour faire faire l'exécution du condamné et représenter ledict Thovart et faire toute dilligence en ce requise.

Durant ce moys aussy passèrent plusieurs troupes de françois pour aller en Flandres, lesquels pillèrent toute la Picardie et les lieux où y passoient.

Octobre. Le 25ᵉ, Nicolas Salsèdes, seigneur Dauviller en Normandie, fut tiré vif à quatre chevaux pour avoir voulu attenter à la personne de Monsieur frère du roy, estant à Anvers. Il accusa plusieurs grands seigneurs, entre lesquels estoient les sieurs de Guise, la Vallette et aultres. Toutefois il s'en dedict à la chapelle en présence de la cour. Il dict et fist escrire en la présence desdicts qu'il n'estoit prince en Anvers. Monsieur le fist entrer en son cabinet et luy dict : *Salsède, tu n'es pas trop serviteur fidèle, mais je ne crois que tu eusses voulu attenter à ma personne, mais dis par ta foy, n'est-ce pas la maison de Lorrayne qui t'a invité à ce faire pour avoir ta confiscation.* Toutefois il est vraisemblable que c'estoit pour tirer les vers du nez audict Salsède à cause de la maison de Lorrayne [1].

1. Nicolas Salzède sieur d'Auvillars, fils d'un espagnol, gouverneur de Vic, et Marsal, cousin du duc de Mercœur : il avait été poursuivi pour crime de fausse monnaie et grâcié par l'intervention du duc de Lorraine. Le duc de Guise le décida aisément à assassiner le duc d'Anjou ; il prit le commandement d'un régiment levé par les Guise

Décembre. Durant ce moys furent ostés dix jours au moys, de l'ordonnance du roy, selon que le pape Grégoire XIIIe avoit mandé à tous les roys chrestiens pour reformer l'année solaire [1].

Durant ce moys arrivèrent à Paris plusieurs députés des cantons suisses lesquels vinrent faire alliance avec le roy de France; ils furent traités par l'espace de trois semaines avec grandes magnificences, de sorte que les princes et grands seigneurs leur donnoient à disner les ungs après les aultres, et s'y eurent de grands présens du roy.

M. de Thou, président, homme docte et fort dilligent en sa charge, aymé du peuple et regretté à sa mort, fut enterré envyron ce moys. On dict qu'il morut de marissement parce qu'il ne voulut adhérer à plusieurs esdicts que le roy vouloit faire passer et de faict le roy luy ayant dict quelques paroles assez atroces, parce que ledict premier président ne vouloit consentir au supplice de mort, qui estoit d'estre tiré à quatre chevaux, de Salsède, se retira du palais tout courroucé, estant malade de la maladie dont il mourut. Le roy ayant regret de la perte d'ung si grand personnage, le fut voir, où on dict que huis fermé, ledict sieur président fist de telles et atroces remontrances au roy, et après que le roy fut party, ledict sieur président appela sa femme et

---

et alla se mettre au service du duc d'Anjou à Bruges. Sa fourberie fut découverte par le prince d'Orange; il fut arrêté aussitôt. Son procès dura assez longtemps et le jugement ne fut rendu que le 15 octobre.

1. Pour arriver à la concordance parfaite avec le cours solaire suivant le calcul du docteur Antoine Lilio.

luy dict : *Ma mye, je m'en vais mourir et ne sçaurois encore vivre 24 heures ; toutefois je n'ai regret de mourir, parce que j'ai dit la vérité au roy plus hardiment que je n'ai osé par cy devant, et le tout pour le bien et profit de luy et de son peuple.*

1583.

Janvier. Le jour saint Antoine, 17ᵉ, les François estant en Anvers, se délibérèrent de se rendre maistres de la ville, mesmement tuer ceulx de ladicte ville d'Anvers, furent eulx-mêmes tués par lesdicts habitans, jusque à 1,500, dont y en avoit plusieurs grands seigneurs, et y fut contraint Monsieur se retirer à une abbaye à cinq lieues long dudict Anvers, où y eust de grandes nécessités.

Mars. Le jour de l'annonciation 25ᵉ, le roy feit faire une procession de ceulx de la confrairie de l'Annonciation, où le roy estoit présent [2], et parce que plusieurs prédicateurs en preschoient publiquement au deshonneur du roy, blasmant ladicte confrérie, et entr'aultres

---

1. M. de Thou voulait qu'on gardât Salcède « pour intimider ses complices, écrit son fils, si la conspiration étoit réelle, et pour avoir de quoi les convaincre au besoin. » En même temps il recommanda au roi de prendre garde à la multiplication des édits bursaux ; Henry III répliqua en disant à ses voisins que « le bonhomme radotoit. » La fièvre le saisit à ce moment et augmenta par le peu de soin qu'il prit, ne voulant pas ne pas se rendre au parlement où l'affaire de Salcède avait été déférée contre son avis. Il mourut le 1ᵉʳ novembre, âgé de 74 ans. De Thou l'historien ne mentionne pas la visite que le roi fit à son père pendant sa dernière maladie. Le roi fit célébrer ses obsèques avec une grande magnificence. Achille de Harlay, son gendre, le remplaça.

2. Ce fut la première procession de la Confrérie des Flagellants.

un relligieux de Clugny, nommé Poncet, ledict sieur roy manda ledict prédicateur au Louvre le dimanche 27ᵉ, et sur le soir le fist mettre dedans un coche et toute la nuict feit acheminer ledict Poncet près de Melun et le feit rendre en son couvent avec desffense de s'en sortir et de ne plus prescher [1].

Le jeudy absolu sur les 10 heures du soir fut faicte une procession par ladicte confrérie où le roy portoit la croix.

Durant ce moys le roy fust au palais et feit publier plusieurs esdites à la foulle du peuple, entr'aultres celuy des recepveurs des espices, avec pour chascun village un sergent et aultres.

Le lundy 28ᵉ fut faict par le clergé une assemblée à Nostre-Dame de Paris où estoit M. de Gondy, évesque dudict Paris, ce pour deux décimes que le roy demandoit, où fust advisé par ledict clergé de faire faire remontrance de la foy qu'il promit aux estats de Melun de 1580, qui estoit de ne rien demander par après au clergé sinon les décimes ordinaires, et mesmement que ceulx lesquels.... pairoient aultre chose au roy hormis lesdicts décimes ordinaires seroient excommuniés et privés d'estre enterrés en terre sáinte.

Apvril. Le samedy 16ᵉ le sieur de Mouy Symphale accompagné du sieur de Socourt en Picardye avec 25 ou 30 hommes fut chercher le sieur de Maresvel, et estoit

---

1. Cette confrérie fut vivement attaquée : Maurice Poncet dit par allusion à la pluie qui tombait et aux sacs qui servaient de costumes a tous ces courtisans-pénitents que les confrères faisaient comme ceux qui se couvrent d'un sac mouillé pour se garantir de la pluie. » Il fut renvoyé à son abbaye de Saint-Père de Chartres.

ledict Maresvel, celuy qui avoit blessé le sieur de Coligny, admiral de France à l'occasion de quoy vint la journée de Saint-Barthélemi ; ayant doncque ledict Mouy trouvé ledict Maresvel accompagné de 7 ou 8 soldats que le roy avoit baillé pour sa garde, ledict Mouy estant animé de ce que ledict Maresvel avoit tué son père, le chargea et voyant que ledict Maresvel estoit armé, luy bailla luy-mesme un coup d'espée qui print au fondement et vint monter vers la teste, toutefois les gens dudict Mouy tirèrent plusieurs coups de pistolet et eust le sieur de Socourt et quelques aultres blesssés ; voyant doncque ledict de Mouy qu'il avoit prins vengeance de la mort de son père, et que Maresvel estoit mis bas (lequel toutefois ne mourut que le lendemain, ayant reçu tous les sacremens et léguant mesme aux héritiers d'ung pauvre artisan qui fut tué en voulant le délivrer), il voulut poursuivre ung des soldats de Maresvel, lequel attendant ledict Mouy, luy tyra d'ung petoral une balle ramée en la bouche et tomba ledict Mouy mort en la place et fut porté le corps dedans les prisons du fort l'évesque où il fut toute la nuict et le jour suivant :

Aoust. Le baron de Vitreaux frère du prévost de Paris et Milheau, duquel le père avoit esté tué par Vitreaux, s'allèrent battre derrière les Chartreux, et fut ledict Vitreaux tué, en ung dimanche au matin, le 7.

1584.

Apvril. Envyron ce moys, François de Valois, frère du roy, sieur d'Anjou vint voir le roi Henry III, lequel il n'avait vu depuis son partement de Flandres, où il étoit

allé contre la volonté du roy, et fut quelques huit jours
en ceste ville de Paris, puis en retournant fut accompagné de plusieurs tant princes que seigneurs de la
cour, et quelques temps après estant arrivée à Chasteau-
Thierry, luy prist un flux de sang qu'il jettoit par en
bas, par la bouche et par les narines, dont il mourut.

Juyng. Le dimanche 10 juyng mourut ledict sieur de
Valois, duc d'Anjou à Chasteau-Thierry et furent ses
pompes funérailles faictes en ceste ville de Paris, et son
corps porté à Saint-Denis en France, après qu'il eust
reposé trois jours et trois nuits à Saint-Jacques de

Septembre. En ce moys furent commis conseillers de
la cour MM. des comptes, etc., et fut étably une chambre
royalle pour la recherche des recepveurs et thrésoriers et
en furent quelques ungs exécutés à mort à la cour du
palais[1].

1586.

Febvrier. Durant le moys de febvrier vinrent à Paris
quelques ambassadeurs de Flandres pour implorer l'aide
du roy contre le roy d'Espagne[2], et furent défrayés lesdicts flamans par l'espace de 6 à 7 semaines. Toutefois
ils n'obtinrent leur demande. A l'instant vint aussy ung
ambassadeur d'Angleterre, lequel apporta la Jarretière
de la reyne d'Angleterre au roy, et le reçeut le roy aux
Augustins, et sy fut reçu ledict ambassadeur avec

1. L'année 1585 ne renferme qu'une page blanche.
2. Le prince d'Epinoy était chef de cette ambassade qui se rendit
en Angleterre ensuite ; la réception que le roi fit à ces députés
exaspera le parti espagnol et décida le duc de Guise à rompre avec
la cour.

grandes magnificences, mesme M. le prince dauphin alla audevant de luy et le reçut ; sy ledict ambassadeur et les siens furent semblablement défrayés et y estoient les armes de la reyne d'Angleterre, parmy lequelles estoient les armes de France, ce que le roy fist oster[1].

Durant ceste année, après la mort de M. d'Anjou, frère du roy, se firent de grandes esmotions en la France, suivant la Ligue autrefois commencée. De sorte que plusieurs de la noblesse suivoient le party de MM. de Guise, et estoit le bruit que tantôt une ville estoit prise, tantôt l'aultre, de sorte que la noblesse ne savoit de quel costé tenir, ignorant sur ce faict la volonté du roy, lequel par parolles se montroit fort affecté contre la maison de Guise, et d'aultre part le roy de Navarre faisoit de grandes plaintes contre ceste maison de Guise, jusque mesme escrire contre iceulx, comme s'ils eussent désiré envahir le royaulme. Toutefois il est vraisemblable que le roy adhéroit au party desdicts seigneurs de Guise, et qu'il désiroit exterminer du tout les huguenots de la France, desquels le roy de Navarre et le prince de Condé estoient les chefs ; et de faict le roy fist esdicts de paix, par lequel il révoqua les presches de son royaulme, confisqua les biens des huguenots rebelles, et par après leur fist la guerre et déclara que ceulx qui ne voloient vivre selon la religion romaine, fussent mis prisonniers et punis selon leur démérite.

A cause des guerres, le roy ordonna que prières

---

1. Le comte de Derby était chef de cette ambassade qui arriva le 23 février et non le 23 janvier, comme dit P. de l'Etoile.

publiques seroient faictes en la ville de Paris tant pour
prier Dieu qui luy donna ligue que pour chasser les
maux qui estoient en France, comme guerre, peste,
etc., et furent les prières en mon esglise Saint-Leu-
Saint-Gilles. A cause de ce je fis quelques carmen que
je dédiai à mes paroissiens dont ay mis icy la teneur :

Ad piissimam plebem Parisiensem

Observo primum omne fieri observationes, postulationesque
Gratiarum actiones, pro omnibus hominibus, pro regibús et
[omnibus.
Qui sunt in dignitate constituti (*Ep. 1. ad Thimoteum*) *J. a Fossa.*

Suis parrochianis

Mente deus celebres hæc quisquis pia limina scandis
Spiritus ut deus est interiora colit
Temporis ergo memor regis pacisque benigna
Hude preces reprimat sic sua tela deus

Les mesmes par le mesme, version françoise.

D'un esprit net et pur, révère le grand Dieu,
Quiconque que tu sois qui entre en ce saint lieu.
Comme Dieu est esprit, il faut lui faire offrande,
Du dedans de son cœur, qu'à toujours il demande,
Quant doncques tu prieras, mets en ton souvenir,
Le roy, le temps, la paix, les maux à advenir,
Afin que par son fils, le père de clémence
Apaise, jette loing les fléaux de la France.

Amen. Ces carmen et ce que dessus furent attachés
durant l'oratoire à la porte de l'esglise Saint-Leu et
Saint-Gilles, le 4e dimanche de quaresme, an 1586.

Quelque temps après partirent MM. du Maine,
Joyeuse, Espernon et de Biron, lesquels tous séparés
avoient chacun ung camp pour faire la guerre aux

huguenots. Et quelque temps après vinrent les ambassadeurs de Danemark et aultres d'Allemaigne, lesquels eussent quasy désiré de forcer le roy de faire paix avec les huguenots, usant mesme de paroles d'injures au roy, lequel fut contraint de leur dire qu'ils en avoient menty et leur fut baillé response par escript pour rendre à leurs maistres, mais les démentis ne furent insérés aux responses.

Ils vinrent aussy des ambassadeurs d'Angleterre pour ce mesme faict qui demandoient que le roy laissa vivre les huguenots en liberté, auxquels le roy fist response que comme la reyne d'Angleterre ne vouloit qu'une religion en son royaulme, aussy n'en vouloit-il qu'une.

Durant aussy ceste année 1585 (*sic*) fut faict recherche des usuriers en la Commission au grand conseil.

Et fut une grande cherté de vins et bleds au royaulme de France, et crois que l'occasion des chertés des bleds procédoit de ce que le roy avoit faict saisir plusieurs bleds ès provinces pour envoyer aux camps, toutefois la plupart ne fut transporté, mais vendu plus chèrement qu'on ne les avoit acheptés, la cherté continua du bled et vin, parce que l'année faillit à raporter, et estoit vendu le petit vin 10 et 11 écus, et le septier du bon bled, 18 livres.

A cause de ceste cherté furent commis gens d'honneur de chascune paroisse pour quester les pauvres, dont aucune donnèrent jusques à 6, 7, 8, 9 et 10 escus, les aultres plus, les aultres moins, et en fut faict registre qui fut porté à la cour. A cause de ceste cherté furent aussy deffendues les provisions sous peine de grosse amende aux délinquants.

Durant ceste année le roy feit des esdicts feits à la foule du peuple que la cour refusa de passer et la chambre des comptes, de sorte que à cause de ce fut interdicte la chambre à ceulx qui estoient de ce semestre, lesquels furent par après remis. Quant à l'esdict que le roy feit pour faire les estats des procureurs héréditaires et pour les contraindre d'achepter leurs estats, les procureurs y résistèrent de sorte que la justice cessa deux moys ou envyron, et à la fin fut contraint de reviser son esdict et par après permettre aux procureurs d'en postuler, lesquels ne voulurent jamais postuler que le roy n'eust promis de ne les faire payer et lors fut en danger de sa personne : Scipion Sardy italien et aultre [1]. (*Sic.*)

Durant ceste année, M. de Paris fut à Rome et impétra l'aliénation des biens de l'esglise pour 100,000 escus, encore que le clergé de France ne l'eust autorisé que pour 50,000, dont ledict de Gondy en fist l'affaire en la cour de Parlement, par l'evesque de Noyon, qui harangua, assisté des évesques de France, nonobstant l'aliénation fut faicte de 50,000 escus avec refus de 50,000 aultres ; et pour faire les taxes furent les évesques longtemps à Paris pour faire les taxes à Saint-Germain-des-Prez à la foule des bénéficiers, et sur lesquels il se furent faict taxes pour leur scelle, et ont comprins à

---

1. Scipion Sardini, banquier italien, venu avec Catherine de Médicis, avait une position financière considérable. Après les seconds Etats de Blois, il prêta au roi 500,000 écus recouvrables sur le clergé de France (mars 1588), pour prix sans doute de sa mise en liberté, ayant été condamné quinze mois auparavant pour avoir falsifié un arrêt de la cour des Aides. (Voir notre étude sur *Isabelle de Limeuil*, dans le *Bulletin du Bibliophile*, an 1864, p. 800.

ladicte aliénation les curés excédans 100 escus, dont y a appel comme d'abus.

Durant ceste, au moys de décembre fut exécuté en la cour du palais ung nommé Le Breton, advocat, lequel avoit escript quelque livre où il avoit taxé le roy, ce qui ne se debvoit avoir faict, parce qu'il n'est loisible au vassal mal dire de son prince, encore moins d'escripre comme aussy nostre Homère en son Iliade dit qu'ung Thessalien fut frappé d'Ulysse pour avoir mal parlé d'Agamemnon. Cestuy Breton estoit fort zélé à la relligion catholique et romaine, et estoit fort marry que les huguenots faisoient brûler les livres des Pères comme saint Augustin et saint Bernard, et ce pour mettre en lumière des petits livres pleins de rapsodies, et de faict fut expressément à la Rochelle pour remontrer au roy de Navarre, et à ceulx de la Rochelle leur malleversa-tion; estant en la chapelle de la Conciergerie prest d'aller au supplice fut M. de Sainte-Foy, évesque de Nevers, lequel luy veult faire quelques remontrances l'appelant mon fils, disant aussy qu'il le tenoit pour homme de bien, et à ceste occasion que l'on avoit opinion que le mal escript qu'il avoit faict, ne venoit tant de luy que de la suscitation de quelques huguenots qui luy avoient soufflé et quy luy en diroit quelque chose à l'oreille, lors ledict Breton luy dict qu'il parla hault et non à l'oreille de ce qu'il soit. Et alors ledict Le Breton luy dict qu'il seroit mieux en son diocèse à admonester les siens qu'en ceste ville de Paris, et lors-que ledict Sainte-Foy l'avoit appelé son enfant il dict qu'il ne le connaissoit pour père, et qu'il n'estoit son évesque, joinct qu'il estoit courtisan et qu'il s'en alla adorer son Dieu, et quant à luy qu'il alloit adorer le sien; ledict Sainte-Foix estant sorty, lors je luy remontre, faisant ma charge comme curé de Saint-Barthélemi, vù qu'il alloit à la mort, et que celuy qui va à la mort doit avoir bonne parole en sa bouche, et qu'il debvoit prendre de bonne part l'admonition qui luy faisoit. Il me dict qu'il estoit vray, mais qu'il avoit tort de luy imputer que les huguenots luy avoient baillé..... vu qu'il ne voulut jamais converser avec eulx [1].

Durant ceste année 1586 y eust grande cherté de bleds, et fut vendu le septier de bled de Paris jusques à 24 et 25 livres, et je crois que ceste cherté vint à cause que le roy Henry III avoit faict saisir grand nombre de bleds par toutes les provinces, afin de subvenir aux camps qui marchoient tant en Guyenne que dans le Languedoc. Et lors y avoit quatre camps dont M. du Mayne, frère de M. de Guise, en conduisoit ung; MM. de Joyeuse, Espernon et Byron les aultres. A cause d'une si grande cherté de vivres, la cour ordonna que quatre des principaux de la paroisse iroient par la paroisse faire queste pour les pauvres, lesquels on faisoit travailler à ung atelier près la porte Saint-Honoré, et leur estoit distribué chascun deux pains par jour et deux

---

1. François Le Breton ayant perdu un procès qu'il plaidait, en devint comme fou et voulut aller s'en plaindre au roi; on le repoussa du Louvre, il cria et Henri III le fit entrer, l'écouta et le renvoya avec quelques bonnes paroles. Il parcourut alors la France et composa un libelle qui lui valut d'être mis à la Bastille; on le montra au roi comme un factieux, quoique sa folie fut bien constatée et il fut condamné à mort; on l'exécuta dans la cour du palais, de peur qu'en Grève le peuple ne le délivrât.

sols. Aultre cause de ceste cherté estoit que les bleds et les vins faillirent ceste année [1].

1587.

Janvier. Envyron le 9e, les chevaliers du Saint-Esprit estant encore par deçà fut faicte une assemblée pour respondre de la paix ou guerre contre les huguenots, et fut conclut que la guerre se feroit, et qu'il n'y auroit qu'une relligion en France, à quoy faire le roy exhorta ses chevaliers, promettant monter à cheval, encore qu'il souèpta lors à..... comme avant avec les cappucins, où y estant il s'habilloit comme lesdicts cappucins, et estant au bois de Vincennes aux Hieronymytes s'habilloit en hyéronymiste et fist faire plusieurs monastères de relligion comme les esglises des cappucins hors des portes Saint-Honoré et un aultre au Marché aux chevaux. Durant le moys de febvrier les nouvelles vinrent à Paris que la reyne d'Angleterre avoit fait décapiter la reyne d'Ecosse, et quelques temps après furent faictes ses funérailles à Nostre-Dame de Paris, où M. de Bourges fist une fort docte oraison funèbre, et parce que ladicte reyne d'Ecosse estoit de la maison de Lhorraine, ledict sieur de Bourges extolla ceste maison, et parlant du sieur de Guise et du sieur du Mayne, fils du sieur de Guise qui fut tué par le traître Poltro, il le compara aux Scipions et les appeloit *duo fulmina belli* pour ceste occasion, et aussy que durant ce temps la maison de Guise estoit fort aymée du peuple, l'oraison en fut imprimée [2].

1. Ce passage répète, comme on voit, celui de la page 200, lequel s'applique probablement à l'année 1585.

2. Le 13 mars ; toute la cour y assista. L'archevêque de Bourges

Les vivres continuèrent estre chers durant ceste année, et à cause du grand nombre des pauvres la cour ordonna qu'il y auroit quatre députés avec les curés des paroisses pour taxer les habitans, afin de subvenir aux pauvres, et falloit que chascun paya trois fois autant comme il estoit cotisé pour l'année comme s'il estoit cottisé à 24 sols par an, il falloit qu'il en payat trois fois 24 sols.

Ceste année durant le caresme se faisoient quelques menées touchant la Ligue, de sorte que les prédicateurs en parloient fort, et ce pour le confort et ayde d'icelle afin d'exterminer les hérétiques, et principalement les politiques qui tenoient tout le royaulme en suspend, et ce fist telle menée que l'on disoit qu'il y avoit bien à Paris 8 à 10,000 hommes armés pour à coup se jetter sur les politiques, et de faict se trouvèrent de nuict quelques hommes armés par le guet à l'occasion de quoy le lendemain fut la ville esmue et par le commandement du roy et de la cour recherchés quelques honorables bourgeois de ceste ville de Paris entre aultres le capitaine Compan, et Me Jehan Louchart, commissaire au Chastelet de Paris, auxquels toutefois ne fut faict aucun tort, ny plus grandes recherches sur eulx, parce que le sieur du Mayne dict au roy que ce quy avoit esté faict, avoit esté faict par son commandement, tant pour la tuition de sa personne que pour la deffense des catholiques.

Et du depuis le peuple avoit quelque opinion que le

était Renaud de Beaune, et il fut vertement réprimandé par le roi au sujet de sa citation de Virgile, qu'il supprima à l'impression de son discours.

roy vouloit mal à ceste maison de Guise [1], de sorte que la reyne-mère du roy fut trouver ledict sieur de Guise à Reims, et du depuis le roy alla à Maux où le sieur de Guise l'alla trouver et se délibérèrent lors, comme l'ont dict, faire la guerre aux huguenots et empescher les reitres qui se délibéroient secourir lesdicts huguenots.

La cherté des grains dura jusqu'à la fin de juillet tant pour le mauvais temps qu'il avoit fait à cause des pluyes froidres, et de faict fut faicte procession géneralle et portée la chasse Sainte-Geneviève, le jeudy au moys de juing, et du depuis le temps se modéra au beau. Nonobstant, la malice de ceulx qui avoient des grains car leur avarice continua si fort, que le septier de grains, mesure de Paris, fut vendu le jour de la Magdeleine 22 juillet et le lendemain la somme de 39 livres. Et voyant le peuple la cherté du pain, s'esmeut de telle façon qu'il pilla ledict jour de saincte Magdeleine le pain aux boulangers tant aux Halles, place Maubert, qu'au cimetière de Saint-Jehan, et y eust aux Halles plusieurs personnes tuées et la maison d'un potier d'étain pillée.

Aoust. En ce moys arrivèrent à Paris des relligieux de Gascogne, desquels leur abbé avoit esté fort magnifique. Toutefois se ramena à la pénitence et du depuis a vescu fort austèrement avec ses relligieux ne mettant jamais souliers ni bonnets, et s'il ne s'est assis, mais toujours debout ou à genoul.

---

1. Notre chroniqueur commet évidemment une erreur; c'est en 1585 que la reine alla conférer avec le duc de Guise à Epernay, sans amener aucun résultat. Elle se retourna alors vers le roi de Navarre. Dans le cas contraire, ce passage aurait une réelle importance comme preuve d'une seconde démarche de la part de Catherine de Médécis.

Septembre. Le vendredy 4ᵉ, Ange de Joyeuse, frère du sieur de Joyeuse, après le décès de sa femme, sœur du sieur d'Espernon, se rendit capucin aux faubourgs Saint-Honoré et je crois que ledict seigneur estoit touché la main de Dieu, voyant les moyens qu'il avoit et ayant l'oreille du roy Henry, autant et plus qu'homme du royaulme. Quelque peu de temps après, le sieur de Joyeuse fut tué en une rencontre du roy de Navarre [1].

Durant ce moys s'approchèrent et entrèrent toujours avant en la France jusques à la fin d'approcher à près de seize lieues de Paris, les reitres conduits par M. le duc de Bouillon et par le sieur de Chastillon, fils de défunt Gaspard de Coligny, admiral; lesquels toutefois furent de telle façon cotoyés par M. le duc de Guise, joinct que le roy empeschoit qu'ils ne passassent l'eau pour se joindre avec le roy de Navarre, que par chascun jour ils perdoient de leurs compagnies, et à la fin le sieur de Guise les poursuivit si vehementement qu'il les deffist près Dounau dessus la fin du moys de novembre 1587, et le lendemain s'enfuirent ayant laissé leur artillerie et par après accordèrent au roy de leur retirer [2].

---

1. Le duc de Joyeuse fut tué à la bataille de Coutras, son frère avait eu le même sort au commencement de la lutte (20 octobre). Son autre frère devenu veuf de Mademoiselle d'Epernon, entra aux Capucins. Quand son dernier frère, Scipion, eut péri en Languedoc, en 1592, sans laisser de postérité, le *Père Ange* se fit relever de ses vœux, commanda en Languedoc, devint marechal de France, grand maître de la garde-robe; peu après il reprit le froc et mourut en se rendant à Rome, en 1600.

2. Auneau, bourg assez voisin de Dourdan : les Allemands, commandés par le baron Dhona furent complétement défaits et perdirent plus de 2,000 hommes. M. de la Chastre fut chargé de porter les

Et le mercredy 23 décembre le roy entra en ceste ville de Paris, où ceulx de la ville allèrent audevant de luy, et estant à Nostre-Dame, luy fut faicte une harangue par M. de Gondy, évesque, et quelque temps après faict cardinal, ledict évesque congratula le roy d'une si insigne victoire et par après le roy fist chanter le *Te Deum*.

Quelque temps après MM. les curés prédicateurs furent saluer le roy pour le congratuler de sa victoire et porta la parole M. Falot, curé de Saint-Paul, lequel après avoir loué la clémence du roy de relâcher ung nommé Brulart, théologal d'Orléans, lequel avoit parlé en sa chaire du sieur d'Espernon, et en ceste occasion le roy l'envoya prisonnier à Amboise, toutefois à la prière et requeste dudict clergé, le roy octroya l'élargissement dudict Brulart.

Après que le roy eust entendu les remontrances faictes dudict clergé, avec les louanges, il se retira en arrière d'icelles, disant qu'après Dieu on lui debvoit attribuer cest honneur d'une si insigne victoire, où avec peu de pertes de ses gens il avoit dissipé une si grosse armée, laquelle comme l'on dict estoit de 45,000 hommes lesquels se prétendoient aultre chose que d'abolir nostre religion. Toutefois que Dieu lui avoit faict ce bien de luy avoir donné la victoire; mais au contre et au lieu de le gratifier, quelques ungs des prédicateurs servoient mensonge en leur chaire. — Mesme ce dict-il ce Boucher que voilà, entendant de parler de M. Boucher, prédica-

---

neuf drapeaux pris au roi qui dissimula mal la jalousie que lui causait ce succès. Il facilita singulièrement la sortie des Allemands du royaume.

teur, curé de Saint-Benoît [1], mais ce dict-il il est nepveu de défunt Poille, a esté sy hardy de dire en plaine
chaire que j'avois faict jetter Brulart en la rivière, lequel
est encore vivant, et n'a eust aulcun mal, sinon qu'il est
enfermé en une chambre et bien traité. Mais l'indiscrétion de d'aulcuns prédicateurs, lesquels sont à gage pour
ce dire, taschent par ce moyen de me mettre en hayne
de mon peuple, et a esté mesme sy indiscret de dire
que le cordeau dont a esté pendu Le Breton en estoit
plus digne que les robes rouges des conseillers qui l'a-
voient jugés. Toutefois désirant user de ma clémence,
je lui pardonne et aux aultres médisans à condition
qu'ils n'y retournent plus ; et pour ceste occasion, j'ay
bien voulu vous escouter en la présence du maréchal
de Villequier, gouverneur de ceste ville de Paris, de
M. le chancelier, M. le premier président et les quatre
aultres avec le lieutenant-criminel, auxquels tous je
baille charge de chastier et punir les prédicateurs qui
useroient de tels propos, plutost factieux en leur chaire
que d'édification, et mesme qu'ils estollent pour ceste
victoire les saints eu lieu de Dieu, et au cas qu'il ne le
punisse, moy mesme j'iroy les prendre en la chaire. Je
suis, ce dict-il, catholique, et ne pense qu'il y ait homme
en mon royaulme plus catholique que moy, et le voit-on
à l'effet : considérez quels sont les effects des aultres. —
Après ce, ledict Boucher, prédicateur, lequel le roy

---

1. « Homme de naissance, dit de Thou, et d'une grande érudition
mais médisant et factieux jusqu'à la fureur » Il se prononça vivement dans la suite contre Henry IV dont il attaqua notamment la
conversion.

avoit attaqué, commença à se prosterner en la présence du roy, disant que ceulx de sa robe estoient sujets aux calomnies pour quelque malveillance que plusieurs avoient aux prédicateurs, lesquels parloient comme zélateurs du bien public et de la religion, et luy arrive de dire ce qu'il avoit dict de la mort de Brulart, estoit du bruit commun. Lors le roy se mit en colère et dict que ce n'estoit à luy qui faisoit office de prédicateur de parler mal de son roy par le bruit commun; et qu'il n'estoit si saint homme allant pieds nus et vivant de racines, mais s'il y a quelques bons habits et quelques bons morceaux, que c'estoit pour luy; et partant qu'à luy n'appartenoit de reprendre son roy, duquel il n'appartient à homme quelconque de son royaulme mesdire, principalement à luy qui estoit prebtre, sacrifiant tous les jours et baillant l'absolution, ce qui ne se peut faire estant si meschant. Toutefois le roy continua de pardonner audict Boucher, et dict-il qu'il feroit relascher ledict Brulart.

Après que MM. les curés et prédicateurs furent partis, il y eust quelques ungs qui firent quelques remontrances à S. M. disant qu'il avoit parlé fort rigoureusement à ceulx que chalcun doict honorer pour leurs charges, estant prebtres prédicateurs, et aussy qu'il avoit tenu une proposition hérétique savoir est que le prebtre meschant mesdisant de son roy, ne pouvoit bailler l'absolution. Lors il dict que ce qu'il avoit dict avoit esté par colère et qu'il s'en repentoit, mais que Boucher en estoit cause, contre lequel il estoit fasché et que ce qu'il avoit dict touchant le prebtre meschant qu'il ne pouvoit donner l'absolution, que c'estoit aussy par colère.

Joinct qu'il n'est point théologien et ne le voudroit soutenir.

1588.

May. La Ligue continuant et à cause d'icelle plusieurs habitans de ceste ville estant en crainte, pour
les oster de ceste crainte qui estoit que quelque nuict on
debvoit aller aux maisons pour prendre quelques douzaines de ceulx qui estoient fort affectionnés, entre
aultres ung nommé Marteau nommé de la Chapelle et
Louchart [1], commissaire au Chastelet de Paris, et le
Clerc [2], procureur, avec plusieurs habitans de ceste ville,
le sieur de Guise arriva à Paris le lundy 9e may en 1588
avec neuf hommes à cheval seulement entre lesquels
estoit le sieur de Brissac, et se cacha ledict sieur de
Guise jusques au temps qu'il arriva près Saint-Jacques
de l'Hospital, et lors il osta son manteau, débouchant
son visage, et avec maintien joyeux salua les bourgeois,
lesquels le saluoient jusques à tant qu'il fut arrivé au
logis de la reyne-mère, où estant fut reçu assez béni-
gnement; et lors elle envoya par devers le roy luy dire
que ledict sieur de Guise estoit arrivé et qu'il désireroit
luy embrasser les genoux. Toutefois le roy n'en fist
grand compte jusques à tant que la reyne y eust envoyé
pour la troisième fois, où après avoir derechef songé à
part soy, dict qu'il viendroit. Lors ladicte reyne se fist
porter dedans une chaise par deux suisses, et alla avec

---

1. La Chapelle Marteau, gendre du président de Neuilly, s'était
ruiné dans la gestion des fermes. Louchart fut également un des
membres du Conseil des Seize.

2. Bussy-Leclerc, l'un des chefs de la Ligue à Paris.

elle ledict sieur de Guise, où ayant trouvé le roy au Louvre, le roy parlant à quelqu'un, fist tarder ledict sieur de Guise quelque temps, puis regardant ledict sieur de Guise, luy dict : *Vous voilà, mon cousin, qui vous amène ?* Lors le sieur de Guise luy dict qu'il estoit venu pour luy présenter son service et apporter sa teste au cas que les parolles que l'on avoit porté de luy fussent véritables. Le lendemain ledict sieur de Guise fut derechef saluer le roy, et le mercredy d'après, et entra le roy en défiance dudict sieur de Guise pour le respect que le peuple de Paris avoit vers luy, de sorte que ce jour on donna ordre que le jeudy au matin l'on feroit entrer les suisses dedans Paris ; et ayant le roy la clef de la porte Saint-Honoré de grand matin auparavant que les portiers fussent arrivés, on fist entrer lesdicts suisses qui estoient envyron 6,000, et furent mis avec partie dedans le cimetière des Innocents, et une partie dedans le Marché neuf, et aultre partie dedans la Grève, afin que par après le roy eust moyen de prendre à sa dévotion ceulx qu'il vouloit faire exécuter de sa Ligue, et principalement les dessus nommés Toutefois le peuple de Paris se trouva fort estonné de ceste façon de faire, de sorte que en ung moment prendrent les armes, tendirent les chaisnes, firent barricades et environnèrent les snisses, lesquels se trouvèrent tout estonnés ; mesmement le mareschal d'Aumont voyant ceste façon de faire, fut reporter au roy qu'il n'y avoit moyen de sauver les suisses, et mesmement ses gardes, lesquels tous estoient environnés de barricades, et se trouva le roy estonné. Cependant les Parisiens estoient toujours vis-à-vis des suisses sans frapper, l'ung sur l'aultre,

jusques à tant qu'un suisse eust tiré sur ung tapissier,
lequel il tua sur la place, et lors les parisiens tyrèrent
sur eulx, tellement que il en demeura quelques cens
ou six vingt en la place, et plusieurs furent blessés de
la part de ceulx de Grève ; quant aux aultres parts, il
n'y eust personne de blessés ; toutefois estoient de telle
sorte serrés lesdicts suisses et gardes du roy, qu'ils demeurèrent à la mercy des parisiens, lesquels les eussent
tous mis en pièces, n'eust esté que le sieur de Guise les
dégagea et avoit ledict sieur de Guise quelques capitaines, lesquels avoient leur gouvernement delà les ponts
comme le sieur de Brissac, les aultres de deçà les ponts,
comme le capitaine de Saint-Paul et Bois-Dauphin,
tant y a qu'en fin les suisses et gardes du roy se retirèrent à la sauvegarde du sieur de Guise, auquel lesdicts suisses dirent que jamais ils n'entendoient faire
guerre contre luy, ny mesmement contre ledict peuple
de Paris, et de faict prinrent congé du roy, disant que
déjà plusieurs fois, il les avoit mis en tel danger, savoir
est à Oneau et aultres lieux, et qu'ils n'entendoient faire
guerre contre les catholiques et pour ce ayant prins
congé de luy, s'en allèrent en leur païs.

Cependant l'on cantonna encore les suisses et gardes
du roy se fussent retirés des places dessus dictes de faire
leur garde, et outre sur ces entrefaictes sur les 10 heures du soir ce dict jour le sieur de Guise passa au
travers des gardes bourgeoises, et à chaque maison y
avoit une torche ardente devant la porte, et en passant
saluoit les bourgeois en les remerciant. Et le lendemain
vendredy le peuple ne cessa de se tenir sur ses gardes,
faire fausses alarmes afin de se tenir toujours en révolte

14

jusques à l'après disner, que la reyne-mère passa portée par deux suisses, et accompagnée de MM. de Lansac et de Villequier et aultres pour aller saluer M. de Guise en son hostel, et tascher à pacifier toutes choses, où estant entrée, ledict sieur de Guise vint audevant d'elle et commença à crier tout hault : *Ma Dame il est trop tard.* Lors elle dict audict sieur de Guise : *Encore que je soye venue à tard, vous me permetterez ceste licence de vous dire ung mot ?* auquel ledict sieur dict : *Ouy da, ma dame, autant qu'il vous playra*, et lors entrèrent ensemble au jardin estant séparés du peuple, et escript ladicte reyne-mère ce que ledict sieur lui nommoit, et sur ces entrefaictes le roy croyant son mauvais conseil et estant en crainte auparavant que sa mère fut de retour s'en alla aux Capucins [1] où il se botta et s'en alla ayant faict enfoncer les lacs, craignant qu'on ne le poursuivit, et coucha à Trapes et delà à Chartres. Le samedy ensuivant le peuple se contint sans faire aulcune émeute ny pillerye, et le tout par la prudence du sieur de Guise : vray est que quelques vagabonds cherchoient des huguenots, et mesmement ceulx qu'ils trouvoient avoir esté autrefois hérétiques, lesquels toutefois s'estoient recognus, et de faict trouvèrent ung marchand vendeur de marée lequel ils prirent et voulurent mettre à rançon, et à la fin le conduisirent devant le sieur de Guise : lors ledict marchand se prosterna devant ledict sieur disant que véritablement autrefois il avoit esté de ceste nouvelle opinion, mais qu'il estoit retiré et du depuis avoit persisté à la religion catholique et romaine;

1. Aux Tuileries, dit de Thou. La reine mère resta a Paris.

pourquoy ledict sieur de Guise tensa ceulx qui luy avoit
amené ledict marchand, et tirant son espée blessa ung
de ceulx de ladicte compagnie; à l'occasion de quoy le
lundy ensuivant fut faict ung cry avec deffense de n'emprisonner personne sinon par autorité de justice; et
quelque temps après les bourgeois de la ville s'emparèrent du Chastelet, Hostel de ville et du Palais, lesquels
ils quittèrent tout après que le sieur de Guise se fut
emparé de la Bastille où il constitua ung nommé
Le Clerc, procureur de la cour, maistre de ladicte Bastille, et en osta le Chevalier du Guet, et lors faict sortir
desdictes prisons ung fou nommé Feuillet lequel le roy
avoit faict porter, parce qu'il avoit dict que le peuple
s'én plaignoit de ce qu'on avoit adjoint cent sols d'im-
pôt sur le sel, et assurant le roy que luy eust faict dire
pour en tirer la vérité le feit fouetter, puis après le
voulut relascher. Toutefois ledict Feuillet ne se voulut
habiller, disant qu'il se vouloit montrer au peuple en
tel estat, donnant à entendre qu'il avoit esté fouetté
pour soutenir le bien public; et à ceste occasion le roy
le feit mettre dedans la Bastille, craignant l'esmotion
populaire et faisant sortir ledict Feuillet, fut mis à sa
place Perreuse, maistre des requeste, prévost des marchands[1], et Lugoli, eschevin, s'en alla avec le roy. Le-
conte se cacha[2] et demeurèrent Sainctyon et Bonard
sans se cacher, disant qu'ils n'estoient de la conspiration contre le peuple[3]. Toutefois le mercredy ensuivant

1. Le duc de Guise nomma à sa place la Chapelle Marteau.
2. De Thou dit qu'il partit avec Lugoli.
3. Ils furent conservés comme échevins et les deux nouveaux
furent Compan et Roland, toujours choisis par M. de Guise seul.

fut faicte assemblée à l'Hostel de ville où furent déposés
lesdicts prévost des marchands et eschevins, et pensoit
bien la reyne-mère rompre telles élections, et pour ce
faire envoya quérir les six présidens afin qu'ils rom-
pissent leur assemblée et qu'ils allassent à l'Hostel de
ville, toutefois respondirent qu'ils ne pouvoient rien,
mais que le meilleur seroit si la reyne y alloit elle-
mesme, ce qu'elle ne vouloit faire, et elle pria le sieur
de Guise d'y aller. Nonobstant fut faicte l'assemblée du
peuple et eslurent M. de Marchemont, prévost des
marchands, lequel ne le voulut accepter, disant qu'il
estoit enfant de Paris, et au lieu de quatre eschevins,
eslurent Rolland, Compant, Desprez et Cotteblanche,
et encore que quelques marchands feissent instance
pour faire demeurer Sainctyon et Bonart, comme estant
ignorans de la conspiration contre le peuple, toutefois ne
voulurent permettre que les dessus dicts demeurassent,
disant que encore qu'ils fussent ignorans de ladicte
conspiration, toutefois qu'ils ne le debvoient pas estre
et debvoient veiller pour le peuple, et le vendredy matin se rassembla le peuple audict Hostel de ville, lequel
confirma l'eslection desdicts eschevins, et au lieu du
sieur Marchemont, qui ne voulut accepter à la place de
prévost des marchands, fut eslu M. de la Chapelle,
maistre des comptes, lequel avec deux eschevins pres-
tèrent le serment entre les mains de M. le cardinal de
Bourbon lequel prioit la compagnie de l'excuser de ce
qu'il ne se trouvoit à l'assemblée, parce qu'il se portoit
mal, toutefois qu'il avoit pour agréable ce qu'on feroit
en la présence de son nepveu M. de Guise.

Quelque temps après au mesme moys le clergé,

comme feirent les aultres estats à Paris, députa quelques-ungs du clergé pour aller trouver le roy lequel
estoit encore à Chartres et furent députés six tant du
corps du chapitre, curés que des religieux : pour le
chapitre fut député M. de Relles, chantre de Notre-
Dame et président de la cour, lequel Relles porta la
parole pour le clergé et trouvant le roy en son cabinet à
Chartres, luy remontra que touchant ce qui s'estoit passé
le clergé en estoit ignorant et n'avoit esté appelé au conseil et que la chose estoit inopinée : toutefois que ledict
clergé estoit fort marry de l'absence du roy d'avec son
peuple de Paris, et que le corps ne pouvoit subsister
sans chef, qui le supplioit bien humblement de assister
son peuple : remontra aussi beaucoup de choses touchant les subsides, principalement en particulier à
M. le chancelier : auxquelles choses le roy respondit
qu'il estoit roy par succession, et parconséquent seigneur et maistre de Paris, et qu'il n'estoit raisonnable
de l'avoir jetté de sa ville; toutefois qu'entre toutes les
villes de son royaulme, il avoit respecté la ville de Paris et la respectoit encore, et que quoiqu'il eust esté
offensé, qu'il se délibéroit de mettre tout sous le pied,
considérant la perte que ce seroit de perdre une si
bonne ville, la perte de laquelle entraîneroit la perte de
son royaulme, mesmement de la relligion, estant la ville
de Paris en laquelle y avoit meilleurs des catholiques
plus qu'entre toutes les aultres villes de son royaulme,
que de sa part il confessoit avoir failly comme les
aultres, mais pour mettre toutes choses en bon estat
qu'il vouloit tenir les Estats, non de parolle mais de
faict, et au cas après qu'ils seront passés qu'il y déroge,

veut et entend d'estre désobéy ; qu'il veut qu'il soit
commis ung successeur au royaulme, lequel soit catholique et que mesmement il mériteroit d'être effacé du
livre des roys de France, si luy qui a montré expérience
de sa relligion chrestienne, estant roy dict très-chres-
tien, il permettoit que son successeur fut hérétique,
partant entendoit que l'on nomma ung successeur roy
pourvu qu'il fut catholique, prince du sang ; entendant
que les hérésies fussent jettées hors du royaulme et les
hérétiques mis à mort.

La veille de la Pentecoste ensuivant le président de
Nully retira de la Bastille le prévost des marchands
nommé Perreuse et le prist en sa garde, de sorte que le
jour de la Pentecoste, ledict Perreuse encore qu'il fut
soupçonné d'estre de la relligion, fist ses pasques aux
Blancs-Manteaux. Mais cedict jour y eust quelqu'honorable marchand, lequel dict à ung des voisins du
président de Nully que le peuple se délibéroit de massacrer ledict président, s'il ne remettoit ledict prévost des
marchands à la Bastille, et le lendemain le marchand
mena le voisin dudict président dedans une salle de la
vieille rue du Temple où il y avoit envyron six vingts
hommes armés ayant la cuirasse sur le dos pour aller à
la maison dudict président, de sorte que le voisin con-
naissant le naturel dudict de Nully estre fort hault à la
main, fist advertir M. Rolland, lors eschevin, lequel
escrivit à M. de la Chapelle, lors prévost des marchands,
et ledict sieur de la Chapelle audict sieur de Nully,
lequel à l'instant alla trouver ledict Perreuse et le ramena à la Bastille, suppliant ledict de Nully de le mener sûrement.

Depuis ce temps se sont faicts plusieurs escrits et estoit le porteur M. de Villeroy, lequel à la fin apporta la paix à l'union du roy avec les princes catholiques que mesme la cour du parlement a signé, et par cet effet fut la veille de la Magdeleine au moys de juillet 1588 à Notre-Dame de Paris avec la reyne-mère et la reyne régnante, et fist chanter le *Te Deum*, et plusieurs canons furent lâchés en Grève. Tendoit principalement la paix pour faire chastier les hérétiques et de faict durant le temps que l'on parlementoit de ladicte paix furent pendus et après bruslées deux sœurs nommées Foucault, filles d'ung procureur de la cour, et ce pour la simple hérésie, sans estre accusées d'autre crime. Et quelque temps après au mesme moys de juillet fut condamné à estre pendu et par après bruslé ung nommé Guitier, lequel le peuple brusla tout vif à cause de sa meschanceté, et crois que ce fut par la permission de Dieu, considérant que ce mauvais homme nioit mesme Jésus-Christ estre fils de Dieu, disant qu'il ne le connaissoit point.

Septembre. En ce moy furent apportées lettre d'abolition tant pour M. le prince de Conty que le comte de Soissons pour le port d'armes qu'ils avoient faict contre le roy et deffaicte de M. de Joyeuse par le sieur comte de Soissons, dont estant adverty le peuple de Paris, et que les lettres estant mises en la main de M. Perrot, conseiller à la cour de Parlement, pour présenter à ladicte cour, ledict peuple fut audevant luy présenter requeste, et suppliant la cour que la lecture de cette abolition fut faict aux Estats, lesquels se devoient tenir à Blois, le mois d'octobre ensuivant. La requeste estoit telle dont ay cy la copie :

« A Messieurs du parlement, supplient humblement
« les catholiques zélés et amis de ce royaulme, comme
« ils ont esté advertis que M. le comte de Soissons a
« obtenu certaine lettres par lesquelles le roy déclare
« ledict sieur comte bon catholique, et ne veult que le
« passage que ledict comte a faict vers le roy de Na-
« varre chef des hérétiques, et assistance qu'il luy a
« faicte, luy préjudice. Combien y a la vérité soit que
« ledict sieur comte se convertit et aydant de l'autorité
« du roy, ont tellement favorisé ledict chef qui luy a
« mené les forces levées contre les hérétiques, et icelle
« convertie et employée contre le roy et les catholiques,
« ayant lui-mesme faict meurtrir feu M. de Joyeuse,
« lieutenant-général et beau-frère de S. M. du sang
« duquel est grand nombre de la noblesse catholique, il a
« encore les ymages souilléez, d'autant que tels aultres
« sont notoirement contre la qualité des bons catho-
« liques, rendant indigne ledict comte de telle faveur
« et grâce, et davantage que telles lettres contrevien-
« nent directement à l'édict de Union que vous avez
« juré. Il vous plaise surseoir la vérification d'icelles
« lettres et remontrer en la prochaine assemblée des
« Estats à Bloys auxquels en appartient la décision, et
« vous ferez bien. » Au dessous respondu : soit montré
au roy [1].

Quelques jours après, envyron le moys de novembre,
le roy se délibéra de tenir les Estats à Bloys, où furent
députés de chaque province, quelques honorables
hommes, tant de la part des ecclésiastiques que de la

[1]. Les ligueurs envahirent le Palais comme on allait procéder a
l'enregistrement de la lettre, et l'empêchèrent.

noblesse que du peuple, et le tout se porta assez bien
du commencement, de sorte que chalcun se réjouissoit,
voyant que on ne tendoit sinon à une relligion, et que
l'on procédoit à la diminution des impost et des tailles,
et de faict on avoit jà osté le parisis sur les épices, et
plusieurs aultres impositions préjudiciables au peuple,
et pensoit le peuple entrer en l'aage d'or. Mais il advint
du contre, en tant que le roy qui portoit quelque défiance au sieur duc de Guise, et estant jaloux de l'ami-
tié que luy portoit le peuple, soubs prétexte d'ung
dire qu'il aspiroit à la couronne, l'appelle en ung vendredy 23 décembre au matin, et estant ledict sieur
entré en la chambre du roy, le fist tuer par huict hommes qui estoient cachés, et tout après fist tuer M. le
cardinal de Guise, frère dudict sieur duc, delà alla trouver la reyne sa mère à laquelle il dict qu'il n'avoit plus
de compagnons et qu'il en estoit deffaict. Puis fist
prendre plusieurs des princes prisonniers sçavoir M. de
Nemours, et frère de mère dudict sieur de Guise (lequel
toutefois par le moyen d'ung sien serviteur se sauva et
vint à Paris où il assista à plusieurs oraisons funèbres
qui se dir cnte plusieurs paroisses ès services de def-
funts) et M. le marquis d'Elbœuf; et à l'instant feit aussy
prendre les députés de quelques provinces prisonniers
sçavoir le président de Nully, M. de la Chapelle, prévost
des marchands, Cotteblanche et Compan, eschevin, le
primat de Lyon et quelques évesques, le lieutenant du
roy d'Amiens et plusieurs aultres, et feit publier que
personne n'eust à sortir de Blois, et que les Estats ne
fussent achevés, lesquels il délibéroit de faire achever,
et de faict les fist continuer, et toutefois par cris pu-

blics aux carrefours de Paris de par le gouverneur et prévost des marchands fust déclaré que ce qui passeroit aux Estats depuis la mort du sieur de Guise et de son frère le cardinal seroit mal et ne seroit en obéissance. Quelque temps après le roy fist brusler les corps desdicts princes.

1589.

Janvier. La reyne-mère Catherine de Médicis morut peu après lesdicts princes, savoir est le jour des Roys, 6e.

Depuis sa mort, le roy envoya à Paris M. le Maistre, président [1] lequel avoit esté envoyé par devers S. M. afin de la prier de faire faire le procès des députés prisonniers, pour les juger ordinairement, et non par le prévost de l'hostel, et avec luy deux des eschevins de Paris, savoir Cotteblanche et Compas, rapporta en la présence de M. d'Aumale qui avoit esté eslu pour gouverneur de la ville de Paris par le peuple au lieu de M. de Villequier, et en la présence de M. de Harlay, premier président, de plusieurs aultres tant conseillers que bourgeois, quelle estoit la volonté du roy, lequel disoit ne demander la guerre contre ceulx de Paris, ains au contraire qu'il oublioit ce qui s'estoit passé, et qu'il avoit faict ce qu'il vouloit faire, ayant faict quérir MM. le cardinal et duc de Guise. Toutefois à cause des juremens et protestations qu'avoit faict plusieurs fois le roy qu'il ne feroit faire aulcun tort audict sieur de Guise, et nonobstant le feit tuer. Le peuple ne se veut fier à

1. Jean le Maitre, depuis nommé par la Ligue pour examiner les travaux du Concile de Trente.

ses promesses. Ains au contre s'anima davantage, de sorte que le lundy ensuivant le samedy où fut faicte ceste première assemblée, s'assemblèrent dedans la cour du Palais envyron 200 hommes ayant tous la cuirasse et le coutelas avec la dague et entrèrent aux chambres du Palais où ils prinrent les sieurs présidens et conseillers prisonniers, entr'aultres le président de Harlay, de Thou, Forgeot, Havelot, et des conseillers, Maubreau, Perrot, et plusieurs aultres qui menèrent sur les neuf heures du matin dedans la Bastille.

Du depuis arriva en ceste ville de Paris Charles de Lhorraine, sieur duc de Mayenne, lequel entra en ceste ville de Paris, accosté de M. d'Aumalle, le chevalier d'Aumale, et aultres princes, et depuis que ledict sieur fust entré à Paris, eust toujours la teste nue. Il alla à Notre-Dame et parce que ce jour se faisoit ung service pour M. de Guise, père dudict sieur, il ouït le service et delà s'en alla à l'hostel de Montmorency.

Et par après ledict sieur de Mayenne alla à Rouen laquelle il réduisit soubs l'Union, ayant mis hors de la ville le sieur de Carrouge, gouverneur, toutefois estant en la ville quelques politiques, se feit quelques remontrances par iceulx desquels quelques-ungs furent prins menés prisonniers [1].

Tout après que ledict sieur fut de retour, l'on fist assemblée au baillage du Palais et furent nommés quarante hommes pour tenir conseil de l'Union, et ne laissa toutefois le conseil des Seize de persister au regret du conseil des Quarante, qui tenoient leurs conseils ès mai-

1. Le 9 février.

sons particulières, tantost en une maison, tantost en une aultre, et disoient plusieurs que ce conseil des Seize estoit très-nécessaire.

En nommant ledict conseil des Quarante, ledict Charles de Lhorraine, lieutenant-général de l'Estat et couronne de France, et estant orné de ce titre, alla chercher le roy à Tours, lequel il print les faulteurs et deffist les gardes du roy et amena le comte de Brionne prisonnier dedans le Louvre à Paris. Cependant la ville de Senlis qui avoit juré et promis l'Union, se rebella, et en icelle entra le sieur de Thoré, fils du connestable, lequel s'empara dudict Senlis, et fut incontinent investy par le sieur de Ronserolles, sieur de Menneville, auquel le duc de Mayenne avoit donné le baillage du Palais estant le bailly du Palais avec le roy, et son père Achille de Harlay, prisonnier à la Bastille, et avoit en opinion que ledict sieur de Menneville eust emporté de brief la ville de Senlis, si le sieur d'Aumalle n'y eust esté, lequel fut deffaict et l'artillerye prinse, et fut contraint ledict sieur de se sauver et plusieurs blessés furent amenés en ceste ville de Paris aux hospitaux où ils furent pensés [1] des aumosnes des gens de biens. Devant ledict Senlis fut tué ledict sieur de Menneville et le lundy 19e juyng fut en terre solennellement aux Célestins où assista M. l'évesque de Senlis, MM. les curés de Saint-Paul et Saint-Jean en Grève et Saint-Barthélemi ; ledict curé de Saint-Barthélemi à cause que ledict sieur de Menneville estoit son paroissien demeurant audict bailliage du

---

1. Le 7 mai. La défaite du duc d'Aumale fut complète ; il perdit plus de douze cents hommes.

Palais ; le curé de Saint-Jehan à cause que le corps reposa en sa dicte paroisse ; et celui de Saint-Paul à cause que le corps fut enterré aux Célestins au pourpris de sa dicte paroisse. M. Boucher feit l'oraison funèbre ; M. de Joinville, second fils de M. de Guise, menant le premier deuil et fust cest enterrement fort célébré.

Durant ce temps ledict sieur de Mayenne reprint Montereau-Fault-Yonne qui s'estoit révolté comme Senlis après promesse faicte de ladicte Union, et envoya ledict seigneur quelques prisonniers desquels y eust deux des habitans de ladicte ville pendus en Grève audict jour 19 juyng.

Juillet. Durant ce moys le roy et le roy de Navarre mirent le camp devant Pontoise où ils furent 17 jours et enfin l'emportèrent par conspiration, et delà furent prendre le pont de Saint-Clou où ils tirèrent quelques 40 coups de canons et delà leur camp se vint estendre jusques à Montrouge, Arquel et tous les villages proches de la ville de Paris ; pour ceste occasion craignant l'intelligence des politiques avec lesdicts roys furent mis prisonniers tous les politiques de ceste ville de Paris, et par chascun jour envoyés les bourgeois aux tranchées tant des portes de Saint-Jacques que Saint-Marceau et aultres que celles de la porte Saint-Denys, Saint-Honoré et aultres qui furent faictes à la haste par le commandement du sieur de Mayenne, et furent faictes en quatre jours, besognant les manouvriers jour et nuict.

Aoust. Le 1er fut tué Henry de Valois, roy de France par ung simple relligieux des Jacobins nommé frère Jacques Clément, natif de Paris, et ce par permission divine, considéré que ledict de Valois estoit de son natu-

rel fort cruel et vindicatif, ne respirant aultre chose en
son cœur que mauvaiseté et vengeance principalement
contre la ville de Paris dès le jour des barricades, sur
lesquelles il espéroit se venger, mesme avoit usé de ces
mots que « plustost s'aideroit-il des ombres infernales
qu'il ne vint audessus de ses affaires », de sorte qu'il print
l'aide de la reyne d'Angleterre et de tous les hérétiques
à l'occasion de ce ; et aussy qu'il detenoit encore prisonniers Charles de Bourbon, cardinal et archevêque de
Rouen, et pareillement l'archevesque de Lyon, le pape
Sixte V l'excommunia et durant ceste excommunication
ledict relligieux Jacobin print lettre du comte de Brionne
lequel estoit prisonnier au Louvre et estoit ledict
relligieux entré de sa part où estoit le roy à Saint-Clou
et luy présente la lettre dudict de Brionne et ce pendant
qu'il la lisoit ledict relligieux lui donna ung ou deux
coups de couteau soubs le petit ventre, de sorte que
ledict de Valois mourut le lendemain heure de 2 à 3 de
la nuict et fut le dernier de la race des Valois.

Novembre. Le mercredy 1er, Henry de Bourbon, aspi-
rant à la couronne entra au faubourg Saint-Germain et
print ledict faubourg avec ceulx de Saint-Jacques et
aultres où y eust plusieurs bourgeois tués qui gardoient
les tranchées et plusieurs menés prisonniers, tant de
ceulx de la ville que des faubourgs, entr'aultres fut prins
le prieur des Jacobins, nommé Bourgoin, docteur en
théologie, auquel fut faict le procès touchant la mort
du roy, et ce, comme l'on dict, à la requeste de la reyne
femme du deffunt roy, et par arrest donné à Tours fut
tiré à quatre chevaulx en ladicte ville de Tours [1].

---

1. Edme Bourgoin, dominicain, fut en effet poursuivi à la requête

1590.

Mars. Le mercredy 14 fut donnée une bataille entre
Maison et Saint-André à trois lieues près de Drouil et
fut l'armée de l'Union défaicte, et le sieur du Mayne
mis en route, de sorte qu'il perdit tout son bagage et se
sauva à Mantes [1]. Il y eust plusieurs seigneurs tués entr'aultres le chevalier d'Aiguemont, lequel estoit conducteur des Espagnols. Toutefois les princes de l'Union se
sauvèrent, savoir les seigneurs du Mayne, de Nemours,
et le chevalier d'Aumale; tost après plusieurs villes se
rendirent au roy, comme Mantes, Corbeil et Melun :
encore qu'ils eussent pu tenir, n'est-ce qu'ils se virent
assiégés, ils se rendirent.

May. Le samedy 12e, pareil jour des barricades faictes
du temps de Henry III, y avoit envyron deux ans, le
roy derechef vint devant la ville de Paris, plantant son
canon devant la porte Saint-Martin, où furent tirées
quelques volées de canon dedans la ville et pareillement
ceulx de la ville tyrèrent sur eulx, et se firent de grandes
escarmouches, tant des assiégeans que des assiégés.
Enfin les assiégeans furent contraints de se retirer, et y
fut le sieur de la Noue blessé [2].

de la veuve d'Henry III, dont il avait fort loué le meurtre en chaire,
comparant Jacques Clément à Judith et Henry III à Holopherne. Il
nia constamment d'avoir conseillé l'assassin, mais fut cependant
condamné à mort par arrêt du parlement. Il mourut avec un grand
courage, protestant jusqu'à la fin de son innocence, ce qui en défi-
nitive était la vérité.

1. Il s'agit ici de la bataille d'Ivry.

2. Le 10 mai; il fut grièvement blessé à l'attaque du faubourg
Saint-Martin. La Noue se retira ensuite en Bretagne près du prince
de Dombes et fut tué peu après au siége de Lamballe.

Quelque temps après fut apportée nouvelle que M. le cardinal de Bourbon tenu par ceulx de l'Union pour roy des François, estoit décédé d'une rétention d'urine [1].

Durant ce temps après le siége de Beaumont que le roy prit, il revint devant Paris, auquel Paris estoient grandes nécessités de vivres, parce qu'elle estoit envyronnée de tous costés, les ports de dessus la rivière estoient pris, et d'aultre part les gens d'armes empeschoient que les vivres ne vinssent de Paris. Tellement que ladicte ville estoit oppressée, et de gens d'armes, et de faute de vivres; ce que M. le Maistre, advocat du roy, remontra en pleine cour de parlement, où assistèrent MM. de Nemours, le cardinal de Gondy et l'archevesque de Lyon [2]; enfin fut conclu par ledict advocat qu'il estoit de besoing de pourvoir au salut de ladicte ville, en tant que le sieur du Mayne n'avoit force bastante pour secourir ladicte ville; partant qu'il falloit envoyer par devers ledict sieur du Mayne pour adviser ce qu'il conviendroit faire, et furent députés pour aller pardevant ledict seigneur, M. le président Le Nain et Damoure, conseiller au parlement, et durant ladicte huitaine se debvoit faire assemblée des capitaines et du peuple pour prendre résolution sur le faict du salut de ladicte ville et du païs.

Juyng. Charles de Bourbon, cardinal, frère du feu roy de Navarre son aisné et prétendoit à la couronne de France contre Henry de Bourbon, fils du feu roy de

1. Le 9 mai, âgé de 66 ans, au château de Fontenay en Poitou.
2. Pierre d'Espinac.

Navarre, lequel pareillement la prétendoit comme estant issu de l'aisné de la maison de Bourbon et y eust plusieurs escripts tant d'une part que d'aultres. Toutefois ledict Henry fut tenu roy de France par ceulx qui suivoient son party, mais les catholiques n'en vouloient pas recognoistre aultre sinon le dessus dict sieur cardinal, et de faict furent forgés monnoies au nom dudict sieur où estoient escripts ces mots : *Carolus* 10 *Franciæ Rex*.

1. Le cardinal Charles de Bourbon était fils de Charles, duc de Vendôme et de Françoise d'Alençon, et oncle de Henry IV.

II

JOURNAL

DE PHILIPPE DU PRÉ

II

—

JOURNAL

DU SECRÉTAIRE

DE PHILIPPE DU BEC

ÉVÊQUE DE NANTES,

PUIS ARCHEVÊQUE DE REIMS,

ÈS-ANNÉES 1588-1605.

Nous n'avons pu retrouver le nom de l'auteur de ce journal composé dans un esprit tout opposé au précédent. Le secrétaire de Philippe du Bec était angevin; il appartenait à une famille aisée de la campagne, qui habitait aux environs de Riaillé, entre Angers et Nantes. Le récit d'une excursion qu'il y fit au mois de mars 1597 et qui est transcrite sur une page de registre ne laisse aucun doute à ce sujet. Il nous dit qu'il quitta Pontivy « pour venir au pays; » il passa par Bourmont où son cousin Guillaume lui donna un cheval pour gagner Saint-Maur de la Jaille « où il me fit coucher avec lui dans la chambre haute près de l'horloge du château où le capitaine Louche commandoit. » De là il se rendit à Riaillé où il trouva sa cousine, veuve depuis peu de temps de M. Jehan Martinet et de là « m'en allai chez moi. » Il y demeura trois jours, et en partit avec le vicaire de Riaillé pour venir à Nantes : « et partimes à la 10e heure du soir durant la grande gelée et à la lueur de la pleine lune, avec une bonne trouppe et arrivâmes à Nantes à la porte ouvrante. »

Cet ecclésiastique nous apprend lui-même comment il fut pourvu d'un canonicat à Saint-Symphorien de Reims, mais nous n'avons pu retrouver aucun autre renseignement biographique. En revanche le compte d'un voyage qu'il fit à Saint-Malo, en 1597, fournit de curieux détails sur les dépenses et le prix des choses à

cette époque [1], nous ne croyons pas inutile de le trans-
crire ici :

« Mon voyage à Saint-Malo. Je party de Paris à
midy, coucher à Nantes 13 livres.

Le samedy, disner à..... 9 livres.

Passé le bac à Ambly, couché à Mortemer [2], 6 livres.

Vendredy, parti dudict et allé avec M. de Mortemer à
Gaillon, 6 livres.

De Gaillon couché à Eyreux, à la Levrette, 4 livres.

D'Evreulx, couché et disné chez l'abbé de Conches,
4 livres.

A Rugles, 6 livres.

A l'Aigle, au Dauphin, couché, 4 livres.

Par.... 4 livres.

A Argenton, au Griffon d'Or, couché, 4 livres.

Le lendemain par Escouchis, 2 livres.

A Briou, 4 livres.

A Domfront, coucher, 5 livres.

Le mandy, par Ambrières, 4 livres.

A Mayenne, coucher, 2 livres.

Le mercredy séjourné audict. Le soir party pour aller,
toute la nuict à Chastillon, 9 livres.

A Vitré, disner, soupper et coucher, 2 livres.

Le vendredy, disner à Espinay et couché, 2 livres.

Le samedy après disner couché à Rennes, à l'Escu,
et séjourné, 6 livres.

Le mercredy 1er apvril, parti de Rennes, disné à
Hodé, 5 livres.

---

1. Le neveu de Philippe du Bec était évêque de Saint-Malo.

2. Abbaye appartenant également à un neveu de l'archevêque,
près des Andelys.

Par Guébriac, 2 livres.

A Châteauneuf, 5 livres.

A Saint-Malo, 2 livres. Logé aux Trois Roys et y avoir longtemps séjourné. »

Une autre note nous fournit encore dans le même ordre d'idées quelques détails non moins intéressants.

« Mémoire de la dépense que j'ay faicte en mon voyage des bains de Plombières :

A Meaux, en bonnes poires, 5 sols.

A Réims, papier et parchemin, 20 sols.

A Challons, une paire de souliers de maroquin, 45 sols.

A Remiremont, 3 pentes de lin de resoul qui font un ciel de lit et demi avec une petite tavoyelle à 18 livres lorraines qui font 12 livres.

8 douzaines et demi de grands carrés de resoul à 6 gros la douzaine, 6 sols 8 deniers.

6 douzaines de petits à 3 gros, 3 sols 4 deniers.

De la lieutenante de Remiremont, j'ai acheté deux pentes et deux rideaux et une bonne grâce et 2 mouchoirs, 4 livres 13 sols 4 deniers. »

1588.

Les barricades furent à Paris le mercredy 12, 13, 14e de may 1588. Le roy sortit de Paris et se sauva par la porte neuve dans les Tuileries et monta à cheval à la porte des Capuchiens, et vendredy après disner le 13e dudict moys et an, Monseigneur l'alla conduire jusque là et print congé de S. M. moy présent; puis Monseigneur s'en retourna à la ville, car il ne peut tirer ny chevaulx, ny carrosse, ny charrette de son logis qui estoit en la rue Saint-Denis à la Clef d'Argent près le grand Chastelet, à cause desdictes maudictes barricades.

Le dimanche 15e dudict moys, Monseigneur partit de Paris par la permission de M. de Guise qui seul estoit adoré par les badeaux de Paris, lequel fist abattre les chaisnes pour passer jusques à la porte Saint-Jacques. Nous allasmes coucher au Plessis-Marly où estoit Madame du Plessis, sœur de Monseigneur [1], et le lendemain au Gué de *lor* et le mardy à Chartres où estoit le roy qui vient coucher à Rambouillet à sa sortie.

1. Philippe du Bec était fils de Charles, seigneur de Bourri et de Vardes, vice-amiral du Ponant, et de Marguerite Madeleine de Beauvilliers. Cette famille du Bec Crespin, appartenait à la meilleure noblesse normande; ses auteurs prirent leur nom de la baronnie du Bec, au pays de Caux. Philippe qui fut successivement doyen du chapitre, Saint-Maurice d'Angers, évêque de Vannes (1559), de Nantes (1566), archevêque de Reims en 1594, après avoir assisté au sacre de Henry IV, dont il suivit le parti avec ardeur dès le premier jour; il devint en 1595 commandeur du Saint-Esprit, maître de la chapelle du roi et mourut en 1605. Il avait deux frères et une sœur : Charles, baron de Bourri, qui continua la lignée; Pierre qui forma la branche des marquis de Vardes; Françoise mariée à Jacques du Plessis-Mornay, seigneur de Butis.

Le... jour dudict moys, Monseigneur partit de Chartres pour aller en Bretagne faire jurer l'édict de l'Union, avec le roy chef d'icelle. Nous allasmes à Rennes au mois de juillet.

A la fin du moys d'aoust nous allasmes de Nantes à Pontivy où nous fusmes jusques à la mi-novembre à cause de l'indisposition de Monseigneur, et arrivasmes audict Blois le jour de Saint-Nicolas 5e de décembre, allasmes par Durestal, allant aux Etats généraux.

Le vendredy matin, 23e de décembre 1588, le roy estant doulcement adverty de l'entreprise de M. de Guise sur sa personne et Estat, le fist mettre à mort sur les 7 heures du matin en la chambre de S. M., et le lendemain fut aussi tué sous ladicte chambre M. le cardinal de Guise son frère. Ils furent retenus prisonniers MM. le cardinal de Bourbon, de Nemours, d'Elbœuf, prince de Joinville, fils aîné de M. de Guise, Madame de Némours, M. de Lyon, prévost des marchands de Paris, le président de Nully, M. Cornard, intendant de M. le cardinal de Bourbon.

1589.

Le jeudy 5e de janvier vigille des roys 89 décéda à Bloys la reyne-mère du roy d'une pleurésie qui lui print le premier jour de l'an allant voir M. le cardinal de Bourbon qui estoit prisonnier au château de Bloys.

M. Duranti premier président de Toulouse et M. le procureur général du roy furent misérablement massacrés à Toulon pour le service du roy [1].

---

1. Jean Etienne Duranti, ennemi acharné des protestants, mais aussi ardent partisan du roi. Les ligueurs soulevèrent contre lui la

Le 24ᵉ janvier nous partîmes de Bloys pour aller à Nantes.

Le 14ᵉ de febvrier qui estoit le jour de caresme prenant nous arrivasmes à Nantes, retournant des Estats de Bloys.

Le 2ᵉ de mars, M. de Rez, premier président de Bretaigne s'en retournant des Estats de Bloys fut prins prisonnier par le sieur de (en blanc) et plusieurs aultres de la part de M. de Mercœur près de la Motte Fercheux envyron une lieue de Chasteaubriand et fut amené à Nantes, mis au chasteau, puis en la tour de....,., puis mené à Ancenis où il fut longtemps sans qu'on sut ce qu'il estoit devenu.

Le 16 janvier 1589, Bussy-le-Clerc, auparavant procureur au parlement, et alors gouverneur de la Bastille pour la Ligue, assisté desdicts gardes de la Bastille et quelques aultres mutins entrèrent au matin en la chambre des requestes du palais en armes et fist descendre de leurs siéges MM. les conseillers et les mena avec luy prisonniers dans la Bastille [1].

Le 21ᵉ apvril 1589, Monseigneur partit de Chassoie où il arriva en partant de devant Nantes pour aller à Pontivy; et de là qui estoit un vendredy il alla à Ligné et de

population, secondés par l'évêque de Comminges qui venait à grand'peine de se sauver de Blois, et il fut lâchement assassiné, le 11 février, comme il s'efforçait de maintenir l'ordre à Toulouse. Trois ans après, la ville fit célébrer en son honneur de magnifiques funérailles.

1. Il somma les conseillers d'abandonner le parti du roi, et sur leur refus emmena à la Bastille les plus récalcitrants. Avant d'être procureur au parlement, Jean Bussy-le-Clerc avait été maître d'escrime.

là coucher chez le curé de Pavers et le samedy disna audict Pontivy et le dimanche, coucher à Angers.

Le 8ᵉ de may, M. de Mayenne arriva aux faubourgs de Tours nommés Saint-Symphorien qu'il tint la nuict suivante.

Le 17ᵉ may fut la bataille de Senlis par M. de Longueville, de la Noue et aultres, contre MM. d'Aumalle, Balaguy, Villars et aultres ligueurs qui furent deffaicts avec les badaux de Paris, et tout le canon pris et la ville de Senlis secourue.

Le 21 may Madame de Mercœur accoucha de sa première fille [1] et ce mesme jour là le capitaine Jehan se sauva de sa prison de Rennes.

Le premier jour de juyng qui estoit le jour de la Feste-Dieu, Monseigneur fist l'office à la cathédrale d'Angers et porta le Saint-Sacrement audict Angers.

Le mesme jour fut prins prisonnier M. le comte de Soissons en ung village de Bretagne nommé Chateaugiron par M. de Mercœur et le sieur des Vignes, et avec luy furent prins M. d'Avaugour, marquis de Noirmoutier, la Roche des Aubiers [2].

Le second jour de juyng, Monseigneur me dépescha

1. Marie de Luxembourg, duchesse de Penthièvre, mariée à Philippe-Emmanuel de Lorraine, duc de Mayenne et de Mercœur, morte le 6 septembre 1623. Cette première fille de Philippe mourut jeune ; la seconde et dernière, née en 1592, épousa le duc de Vendôme

2. Le comte allait commander en Bretagne et s'était arrêté à Château-Giron, bourg à trois heures de Rennes, quoiqu'il sût le duc de Mercœur à Vitré avec des forces considérables. Il fut attaqué, et forcé de se rendre quand les ligueurs eurent mis le feu à sa maison. Il s'échappa peu après de sa prison de Nantes, en se cachant dans le panier où l'on mettait son dîner.

d'Angers à Nantes porter des lettres à Mesdames de Martigues [1] et de Mercœur et fut présent quand on amena le comte de Soissons et les aultres prisonniers et n'ai séjourné là que huict jours.

Le 23e jour de juyng, vigille de la Saint-Jehan, M. le comte de Soissons se sauva du chasteau de Nantes dans le grand panier où l'on portoit la viande.

Le 25e juillet la ville de Pontoise assiégée par le roy Henry III et Henry II de Navarre se rendit par composition [2].

Le 27e juillet nous partismes d'Angers pour aller à Durestal.

Le 1er jour d'aoust 1589 sur les 7 heures du matin, le roy Henry III (que Dieu absolve), estant en son armée à Saint-Clou près Paris, un jeune relligieux jacobin de Paris, nommé Jacques Clément, alla de Paris audict Saint-Cloud, et feignant une lettre pour le roy de la part de M. de Harlay, premier président de Paris [3], fut faict entrer dans la chambre du roy, où estant après avoir donné lettre au roy, tira ledict relligieux un cousteau empoisonné dont il frappa S. M. au petit ventre, dont le roy tira ledict cousteau qui avoit esté laissé dans la plaie dont il frappa ledict jacobin, lequel fut tost après tué sur le champ par les gardes [4] et jeté par les fenestres de la cour, où il fut le mesme jour tiré

1. Mère de la duchesse de Mercœur, née Marie de Beaucaire.

2. Pierre de Mornay, seigneur de Bussy, fut nommé gouverneur de la place par le roy.

3. Cette lettre était du comte de Brionne.

4. Il fut tué par MM. de Lognac et de Levis-Mirepoix ; le roi le frappa lui-même avec le couteau qu'il retira de sa blessure.

à quatre chevaulx et bruslé; et de ceste blessure le roy décéda le lendemain sur les cinq heures du matin, et fut porté à Compiègne, et l'an 1610 porté à Saint-Denis.

Le 2ᵉ d'aoust nous partons de Durestal pour aller à Saumur où ayant entendu la blessure du roy retournasmes à Durestal.

Le 5ᵉ fut descouverte une trahison qu'ung nommé Le Lièvre, gabellier d'Ingraudes, avoit trouvé à Orléans et vint à Tours pour surprendre et s'emparer de la ville avec MM. les cardinaux et aultres grands personnages et estoient plus de 60 de sa faction : il fut exécuté avec plusieurs aultres et mis par quartier aux advenus de ladicte ville [1].

Le 1ᵉʳ jour de septembre, Monseigneur partit de Tours pour aller à Saint-Aignan sur le bruit qu'il y auroit une entreprise de la Ligue, où il establit garnison pour le roy; allasmes coucher à Montrichard où estoit gouverneur M. le marquis de Tury [2].

Le 21 septembre moururent à une charge à Arques, MM. de Sagonne et de Deuilly. Ce jour là il y eust grande charge [3].

1. La conspiration avait été organisée sous les auspices des Ligueurs par le cordelier Chassé et M. du Vergier : les cardinaux de Vendôme et de Lenoncourt devaient être faits prisonniers avec tous les membres du conseil. De Thou ne cite comme ayant été écartelé que Marrier, jeune homme de Blois qui avait été ostensiblement à la tête du mouvement.

2. Cette place où commandait M. de Marolles, s'était rendue au premier bruit de l'entrée du roi à Tours.

3. Il s'agit ici de la bataille d'Arques. Jean Babou, comte de Sagonne, commandant les chevaux-légers du duc de Mayenne fut tué dans une brillante charge par le grand prieur de Vendôme. Claude du Châtelet, seigneur de Deuilly, était enseigne de la compagnie du marquis de Pont-à-Mousson.

Le 2ᵉ d'octobre la ville du Mans se rendit par capitulation au roy; le sieur de Bois-Dauphin y commandoit au lieu du sieur de Fargis, leur gouverneur, qu'ils avoient chassé à la sollicitation de la Ligue [1].

La vigille de la Toussaint, le roy Henry IV qui a succédé légitimement au roy Henry III tué à Saint-Clou, s'estant retiré d'Arques, arriva aux faubourgs de Paris qui furent prins aysément et y fut tué et prins une infinité de monde; y fut prins entr'aultres M. Bourgoing, prieur des Jacobins de Paris, fut amené à Tours et peu après il fut tiré à quatre chevaulx, comme atteint et convaincu du parricide du feu roys. De là le roy alla à Vendorme qui fut prins d'assault, où M. de Maille-Bouchard, gouverneur, y eust la teste tranchée, et M. Chessé, cordelier, docteur en théologie pendu. Ce fut le 19ᵉ novembre [2].

Le 29ᵉ novembre nous partismes de Saint-Aignan où nous estions allés dès le 1ᵉʳ de septembre, pour aller à Tours durant lequel temps Montrichard fut surprise par MM. de Marolles et Meuse et le marquis de Tury prins

1. Henry IV s'en empara après cinq jours de cannonade. Urbain de Laval, seigneur de Boisdauphin, avant d'abandonner les faubourgs les fit incendier. — Philippe d'Augennes, seigneur du Fargis.

2. Il y a là une erreur chronologique de notre chroniqueur, car la prise de Vendôme précéda celle du Mans. — Pour le père Bourgoing voir plus haut. — Jacques de Maillé Bouchard, gouverneur de Vendôme, installé par le Béarnais avant son avénement avait livré le château aux ligueurs. Il fut décapité sans procès et en donnant la preuve de la plus insigne faiblesse. Le père Chassé était le conspirateur qui avait voulu livrer Tours. Cette exécution eut lieu, suivant de Thou, le 15 novembre. — De là le roi se rendit à Tours et arriva le 28 devant le Mans où il entra le 2 décembre et non pas *octobre*.

prisonnier, et à l'arrivée du roy à Tours se rendirent à M. de Souvré qui y mit M. des Herbiers pour gouverneur.

Le 21 novembre le roy fist son entrée en la ville de Tours et le lendemain fut honorablement reçue en la cour du parlement.

Le..... de novembre le roy partit de Tours pour aller au Maine et assiégea le Mans où estoit le sieur de Boisdauphin qui se rendit par composition, puis alla à Alençon, à Mayenne, à Laval, et à Falaise qu'il print aussy où estoit M. de Brissac qui y fut prins prisonnier le 5 janvier 1590.

Le 22e novembre la ville de Pont-eau-de-Mer fut prinse par le duc de Aumalle, le sieur de Bleville y commandoit.

Le 20 décembre 1589, la tour de Vincennes ayant esté batue et bresche faicte, se rendit à M. du Mayne, chef de la Ligue et rébellion qui fut l'estat de la France.

Le 23e décembre le roy arriva à Alençon qu'il print peu de jours après.

1590.

Le 13 ou 14 mars fut donné la bataille d'Ivry où le roy deffist le comte d'Aiguemont, mist à vau de route MM. de Mayenne et de Nemours et le reste de l'armée, et tous les bagages perdus et le canon prins. Puis prend Mantes et Vernon par composition tost après ; assiége Corbeil et Melun et se rendent par composition, s'en va vers Sens qu'il assiége, le bat, est repoussé, lève le siége et s'approche de Paris pour l'assiéger.

Ce jour là mesme est gagnée une aultre bataille en Auvergne pour le roy par MM. de Curton, Restignac, de Chazeron et aultres contre les Ligueurs et Randon leur est ouvert [1]. Semailles d'avoynes en ce temps à Paris.

Le 2e d'apvril, Corbeil se rendict au roy, luy portèrent les clefs.

Le 7e, la ville de Melun prinse par assaulx et pillée.

Le 4e de may le roy assiége Paris par l'espace de quatre moys, durant lequel siége, vers le 9 juillet, après la ville de Saint-Denis qui estoit aussy investie, se rendict par composition que les gens de guerre sortirent le tambour battant, enseignes déployées, mesches allumées avec tout le bagage et le canon qui estoit dedans.

Le jour de. . . . . M. le cardinal de Bourbon décéda à Fontenay en Poitoue où il avoit esté mené prisonnier, le corps a esté amené aux Chartreux de Gaillon qu'il avoit fondé et basti.

Le 10e septembre le roy estant adverty que le prince de Parme s'approchoit de Paris, leva le siége et s'en alla audevant pour luy donner bataille en la plaine de Bondy. Il fut huict jours : cependant ledict prince print Lagny par force et il n'y eust moyen de le forcer au combat, dont le roy fut contraint de se retirer et licencier le reste de ses troupes [2].

---

1. C'est la bataille d'Issoire. Le comte de Randan commandait les Ligueurs et y fut tué.

2. Le roi ne conserva que quelques compagnies, mit de bonnes garnisons dans les places autour de Paris, notamment à Saint-Denis ; il écrivit ensuite à tous ses partisans qu'il avait renoncé au siège de Paris pour ne pas exposer cette ville aux horreurs d'un sac.

Le 3e octobre, M. Goguer, citoyen tholosien, chanoine
et licencié en droit décéda à Bourges.

Le 10e novembre, veille de Saint-Martin, la ville de
Corbeil fut reprinse par les troupes du roy sur le duc
de Parme, lieutenant du roy d'Espagne, lequel l'avoit
prinse peu de jours auparavant [1].

Le 10e décembre la ville de Corbie fut remise en l'o-
béissance de S. M. par l'entreprise de MM. de Humières
et de la Boissière.

1591.

Le 3e janvier, M. le chevalier d'Aumalle ayant faict
entreprise sur la ville de Saint-Denis partit de Paris de
nuict avec lui 1,200 hommes, entra du costé de Paris
par escalade et par la porte de Paris. Et s'estant emparé
de la plus grande part de la ville de Saint-Denis sans
allarmer, enfin approchant de la place devant l'Esglise
où M. de Vic, gouverneur, estoit logé, fut très-brave-
ment repoussé avec douze ou treize hommes jusques
devant Sainte-Croix où il fut tué d'ung coup d'arquebusade par la teste, ayant un chapeau de peluche. Estant
mort, le reste qui estoient parisiens prinrent l'espou-
vante et s'enfuyrent. — Nota : que les rats mangèrent
ledict chevalier d'Aumalle au cercueil dans la ville
Saint-Denis [2].

Le 5e janvier M. de Brou fut tué en une charge qui

1. Il l'avait prise le 24 septembre.
2. Son corps avait été mis dans un cercueil de bois et déposé
dans la crypte de l'abbaye ; les rats le dévorèrent en effet. Le roi
donna au comte de Vic l'abbaye du Bec dont jouissait M. d'Aumale.

fut faicte entre Dol et Pontoise contre M. de Mongommery qui fut tué aussy sur le champ.

Le 7ᵉ febvrier, le roy mist le siège devant Chartres où estoit les sieurs de la Bourdaizière et de Grandmont et le capitaine Pechois avec son régiment, lequel fut tué le jour de l'assault de la porte des Espars d'où les gens du roy furent repoussés, dont la baterie fut changée à bas de l'aultre costé et fut faicte grande bresche dont se rendirent la sepmaine de Pasches et le 5ᵉ apvril [1]. Après le roy print Dourdan, Aulneau et aultres petites places.

A la my febvrier est la vraie saison d'enter les arbres par greffe.

Le jeudy 9ᵉ febvrier, je party de Tours pour aller chez moi.

C'est durant mon voyage qu'arriva le trouble à Tours entre M. le comte de Soissons et Monseigneur le cardinal de Lenoncourt pour le faire partir [2].

Le jour de........ décéda M. de Chastillon en sa maison après la prise de Chartres dont il fut cause par le moyen d'une casmate de bois qu'il fist faire, dans laquelle il s'en alloit jusques sur la bresche. Il se faisoit instruire à la vraie relligion peu auparavant et dict-on qu'il mourut catholique [3].

1. Chartres en capitula que le 19 avril.
2. Le cardinal avait écrit au roi pour le prévenir des menées du comte de Soissons qui eut connaissance de la lettre et chercha à s'en venger.
3. François de Coligny d'Andelot fut emporté à Loing par une fièvre pernicieuse. Il était très-versé dans l'art militaire et avait en effet dressé le plan d'un pont volant qui contribua puissamment à la réduction de Chartres. Il n'avait que 50 ans.

Le 14e mars le roy estoit au camp devant Chartres.

Le 5e juin la ville de Louviers fut surprise par intelligence que le sieur de Rollet y fist avec ung prestre, ung sergent et ung caporal. Le prestre se saisit du clocher de façon que l'on ne sonnast pas l'alarme [1]. Le roy y estoit en propre personne. Et quand on arriva à la porte de Rouen, le sergent et le caporal s'advancèrent pour recognoistre les troupes, puis retournant au corps de garde dirent que c'estoient de leurs gens et qu'ils estoient au vicomte de Tavanne venant de Rouen et demandoient seulement à passer.

Le... de may la cour de parlement de Normandie transférée à Caen ayant eu advis des bulles et monitions de Rome apportées en France par le légat de la Ligue Landriano, par arrest de la cour, les bulles furent bruslées, déclarées nulles et abusives, et deffense de se pourvoir à Rome.

Le... dudict moys les mesmes bulles furent aussy bruslés à Tours par arrest de la cour du parlement de Paris, devant l'esglise Saint-Julien [2].

Le....... décéda Monseigneur l'évesque de Dol en Bretaigne.

Le 17 juing MM. du conseil du privé et grand conseil et des finances partirent de Tours pour aller trouver le roy à Nantes, allèrent coucher à Chasteaurenault par Claye, à Chasteaudun, à Vendosme, à Bonneval et à Chartres où nous avons séjourné quatre jours, puis par

1. M. de Rollet était gouverneur de Pont de l'Arche.
2. Le parlement de Paris séant à Châlons-sur-Marne fit de même par arrêt du 10 juin.

Espernon à Houday (?) et à Mantes où le roy estoit qui
vint à une demie-lieue audevant de MM. les cardinaux ;
nous logeasme chez M. Bonyneau.

Le jour de l'Assomption entre onze heures et midy,
M. de Guise se sauva du chasteau de Tours où il estoit
prisonnier et descendist par la fenestre de la haulte
tour du costé de l'eau et alla à Selles en Berry : lors
nous estions à Mantes.

Le lundy 19ᵉ dudict moys le roy entra dans Noyon
par capitulation, l'ayant assiégé plus d'ung moys, où
le vicomte de Tavannes, gouverneur de Rouen, fut
prins à une demie-lieue de là venant au secours[1]. Après
le roy assiégea Pierrefont où il ne fist rien.

Le vendredy 23ᵉ estant à Mantes, trois hommes à
cheval ayant escharpe blanche donnèrent jusques aux
portes de Rosny, et entre onze heures et midy tuèrent
d'ung coup de pistolet un habitant de Mantes qui estoit
hors la barrière en sentinelle, d'où y eust grand rumeur
en la ville.

En ce temps fut faicte trève en Languedoc et Auvergne.

Le... d'aoust fut blessé M. de la Noue devant Lamballe dont il mourut tost après; nous en eusmes la
nouvelle à Mantes. Il s'appeloit François de la Noue et
son fils qui luy a succédé, Odet, espoux de Marie de
Launay [2].

---

1. Jean de Saulx, troisième fils du maréchal, créé lui-même maréchal de France par la Ligue et confirmé par Henry IV dans cette
dignité.

2. Il fut blessé le 18 juillet et mourut le 4 août.

Le 25ᵉ d'aoust MM. du privé conseil et des finances partirent de Mantes et allèrent pour le coucher à Montfort l'Amaury, le lendemain à Espernon, le mardy à Chartres et logèrent chez M. le recepveur Chevalier.

Le mardy 3ᵉ de septembre fut baptisé à Chartres par M. l'évesque du lieu ung enfant de M. de Sourdis en l'esglise devant le grand autel et furent parrains M. le cardinal de Bourbon, M. le chancelier, et marraine Madame de Bourbon, abbesse de Soissons, et fut nommé Charles et il y eust une grande munificence [1].

Le jour 21ᵉ de septembre fut faicte une assemblée générale d'escclésiastiques audict Chartres au chapitre de l'esglise en forme de concile national sur le faict d'une bulle envoyée de Rome en forme de monition contre ceulx qui assistèrent le roy afin de lés séparer de ceulx qui tenoient son party, en laquelle assemblée assistèrent Monseigneur le cardinal de Bourbon, l'archevesque de Bourges, les évesques de Nantes, Beauvais, du Mans, Chartres et Angers (en blanc quelques lignes [2]), et plusieurs abbés, prieurs et docteurs qui avoient esté députés de toutes les provinces de France en fort grand nombre, et fut conclu que

1. Fils de François d'Escoubleau, marquis d'Alluye, gouverneur de Chartres et d'Isabelle Babou de la Bourdaisière; il devint marquis de Sourdis, maréchal de camp, chevalier des ordres. Sa marraine était Catherine de Bourbon, sœur de feu cardinal de Bourbon, et morte en 1594.

2. Voici les noms des signataires publiés par de Thou : les cardinaux de Bourbon et de Lenoncourt, les archevêques et évêques de Bourges, Nantes, Chartres, Beauvais, Maillezais, du Mans, Châlons-sur-Marne, Bayeux, l'abbé de Bellezonne, le doyen de Beauvais et l'abbé du Perron.

la bulle n'estoit point légitime pour offenser le parti de
ceulx qui suivoient le roy et qu'elle avoit esté extorquée
par les Lorrains révoltés contre l'Estat, et les Espagnols,
anciens ennemis de la couronne de France soubs ce qui
est donné à entendre ainsy qu'il est plus amplement
déclaré en ce qui fut conclud, imprimé et envoyé par
toute la France.

Le 7ᵉ le roy estoit au siége de Noyon.

Le jour 3ᵉ d'octobre, M. de Sainctes, évesque d'E-
vreulx [1] estant prisonnier à Falaise depuis prise de
Louviers, il y décéda au grand regret des gens
doctes.

Le 22ᵉ MM. de la cour du parlement de Bretagne
déclarèrent par arrest la bulle du pape Grégoire XIV,
apportée par son nepveu Landriano, nulle, subreptice,
abusive et schismatique, et fut comme telle lacérée en
plain. Et ils ont deffendu aux subjets du roy de se
pourvoir en cour de Rome.

Le 28ᵉ Monseigneur partit de Chartres pour aller à
Tours où logeasmes chez Joly en la rue du Cygne.

Le 10ᵉ novembre le maréchal de Biron, venant de
Caudebec qu'il avoit peu auparavant prins, arriva à
Darnetal, faubourg de Rouen, avec peu de résistance
pour commencer le siége de Rouen où le roy arriva peu
après.

---

1. Claude de Sainctes, théologien célèbre et ligueur fougueux;
on saisit parmi ses papiers une apologie de l'assassinat de Henry III.
Il fut jugé et condamné à mort, peine commuée en celle de la déten-
tion perpétuelle, sur les instantes prières des cardinaux de Bourbon
et de Lenoncourt.

Peu après M. de Hallot de Montmorency y fut blessé en une jambe d'ung coup de canon [1].

Le 15ᵉ, M. Barnabé Brisson, président au parlement de Paris et Claude Larcher, conseiller en ladicte cour et Mᵉ Jehan Tardif, conseiller au Chastelet, furent pendus par les Seize archiligueurs de Paris dans la prison du petit Chastelet sans aucune forme de procès, et la nuict mesme furent tous trois mis à une potence à la Grève.

Le 20ᵉ Monseigneur partit de Tours pour aller à Saint-Aignan où nous fusmes jusqu'au 7ᵉ décembre, après lequel temps allasmes à Selles et estant de retour à Tours, fut fiancé M. de Gouarelle en nostre logis de la rue du Cygne, avec Mademoiselle Marie du Bec de Mothe d'Usseau. En ce temps là Monseigneur apprit la mort de son nepveu du Marais. En ce temps là fut prins de ceulx de Rouen M. de Rollet prisonnier au fort Sainte-Catherine de Rouen au commencement du siége.

Le 4ᵉ de décembre le duc de Mayenne fut adverty du désordre arrivé à Paris par la mort du président Brisson et aultres, et estant arrivé à Paris fist sortir Bussy-le-Clerc de la Bastille, et ce mesme jour fist emprisonner quelques-ungs des Seize et en fist pendre quatre dans la salle basse du Louvre, sçavoir : Louchard, La Morre-

---

1. François de Montmorency, seigneur du Hallot, lieutenant-général en Normandie ; il ne put guérir complètement et s'étant retiré à Vernon, il fut assassiné par le marquis d'Alègre qui venait le trouver sur prétexte de réconciliation et le poignarda en l'embrassant (22 septembre). Son petit-fils fut le comte de Boutteville, décapité pour ses duels sous Louis XIII.

lière, Sanguin et...... ce qui diminua beaucoup de la faction [1].

Le 9ᵉ décéda d'apoplexie M. le marquis d'Espinay en son chasteau d'Espinay en Bretagne en 63 ans de son aage [2].

Le 13ᵉ décéda en la ville de Bloys M. le cardinal de Lenoncourt [3] et à Tours M. Gandouin, chanoine de la cathédrale lequel avoit esté auparavant nostre hoste.

Le 15ᵉ la ville de Carcassonne fut surprise par intelligence en plein midi par M. de Joyeuse, ligueur.

Le 18ᵉ M. de Gouarville fut fiancé à Mademoiselle Marie du Bec par Monseigneur, où assistèrent M. d'Argenton, de la Planche, la maréchale d'Aumont, Madame de Dueilly, Mademoiselle de Courcey et plusieurs aultres ; le notaire fut Aubin, notaire royal qui passa le contrat, qui se tient près la porte Neuve à Tours.

Le jeudy 19ᵉ, Monseigneur partit de Tours pour aller à la cour : arrivasmes au pont de l'Arche le jour des Roys.

1592.

Le mardy 7ᵉ janvier nous partismes du pont de l'Arche pour aller à Darnetal où estoit le roy, pour le siége de Rouen et y avons séjourné jusques envyron le 8ᵉ de febvrier, fors que par deux fois Monseigneur alla

---

1. De Thou nomme Louchart, Anroux, Emonot et Ameline.

2. Jean, marquis d'Epinay, comte de Durestal, l'un des plus dévoués serviteurs des derniers Valois, gendre du maréchal de la Vieilleville, et père de M. d'Espinay, le favori de Henri III.

3. Il avait été nommé archevêque de Reims, mais ne prit pas possession du siége. Le dictionnaire des cardinaux de la bibliothèque Migne le fait par erreur mourir à Rome.

avec M. de Bourges à Louviers voir M. le cardinal de Bourbon, où nous sommes venus passer le caresme, et n'avons esté qu'une fois audict Darnetal durant le caresme. Durant iceluy fut prins M. le comte de Chaligny de la ligue par Chicot qui y fut blessé dont il mourut au Pont de l'arche [1].

Le 30e Hyppolite Aldobrandini fut eslu pape sous le nom de Clément VIII.

Le... de febvrier durant la grande neige 800 hommes de secours entrèrent dans Rouen sans empeschement.

Le... dudict moys M. de Givry fut blessé devant Rouen d'une mousquetade en l'espaule qui luy a esté fort heureuse, car il n'a point eu de fièvre, et n'avoit l'espaule toute brisée et il n'a point esté privé de l'usage du bras [2].

Le 28e ceulx de Rouen firent une sortie au fort de Sainte-Catherine, taillèrent en pièce les régimens de Charbonnière et de Pilles qui estoient en garde, se saisirent du canon, dont ils en emmennèrent 4 pièces et 2 coulleuvrines, et enclouèrent le reste qu'ils jettèrent au fossé, mirent le feu aux gabions; et à ceste meslée M. le maréchal de Biron le père fut blessé à sa bonne jambe, M. de Larchant au col du pied dont il mourut peu après [3], et le capitaine Pilles fut blessé, prins prison-

---

1. Chicot était un intrépide soldat : il paraît que le comte ne pouvait se consoler d'avoir été pris par le fou de la cour. Il fut plus tard échangé contre la duchesse de Longueville. Chicot fut blessé par le comte à la tête et montra une grande modération.

2. René d'Anglure, seigneur de Givry.

3. Nicolas de Grimoville de l'Archant, capitaine des gardes du maréchal.

nier et emmené en ville, envoyé sur sa foy à ....
où il mourut huguenot ; et le capitaine Charbonnière
fut tué sur le champ.

Le... apvril décéda à Narbonne M. le maréchal de
Joyeuse le père au lieu duquel le roy donna l'estat de
mareschal à M. de Bouillon [1]. Lors nous estions à Louviers.

Le 12e nous partismes de Louviers pour aller à Darnetal où nous arrivasmes le lundy 13e ; Monseigneur
alla coucher à Bourdeny où estoient le conseil, M. le
cardinal et chancelier.

Le 14e décéda M. Blouyn, dont nous fismes faire les
funérailles et enterrement.

Le 20e fut levé le siége de Rouen [2] d'où nous partismes deux jours devant et vinsmes coucher à Louviers
où nous avons esté jusqu'à la Pentecoste, logés chez
Bechette, tanneur.

Le jeudy 14e may, mourut Mademoiselle Desterlan,
l'aisnée, laquelle fut enterrée en la grande esglise de
Louviers dicte Nostre-Dame, au costé gauche du chœur.

Le 18e le roy passa par Louviers poursuyvant le
prince de Parme et son armée qui s'estoient sauvés par
Caudebec [3] et en partit le lendemain.

---

1. Guillaume, vicomte de Joyeuse, maréchal en 1573, lieutenant
général en Languedoc, mort à Covissac, près d'Alet. — Henri de la
Tour, vicomte de Turenne, duc de Bouillon par son mariage avec
Charlotte de la Marck, né en 1555, mort le 25 mars 1623, père du
grand Turenne.

2. A cause de l'arrivée de l'armée du prince de Parme.

3. Où il fut blessé en cherchant à établir une batterie ; il s'empara
néanmoins de Caudebec.

Le mardy 19ᵉ, mourut à Nantes, M. François Gobbé, chanoine de Notre-Dame.

En ce temps fut faict trève en Lyonnois et en Dauphiné.

Le samedy 23ᵉ fut livrée la bataille et siége de Craon entre M. le prince de Conty contre M. de Mercœur qui fist lever le siége et gaigna le canon. Et y fut prins prisonniers M. de la Rochepot, gouverneur d'Anjou, de Lestrée, gouverneur du Mayne, de Racan, d'Achon, du Rousset, de la Gravière, prévost d'Anjou et plusieurs aultres et bien 500 de morts sur la place, 12 canons prins et 50 milliers de pouldre. A l'estonnement de cela se rendirent Chateaugontier, Mayenne et Laval.

Le 1ᵉʳ juyng, MM. du conseil partirent de Vernon pour aller coucher à Mantes et Monseigneur logea chez le recepveur Dijon.

Le 2 décéda en la ville de Lisieux, M. de Montpensier, gouverneur de Normandie [1].

Le 15ᵉ décéda à l'évesché de Paris, M. Prévost, curé de Saint-Séverin [2], archidiacre de Brie et grand vicaire de Monseigneur de Paris, lequel remit devant sa mort tous ses bénéfices en la main de Monseigneur le cardinal de Gondy pour en pourvoir gens de bien.

Le 16ᵉ MM. du conseil partirent de Mantes pour aller à Gisors trouver le roy qui y estoit, mais Monseigneur, à la sortie de Magny prit le chemin de Bourry [3] où nous allasmes coucher.

1. François de Bourbon, âgé de 50 ans, père du prince de Dombes qui lui succéda dans son gouvernement.
2. Nous avons vu qu'il avait été un ardent ligueur.
3. Baronnie de la famille du Bec

Le vendredy 19ᵉ mourut M. le protonotaire de Maugiron, du pourpre et fut enterré le lendemain en l'esglise de Notre-Dame de Mantes.

Le 20ᵉ, M. Charette, sieur de Couvron, sénéchal de Mantes qui estoit venu trouver le roy à Louviers pour la trève de Bretagne, fut dépesché à Gisors.

Le... jour de juyng ceulx de Castres en Languedoc, serviteurs du roy, firent sommer ceulx des Autreul qui est près de là de se rendre en l'obéissance du roy, lesdicts s'y accordèrent, feignant ne pouvoir résister et se délibérèrent de se rendre, et pour asseurance de ce envoyèrent vingt de ceulx d'Autreul en ostages, de ceulx qu'ils savoient estre serviteurs du roy, audict Castres; et fut accordé que de Castres ils n'iroient que 500 chevaulx seulement, ce qui fut accordé et s'y en allèrent; mais ceulx d'Autreul se résolurent de se défendre; pour cest effet fermèrent leurs portes et boutiques, et s'affustèrent tous aux fenestres et canonnières qu'ils avoient faict exprès à leurs logis, et sitost que les aultres furent entrés, ils fermèrent les portes de la ville et commencèrent à tirer dessus, de sorte qu'il ne s'en sauva un seul, ayant eu mesme secours de M. de Joyeuse, ligueur, qui leur avoit donné secours secret pour ce faire, et d'autant que sur 500 hommes estoient huguenots, ont leur fist ceste mauvaise composition.

Le lundy 22ᵉ, MM. du Conseil partirent de Mantes pour aller à Saint-Denis où arrivâmes le jour St-Jehan où n'avons trouvé le Roy.

Le jour de juyng, M. de Fay, chancelier de Navarre, décéda à Guillebœuf où il tenoit fort, ne voulant remettre la place entre les mains de Sa Majesté que premièrement elle ne luy eust rendu vingt mille escus qu'il a de son avoir dépensés à fortifier ladicte place, dont le roy lui osta les sceaux de Navarre. De quoi ledict de Fay print si grande fascherie qu'une fièvre chaude le print dont il mourut. M. de Vallegrant, catholique, dit qu'à sa mort il demanda la croix qui luy fut baillée à ce qu'on dit et mourut catholique.

Le dernier jour de juyng estant à Saint-Denis j'escrivy par M. de la Chaussée qui alloit à Paris à M. du Puy, de la maison de Montpensier, lequel fist ce qui luy fut possible pour obtenir passeport pour moy. M. de Belin, lors gouverneur, le refusa disant qu'il ne se mesloit de cela, ny d'en donner à gens d'esglise, et l'envoya à M. de Senlis qui en fist aussy reffus, disant qu'il n'estoit séant de donner passeport pour aller à Paris à ceux qui par apostasie avoient fait banqueroute à Dieu et à sa relligion.

juillet. Le 3ᵉ, M. de Mayenne print le Pont-eau-de-mer par intelligence, où ont esté prins plusieurs prisonniers des finances du roy, comme Marcel, Vienne.... (sic) avec l'argent du roy et plusieurs estoffes pour habiller les estrangers. Peu auparavant le prince de Parme avoit prins Espernay-sur-Marne par compositions.

Le 4ᵉ, le roy partit de Senlis pour aller reprendre Espernay ; à l'assiégement fut tué M. le maréchal de Biron d'un coup de canon à la teste en allant recognoistre, mais Espernay ne fut prins [1] ains s'en alla à Chaslons pour reprendre Vitry.

---

1. Épernay capitula honorablement le 8 août : M. de Villiers en était gouverneur.

Le.... dudict moys, le Roy a pris l'isle de Goumay près Lagny qu'il a extrêmement fortifié, estant par ce moyen la commodité de rivière de Marne et .... à ceux de Paris et pour les incommoder et fatiguer le plus qu'il pourra.

Le 19ᵉ octobre le sieur de Joyeuse mourut et plusieurs de ses gens furent noyés en la rivière du Tar.

Le 18ᵉ novembre le parlement assemblé à Chaslons prononça son arrêt sur la bulle fulminatoire du pape contre l'assemblée des estats tenus à Paris par les Ligueurs.

Le 2ᵉ de décembre le duc de Parme mourut à Arras.

Le 19ᵉ Monseigneur partit d'Angers.

1593.

Le 8ᵉ janvier revinsme à Tours à cause du mariage de madame de Fresneu.

Le 21ᵉ febvrier le roi arriva à Tours où il ne fut guère et s'en alla à Saumur voir madame et fit caresme prenant avec elle, puis l'amena à Tours où ils furent quelque temps, et s'en alla Sa Majesté vers la my-mars pour aller secourir Noyon que les traîtes ligueurs et les Espagnols avoient assiégé, mais ils se rendirent, le roy n'estant pas assez à temps pour les secourir.

Le 5ᵉ febvrier décéda M. Jacques Mahé, curé de Montrelaye.

Le 1ᵉʳ Mars, madame de Deuilly fiança de M. de Fresne, conseiller en son conseil d'estat et secrétaire de ses commandemens et à une heure après minuict en suyvant l'espousa par Monseigneur en la chapelle de la Benodez..... où il a célébré la messe des noces.

Le 23e de may nous partismes de Tours avec M. de Fresnes pour aller en cour.

Le mardy 2e juyng allasmes de Chartres à Mantes où n'avons trouvé le roy, mais il est venu tout après pour le siége de Dreux.

Le... de juyng le roy assiégea Dreux qui fist battre de façon qui estonna si bien ceulx de la ville qu'ils la quittèrent encore qu'il n'y eut bresche raisonnable, et se sauvèrent dans le chasteau et dans une grosse tour qui fut feit sauter, où fut prins le procureur du roy avec une dizaine d'aultres qui furent pendus pour n'avoir jamais voulu se rendre, ce qui estonna ceux du chasteau qui se rendirent trois jours après; qui fut au commencement de juillet.

Le 12e nous avons parti de Mantes par le commandement du roy pour aller à Saint-Denis pour le fait de son instruction, où il arriva le 22e dudict mois avec très grande quantité de noblesse.

Le 5e M. de Mayenne assiégea Guilleboeuf où estoient M. le grand escuyer, M. de Torigny et M. de Crillon ; ne le print et leva le siége le 18e du mois.

Le... de juillet la ville de Vienne en Dauphiné s'est révoltée et desclarée pour la Ligue et Valence aussy, et M. de Maugeron l'aisné qui avoit revenu au pays s'est aussy resvolté avec le sieur du Passage.

Le .... dudict moys le roy est retourné assiéger Espernay où un régiment d'Espagnols a esté deffaict voulant entrer pour secourir ; et de ceux du roy fut tué le baron du Fort et M. de Patras, lieutenant de M. de Givry.

Le mardy 21e je suis allé de Saint-Denis à Paris avec

passeport et j'y suis entré à deux heures du matin. Il
y avoit fort peu de monde à Paris : le lendemain jour
de Sainte-Madeleine, je vys plus de monde aux esglises,
comme à Saint-Eustache où le curé prescha fort mal.
Après disner j'ouy un sermon d'un jésuite qui prescha
de mesme, autant en firent ceulx de Saint-Jacques de
la Boucherie et de Saint-Barthélemi qui ne preschèrent
nullement la sédition comme auparavant. Je fus au
Palais où il y avoit encore beaucoup de boutiques
ouvertes ; j'y achetoi des images, le livre de *la colère* de
Seurgne. Je fus à l'université : chez Chaudier j'achetoi
la théologie naturelle de Soly, *les épistres* de Seurgne en
françois et *la consolation de la mort.* Je fus chez Patis-
son , imprimeur, où j'ai acheté le *livre des pseaumes* de
M. Desportes : il faisoit assez bon à Paris pour la saison.
A qui avoit de l'argent les bonnes épaules de mouton
coustoient 25 sols, le chapon rosti trente sols et le vin
5 sols la pinte. Le 23e, M. de Bourry [1], asgée de vingt-
deux ans, mourut à Mantes attendant son voyage d'Italie.
Le 27e, le corps de M. le maréchal de Biron est arrivé
à Saint-Denis , où M. le Cardinal, le chancelier, les
archevesques de Bourges, évesque de Nantes, de Beauvais, M. de Vic, gouverneur, l'ont reçu à l'entrée de
l'esglise honorablement, où a esté chanté *le libera* et un
de profundis, et le lendemain 28e fut faict le service
solennel où assistoient les susdicts.

Le mardy 23e nous sommes partis pour l'Anjou.

Le 20 aoust nous couchasmes à Nogent-Rotrou où

---

1. M. du Bec, neveu de l'archevêque.

estoient M. le comte de Soissons et madame la princesse.
Nous y séjournasmes trois jours où nous avons entendu
la reprise d'Espernay.

Le 26e nous fusmes au Mans, où estoit madame la
maréchale d'Aumont où nous avons longtemps séjourné
et où elle est descédée le 21e [1].

Le 22e septembre nous sommes allés du Mans coucher à La Flesche et de là à Angers où estoient le maréchal d'Aumont qui alloit au siége de Rochefort qui estoit
investi de huit jours auparavant.

Le 25e le roy fist sa profession de foy en l'esglise de
Saint-Denis, suivant l'instruction qui avoit précédé
plus de deux mois auparavant, se présenta à la porte
de l'Esglise que l'on luy ferma, comme il en approcha,
dont il s'humilia et se mit à genoux, demandant pardon
à Dieu avec protestation de renoncer à toutes sectes et
hérésies en présence des prélats qui y estoient, savoir :

M. le cardinal de Bourbon.

M. l'archevesque de Bourges.

MM. les évesques de Nantes, Maillezais, du Mans,
Angers, Chartres, Lizieux, Bayeux, Digne, Langres,
pair ; Évreux.

Les abbés de Montaigis, Saint-Jay, Selles, Belle-
branche, Bellozanne, Livry, Aiguerive.

Les doyens de Nostre-Dame de Paris, de Beauvais,
de Chartres, de Tours, de Mantes, les docteurs et théo-
logiciens qui ont assisté à l'instruction du roy.

MM. Benoist, curé de Saint-Eustache de Paris, Chan-

---

1. Françoise Robertet, fille du baron d'Alluye, secrétaire d'État,
seconde femme du maréchal.

cinat, de Saint-Sulpice, de Morennes, de Saint-Méderic
de Paris; Chabot, théologal d'Angoulesme, Bérenger,
prieur des jacobins de Tours, Chauveau, curé de Saint-
Gervais de Paris, Gobelin, commandeur de Saint-Denis,
Geslin, docteur et religieux de Saint-Denis, le théologal
du Mans, le théologal de Chartres, le curé de Mantes, et
plusieurs aultres dont je ne me souviens.

Donc monseigneur de Bourges le reçut et luy feit faire
sa profession de foy que le roy bailla par escrit et signa
de sa main, estant à genoux, la baisa et la bailla à
Monseigneur de Bourges. Estant entré, il se mit à genoux devant le grand autel, puis luy fut lue sa profession
de foy susdicte qu'il jura et protesta croire et de maintenir, puis baisa l'autel, s'en alla à la confesse ; pendant
ce Monseigneur de Nantes, qui dict la grand messe,
s'alla accoustrer à haute dorure où est le baptistère de
Clovis.

Le roy estoit accoustré de blanc avec un manteau
noir.

La messe dicte on donna largesse, puis le roy s'en
retourna à son logis, accompagné comme devant.

Faut noter que les jours devant ladicte profession il
feit un avertissement que chascun seroit le bien venu à
Saint-Denis, dont je pense qu'il y vint plus de six
mille personnes tant de Paris que d'allentour pour voir
ce miracle que Dieu a fait en nos jours, laquelle presse
a continué tant que le roy a esté à Saint-Denis, le
peuple de Paris criant à l'esglise, au chemin, et au logis
du roy à pleine teste : *Vive le roy*, qui forçoient les
portes pour entrer au lieu où il estoit pour le voir, de
façon que Sa Majesté estoit quelquefois contrainte de

sortir dehors où se montrer par une fenestre à ce pauvre peuple auquel il s'estoit marié peu auparavant par sa réconciliation avec l'Esglise de Dieu.

Le 12 aoust, le roy partit de Saint-Denis pour s'en aller à Melun et alla à Brie Comte Robert.

Le mardy dernier d'aoust fut exécuté par justice un insigne meurtrier à Melun mesme où estions venus et où monseigneur estoit malade de sa sciatique, Pierre Barrier qui estoit parti d'Orléans à Paris et à Lyon, puis à Paris et à Saint-Denis pour tuer le roy, et en ceste intention le suivit à son partement de Saint-Denis jusqu'à Brie Comte Robert et à Melun où il fut prins par un advertissement de Lyon. Il fut convaincu de ce malheureux dessein dont son procès lui fut faict, puis tenaillé à tous les carreffours de la ville, tenant le couteau dont il vouloit exécuter cette pernicieuse délibération, dont la main luy fut bruslée sur l'eschaffaud, tenant encore ledict couteau, de la longueur d'un grand pied, ayant le manche noir, à deux tranchans et empoisonné, puis fut roué tout vif et mis sur la roue vif pour languir tant qu'il plairoit à Dieu. Touteffois longtemps après ayant appelé la justice, la pria après avoir confessé beaucoup de choses qu'il avoit célées, de lui accourcir sa misérable longueur, ce qui fut faict. Finalement son corps fust bruslé et les cendres jetées en la rivière [1].

---

1. Pierre Barrière était un voiturier sur la Loire, qui fut fort encouragé dans son dessein par le curé de Saint-André-des-Arts et le recteur des Jésuites de Paris. Il ne put se décider à exécuter son crime à Saint-Denis; il fut arrêté par les soins de M. de Brancaléon

Le 9e septembre, nous partismes de Melun pour aller à Moret voir la reyne douairière de France.

Le 11e, nous avons parti de Moret pour aller à Fontainebleau où estoit le roy.

Le 28e, le roy en partit pour aller à Chartres et Monseigneur repartit pour Melun.

Le 4e novembre, Monseigneur partit de Mortemart pour aller à Gaillon voir M. le cardinal de Bourbon qui y estoit fort malade, et y séjourna durant ce jour. Le roy y alla, M. le comte et madame la princesse de Condé s'y trouvèrent aussy.

Le 4e d'octobre, je partis de Chartres avec le messager d'Angers à Paris et avec M. Cristé et M. Barillet qui venoient de Paris, ledict sieur Cristé y estoit allé pour les beaux estats de la Ligue pour l'élection d'un roy qui ne se fera jamais. L'aultre pour le faict de la monnoie de Nantes dont il estoit l'un des maistres.

Le jeudy 20e, je partis de Chassais et m'embarquai à La Fosse pour aller trouver M. de Mercœur qui estoit à Indresse où je le trouvoi chassant aux lapins dans la prairie. Ayant présenté mes lettres, je m'en retournai à Nantes. Je fus à Cassy le 30e octobre, près Nantes et le 31 qui estoit ung dimanche, je fis le sermon et à la grande messe je fis une exhortation au prosne où je parloi de l'obéissance et recognoissance de nostre roy, maintenant catholique et vray fils aisné de l'Esglise et qu'il estoit nostre vray roy légitime.

---

qui le suivait depuis Lyon. Il paraît que ce fut un des juges qui le fit achever de peur que la douleur ne lui fît faire de mensongères révélations.

Le mercredy 13 descembre parti de Busy et allé coucher à Mantes où n'estoit encore le roy qui estoit à Vernon.

Le lundy 20e, le roy arriva à Mantes et y a séjourné longtemps et nous aussy.

1594.

Le 4e janvier, Meaux s'est déclaré pour le roy et le sieur de Vitry.

Le.... de janvier, la reyne Louise [1] arriva à Mantes de Saint-Germain-en-Laye où elle estoit et vint présenter sa requête au roy tenant son premier lit de justice, et puis s'en alla ayant séjourné 8 à 10 jours à Mantes, à Romorantin demeurer.

Le... le roy partit de Mantes pour aller à la Ferté-Milon qui était assiégée.

Le 14e de febvrier le Conseil estant à Chartres le roy a mandé de Meaux la reddition de Lyon en son obéissance, dont fut chanté le soir mesme *Te Deum* sur les huit heures.

Le mercredy 18e, le roy arriva à Chartres avec très-grand nombre de noblesse pour sa suite.

Le 19e fut apportée la nouvelle de la reddition d'Orléans et Bourges au service du roy par le moyen de M. de la Chastre qui s'est déclaré serviteur de Sa Majesté, dont le lendemain qui estoit dimanche fut faicte procession générale, où estoit le roy, et après durant la messe fut chanté le *Te Deum*.

Le 27e fut sacré le roy dans la grande esglise de

---

1. Louise de Lorraine.

Chartres par R. P. en Dieu Monseigneur Nicolas de Thou, évesque dudict lieu de Chartres, qui estoit le premier dimanche de caresme, où assistèrent les princes du sang, les pairs de France et évesques, les pairs laïcs, MM. le prince de Conty, le comte de Soissons, de Montpensier, de Luxembourg, de Rays, le duc de Ventadour, les pairs d'Esglise, MM. de Nantes, de Chaslons, de Maillerais, de Digne, d'Angers, d'Orléans, M. de Longueville, grand chambellan, le comte de Saint-Pol, grand-maistre, Le Grand, chambellan, M. de Saint-Luc, premier gentilhomme, l'évesque de Coutances, M. de Bourges, grand aumônier, l'abbé de Sainte-Geneviève, l'abbé de Livry.

Le lundy 28e et dernier febvrier, le lendemain de son sacre, le roy se trouva solennellement en l'esglise aux vespres solennelles où le roy reçut l'ordre du Saint-Esprit par les mains de M. l'évesque de Chartres, après avoir faict le service solennellement, comme accoustumé ; tous les chevaliers estant accoustrés de leurs grands manteaux de l'ordre, comme le jour de l'an [1].

Le 8e mars, le roy partit de Chartres pour s'en aller à Saint-Denis sur l'intelligence qu'on disoit estre sur Paris. Semailles de pois en ce temps à Paris.

Le mardy 15e, nous sommes partis de Chartres par commandement du roy pour l'aller trouver à Senlis : y arrivasmes le 20.

---

1. Pour les détails concernant ce qui s'est passé à cette époque à Chartres, voir l'excellente histoire de cette ville, par M. E. de Lépinois, 2 volumes in-8°, 1858.

Le lundy 21ᵉ le roy partit de Senlis pour s'en aller vers Paris à la chasse, ainsi qu'on disoit.

Le mardy 2ᵉ mars sur les quatre heures du matin, le roy entra dans la ville de Paris où restoient le duc de Féria, ambassadeur du roi d'Espagne et le cardinal de Plaisance, se disant légat, et le cardinal de Pellevé, madame de Nemours, et plusieurs aultres qui n'eurent point de mal. Le roy donna congé audict duc de Féria de se retirer de l'aller voir sortir après disner à la porte Saint-Denis, et le fit conduire où il voulut, se retirant par les frontières de France vers Flandres. Ledict jour nous en eusmes la nouvelle à Senlis sur les neuf heures du matin, à l'issue de la messe que je dis aux Cordeliers devant MM. du Conseil d'Estat.

Le 23ᵉ nous allasmes à Saint-Denis où le roy vint coucher de Paris.

Le jeudy 24ᵉ le roy s'en alla de Saint-Denis à Paris et mena son conseil avec luy, qui fut le jour que nous y entrasmes.

Le dimanche 27ᵉ le roy et toute la cour allèrent rendre graces à Sainte-Geneviève et ouyr la grande messe.

Le 29ᵉ fut faicte la grande et solennelle procession générale de l'octave de la prise de Paris pour rendre graces à Dieu, la procession commença à la Sainte-Chapelle et alla à Notre-Dame où M. de Langres fit l'office et M. d'Angers prescha fort doctement. Et la cour du parlement de Paris y assista en robe rouge et la chambre des comptes qui furent restablies par M. le Chancelier le lundy auparavant et par MM. du Conseil privé du roy. Le roy estoit en personne à la procession.

Le mesme joúr, ceux de Rouen, du Havre, de Verneuil et de Pont-de-l'Arche se déclarèrent pour le roy.

Le jeudy dernier de Mars, le cardinal de Plaisance se disant légat, sortit de Paris par la permission du roy et alla par Montargis où il séjourna attendant nouvelle de Sa Sainteté.

Ledict jour fut chanté sur les sept heures du soir en l'esglise de Paris le *Te Deum* fort solennellement en actions de graces de la resduction de Rouen et du Havre de Grace en l'obéissance du Roy.

Le 4ᵉ d'apvril le roy partit de Paris pour aller à Saint-Germain-en-Laye voir madame sa sœur et retourna le mercredy saint à disner afin d'estre à Ténèbres.

Le 5ᵉ mourut à Paris le cardinal de Pellevé asgé de quatre-vingts ans [1].

Le jeudy après salut, 7ᵉ, fut apportée nouvelle de la resduction de Troyes en Champagne et d'Auxerre en l'obéissance du roy.

Le 25 apvril fut faicte la dénonciation et ouverture de la guerre contre les Espagnols.

Le 29ᵉ la capitulation de la ville de Sens fut vériffiée à Paris.

Le.... de may le roy partit de Saint-Germain pour aller en Picardie secourir la Capelle que les marauds et leurs adhérents avoient assiégée.

---

1. Nicolas de Pellevé, né à Jouy en 1518, évêque d'Amiens par l'entremise du cardinal de Lorraine ; il fut souvent employé à des ambassades et prit une position très-tranchée parmi les Ligueurs ; il fut chef du Conseil de l'Union et archevêque de Reims en 1592. Son neveu, Jacques de Pellevé, épousa Elisabeth du Bec, baronne de Bourry, nièce de l'archevêque. Moréri le fait mourir le 26 mars.

En ce moys vint nouvelle de la reddîtion de Meaux.

Le dimanche 12ᵉ le roy estant devant Laon fut une grande deffaite des Espagnols et assistèrent M. de Longueville, de Givry, Vitry [1].

Le mardy 14 une autre deffaite desdicts marauds par le comte de Soissons lorsqu'ils voulurent entrer dans la ville de Laon assiégée.

Le vendredy d'après 17ᵉ fut faicte une grande déroute desdicts ennemis par le roy en personne, lesquels conduisoient un grand convoy pour raffraischir leur armée, qui fut prise; il y eut bien six cens hommes tués et cent cinquante chariots prins.

Le 14ᵉ juillet se rendit Poitiers au Roy.

Le 30ᵉ décéda sur les trois heures après-midi M. le cardinal de Bourbon en son abbaye de Saint-Germain-des-près, asgé de 32 ans, né à Gaudelu le 30 mars 1562 de hault et puissant seigneur Louis de Bourbon, prince de Condé qui mourut à Jarnac, et Madeleine de Roye; et gist aux Chartreux de Gaillon, que son oncle Charles de Bourbon avoit faict bastir.

Le 10ᵉ aoust le roy estoit au siége devant Laon.

Le 22ᵉ le roy estant à Amiens, octroya l'édict de déclaration d'amnistie générale sur la réduction de la ville de Beauvais.

Le 17ᵉ d'aoust se rendit la ville de Laon assiégée du roy par capitulation. Après le roy s'en alla à Cambray où il fut reçu avec grande magnificence, puis à Amiens et à Péronne, puis retourna à Compiègne.

---

1. Il s'agit de la défaite du corps d'armée envoyé par l'archiduc au secours de Laon.

Le 2ᵉ septembre, Chasteau-Thierry et le baron de Pesché [1] gouverneur, se réduisirent en l'obéissance du roy.

Le 15ᵉ le roy retourna à Paris de son voyage de Picardie où il a séjourné jusqu'au 25 octobre.

Le samedy 17ᵉ septembre sur les dix heures du matin décéda M. de Revol [2] secrétaire d'Estat. Monseigneur y feit l'office à l'enterrement à Saint-Germain-l'Auxerrois, et M. de Villeroy eust l'estat de secrétaire d'Estat. Le roy estoit à Paris.

Le 10ᵉ d'octobre, la capitulation de la ville d'Amiens en l'obéissance du roy fut publiée en parlement de Paris.

Le 24ᵉ décéda M. d'O superintendant des finances de France [3].

Le 25ᵉ le roy partit de Paris pour Saint-Germain-en-Laye.

Le 4ᵉ de Novembre, Monseigneur partit de Paris pour aller à Saint-Germain-en-Laye trouver la Cour qui y estoit, dont le lendemain qui estoit le samedy le roy commanda son brevet pour l'archevesché de Reims, le samedy 23ᵉ dudict moys.

Le jeudy 9ᵉ dudict moys Monseigneur presta le serment

---

1. M. de Saint-Chamans, baron de Pesché.

2. Louis de Revol, promu en 1588 par Henry III.

3. François d'O, gouverneur de Paris, qui avait aussi mal géré les finances de l'Etat que les siennes ; c'était en outre un des hommes les plus honteusement débauchés. Il n'avait que 40 ans. Le duc de Nevers lui succéda comme président au Comité des finances, mais moins d'un an après, la charge de surintendant fut rétablie et donnée à Nicolas de Harlay de Sancy.

de fidélité de l'archevesché de Reims entre les mains du roy à la fin de l'esvangile de la messe ; M. de Nevers, de Retz, présents, mesme MM. le prince de Conty, de Montpensier, de Bussy, et infinité aultres seigneurs. M. de Bourges grand aumosnier, présent en la chapelle au chasteau de Saint-Germain-en-Laye, moy présent qui vis que plusieurs s'en resjouissoient avec beaucoup de congratulation à mondict seigneur. M. de Saint-Martin eust la presbande du serment de fidélité que Monseigneur luy donna peu après [1].

Le 29e le roy accorda l'esdit de réunion à M. de Guise et son frère de la ville de Reims et aultres. Sa Majesté estoit à Saint-Germain.

Le 5e décembre le roy estant à Paris octroya son esdit sur la resduction de Saint-Malo en son obéissance et fut publié au parlement de Rennes.

Le 27e décembre le soir, le roy arriva à Paris à six heures retournant de son voyage en Picardie ; sur les sept heures fut blessé à costé du nez par un coup de couteau, sur la moustache, en la chambre de madame la duchesse à l'hostel du Bouchage par un meschant escolier jésuitte nommé Jean Chatel, fils d'un meschant drappier de devant le palais [2].

---

1. Il remplaçait le cardinal de Pellevé.

2. Je crois curieux de publier un passage de la lettre dans laquelle Henry IV rend compte de cet événement au gouverneur de Châlons-sur-Marne ; je l'ai insérée en entier, d'après l'original, dans ma *Correspondance inédite des rois de France avec le conseil de ville de Châlons*, in-18, Paris, Aubry, 1855. « Il n'y avoit pas une heure que j'estois arrivé en ceste ville de Paris de retour de mon voïage de Picardie, ayant autour de moy mes cousins les princes de Conty, comte de Soissons et de Saint-Pol et trente ou quarante des

Monseigneur estoit revenu d'Amiens et le 28 estoit à Bonnelet et y coucha à cause que son carrosse estoit rompu. Le lendemain matin passant par Saint-Cler, nous entendismes la nouvelle de la blessure du roy et que grace à Dieu, le coup n'estoit pas dangereux. Le lendemain couchasmes à Paris.

Le 29e jeudy que nous arrivasmes, fut exécuté à sept heures du soir le malheureux qui avoit voulu commettre le détestable parricide sur la personne de nostre prince, et fut tiré à quatre chevaux, puis bruslé et les cendres jettées au vent, ses père et mère bannis du royaulme, sa maison rasée et au lieu doit estre bastie une croix.

1595.

Le premier jour de l'an le roy ne put faire l'ordre des chevalliers de l'ordre à cause de sa blessure. Le jeudy d'après 5e fut faicte une procession générale de Nostre-Dame à Sainte-Geneviève où le roy estoit assisté de toute sa cour et noblesse, tout le clergé et toutes les cours assemblées : M. le cardinal de Gondy feit l'office.

Le 13e le roy tint l'ordre du Saint-Esprit aux Augus-

principaux seigneurs et gentilshommes de cette cour, comme je recepvois les sieurs de Raigny et Montigny qui ne m'avoient pas encore salué, ung jeune garçon nommé Pierre Chatel, fort petit et qui ne peut avoir plus de 18 ou 19 ans, lequel s'estoit glissé avec la trouppe dans la chambre, s'approcha sans estre quasy aperçu de personne, me pensant donner un coup de couteau qu'il avoit dans le corps, le coup part et je m'estois baissé pour relever lesdicts sieurs de Raigny et de Montigny qui me saluoient, et n'y a porté que dans la face sur la lèvre haute du costé droit, et me l'entama et couppa une dent.... Il n'y a, Dieu mercy, sy peu de mal que pour cela, je ne me mettray pas au lit de meilleure heure. » (*Archives de l'hôtel de ville de Châlons*).

tins où Monseigneur reçut l'ordre avec Monseigneur de Maillezais et vingt-cinq chevaliers laïcs, savoir, MM. de Montpensier, de Longueville, de Saint-Pol, le grand Escuyer, de Saint-Luc, de la Rochepot, de Montigny, de Torigny, de Bussy, de Marivault, de Ragny, de Dampierre, de la Frette, de la Bourdaizière, etc. [1].

Le 7e de ce moys fut pendu en Grève le bourreau de Paris, un sergent et un prestre, savoir le Père Jean Guignard [2] docteur en théologie, et régent aux collége des Jésuites, puis bruslés.

Le 17e Monseigneur repart pour Amiens y arrive le 31.

Le 11e febvrier arriva à Amiens mesdames de Martigue et de Mercœur.

Le mardy 4e d'apvril la reyne partit d'Amiens et monseigneur avec elle par eau et vinsmes coucher à Ingrande seulement à cause du vent contraire. Le lendemain monseigneur se hasta pour venir coucher à Sauvenieres et le lendemain qui estoit jeudy, la reyne et monseigneur arrivèrent au soir au Pont de Cé. Le vendredy la reyne coucha à Saint-Mathurin. Le samedy vinrent coucher à Saumur où la reyne a séjourné neuf jours pour sa neufvaine à N. D. des Ardilières.

Le 18e avons party en carrosse de Saumur pour aller à Fontevrault et arrivasmes le samedy 22 au soir à Chenonceau où estoit déjà la reyne, et y avons sé-

---

1. Les autres sont : le marquis de Naugis, comte d'Albret-Marennes, Roquelaure, d'Humières, de Grancey, de Balzac, de Cossé-Brissac, de Praslin, de Cipierre, de Chazeron, de Chanlivaut.

2. Jean Guignard, jésuite arrêté à l'occasion du procès de Jean Chatel ; on trouva dans ses papiers des pièces très-compromettantes contre le roi.

journé jusqu'à la Pentecoste pour la conférence qui s'y devoit tenir.

Le 25ᵉ dudict moys avons entendu le décès de M. de Longueville.

Le 23ᵉ la ville de Vienne se rendit au roy : M. le connestable y entra par la porte d'Avignon à cinq heures du soir.

Le 24ᵉ il est permis à Rouen à chascun d'afficher ce que l'on voudra à Pasquil.

Le 4ᵉ de may avons su la prise de Vienne et la révolte de Toulouse [1] par le capucin du Bouchage [2].

Le 20ᵉ avons su à Chenonceau la défaite de la troupe de M. de Nemours par M. le connestable, et sa fuite en Savoie, et la reddition de Saint-Pourçain, enfin la reddition d'Aussonne par le moyen du baron de Senecé qui s'est faict serviteur du roy, et la prise de Vouzon par M. de Mayenne en Franche-Comté et peu après la reddition de Autun et de Digeon en l'obéissance du roy.

Nouvelles du 12 juyng à Chenonceau. La cour de parlement de Paris a donné un arrest sur constumace contre le sieur de la Chapelle et la dame de Grandrue, laquelle est condamnée à estre bruslée toute vive, et luy à estre tiré à quatre chevaulx, pour estre convaincus d'avoir participé à l'assassinat commis en la personne du feu roy.

Le baron de Tavannes s'est jeté dans le chasteau de

---

1. A cause de la division du parlement dont une partie voulait reconnaître Henry IV.

2. C'est-à-dire le maréchal de Joyeuse qui à quelque temps de là se refit capucin.

Digeon dans lequel les papiers et l'avoir de M. de Mayenne sont. Le roy y est qui empesche le secours, et mande S. M. que dans deux jours elle attaquera ses ennemys et qu'on prie pour luy.

L'Arthune traitoit pour Avallun et le capitaine de Seurre pour sa place qui sont les deux qui restent en la Bourgogne pour le sieur de Mayenne.

Le duc de Savoye a emporté à la fin Cazal par capitulation après avoir supporté ung assault et ne s'estre trouvé qu'un septier de bled dans la ville, et que luy et le sieur de Némours viennent trouver le sieur de Mayenne et le connestable de Castille.

La Motte Gravelines ayant mis le siége devant la Ferté où MM. de Luxembourg et de Sesseval ayant enduré quatre assaulx sont secourus par le sieur de Bouillon le 30 apvril, défist des ennemis 7 ou 800 hommes et le reste mis en vraie déroute.

Les cinq petits cantons qui avoient traité avec l'Espagnol ont recognu leur faute et ont envoyé vers le roy pour le recognaistre.

Le nepveu du pape est de retour d'Espagne à Rome.

Le roy a eu nouvelle que Toulouse se remet en son devoir et que le capucin sé repent de sa faute. La fortune du roy est maintenant telle que les plus assurés commencent à s'estonner.

M. Dabin et de Chambaret assiégent un chasteau où est blessé à mort M. Dabin.

Par lettre d'Ambourg du 12 du passé, le grand seigneur a failli d'estre empoisonné par un médecin juif, et pour ce a chastié tous les juifs.

Le mercredy 14ᶜ juyng, Monseigneur alla à Amboise

voir M. de la Bourdaisière et Madame de la Brandrouvre,
et le lendemain y arriva Mesdames la marquise d'Espi-
noy et de Bron et vinmes avec elles souper à Chenonceau, puis s'en retourner coucher à Amboise pour
continuer leur voyage sur Paris.

Le 19ᵉ avons eu nouvelles certaines de la reddition de
Tallan, chasteau de Dijon, Montsaugeon et Seurre, et
aultres par le vicomte de Tavannes qui s'est déclaré
serviteur du roy et le lieutenant de M. de Mayenne
aussy pour Seurre.

Le.... de ce moys morut M. de Humières à Han qui
fut prins sur l'Espagnol qui estoit de garnison bien
1,500.

MM. de Bouillon et de Saint-Pol estoient à l'exécution
de l'entreprise.

Le 23ᵉ fut donné un arrest en la cour du parlement
de Paris contre M. d'Aumalle qui estoit lors à Bruxelles
atteint de crime de lèze-majesté pour avoir presté le
serment de fidélité à l'Espagnol, ses biens acquis et
confisqués à la couronne, ses maisons rasées, ses armoiries traisnées et luy dégradé de noblesse.

L'arrest cy-dessus a esté exécuté à Paris le 6ᵉ juillet.

Le mercredy 14ᵉ, Monseigneur est party sur les 10
heures du matin de Chenonceau pour aller à Tours où
se devoient trouver les députés du roy, sçavoir MM. de
la Rochepot, du Plessis et de Chateauneuf sur la résolution qu'ils debvoient prendre sur les longueurs que
faisoient les députés de la Ligue de Bretagne pour la
conférence qui estoit remise du 15ᵉ d'apvril passé,
où ils résolurent d'en advertir le roy et supplièrent la
reyne de leur donner conseil de se retirer. Audict lieu

18

est venu nouvelles d'une grande défaicte d'Espagnols où a esté prins entre les prisonniers le grand Pagadour de l'armée espagnole et le lieutenant du connestable de Castille, et fut ceste charge près d'Apremont, où ils passèrent la rivière à nage ; fut le 12ᵉ dudict moys ladicte charge et escarmouche faicts par le maréchal de Biron, assisté de MM. les ducs de Guise et d'Elbœuf qui y furent fort vaillans.

Le 4ᵉ septembre le roy fist entrée somptueuse et magnifique à Lyon où il mit gouverneur M. de la Guiche, grand maistre de l'artillerie de France.

Le... d'octobre fut assiégée la Fère en Picardie par le roy qui y fist bastir trois gros forts à l'entour afin de bloquer ladicte ville occupée par les Espagnols.

Le 2ᵉ d'octobre la ville de Cambray fut prise par les Espagnols.

Le 19ᵉ octobre vinmes coucher à Villebon où nous avons séjourné pour le mariage de M. de Bourry où arriva aussy M. de Mortemer, son frère, la veille de la Toussaint ledict sieur de Bourry fut fiancé par Monseigneur à Madame de Cleric [1].

Le 11ᵉ novembre revinmes à Chenonceau : le 13 et 14 à Tours pour voir M. de Fresne retourné de son voyage de Lyon et de la Franche-Comté. Le 16ᵉ revinmes disner à Chenonceau où Monseigneur print congé de la reyne pour aller en cour. Allé à Saint-Aignan attendre M. et Madame de Fresne pour partir pour Paris [2].

1. Marie de Cléric, dame de Gonceville.
2. M. Forget de Fresne, secrétaire d'Etat. — Anne de Beauvillier, veuve de M. du Chastelet, seigneur de Deuilly.

Arrivasmes à Paris le 6ᵉ décembre. Ce jour fut faicte la solennelle procession générale à Paris pour la réception de l'absolution donnée par N. S. P. le pape Clément VIII, et le soir des feux de joye furent faicts partout Paris.

Le 28 partismes de Paris.

Le dimanche 31, coucher à Fère en Tardenois.

1596.

Le lundy 1ᵉʳ de l'an, Monseigneur et M. de Mortemer firent leurs dévotions.

Le mardy 2ᵉ vinrent coucher au chasteau de Courville, maison dépendante de son archevesché de Reims, distante dudict Reims de six lieues [1], auquel lieu Monseigneur a séjourné pour donner ordre à ses affaires jusqu'au 3 février.

Le 4ᵉ janvier, M. de Villars, admiral et gouverneur de Rouen, fut tué de sang-froid par les Espagnols près Dourlans [2].

Le dimanche 7ᵉ je partis de Courville avec M. le chantre Gilbault, grand vicaire de Monseigneur et allai à Reims prendre possession et résider à l'esglise Saint-Symphorien dont peu [3] auparavant on avait en mon nom pris possession d'une prébende en ladicte esglise et retournay le mardy audict Courville.

---

1. Les archevêques y possédaient un chateau.

2. André de Brancas, seigneur de Villars, nommé amiral le 25 août 1594 par la démission de M. de Biron, ayant été battu et pris à Dourlens, Contreras, commissaire général du corps espagnol, le fit tuer. Le père Anselme place cette mort à la date du 24 juillet 1595. Il était frère du premier duc de Brancas.

3. Eglise avec chapître; elle a été démolie en 1796.

Le samedy 13e, je retournai à Reims prendre possession de la pénitencerie dudict Reims, puis la résignai le
mesme jour à M. le Besgue, docteur en théologie, doyen
et chanoine de Saint-Symphorien, chanoine de la grande
esglise et chancelier de l'Université de Reims, avec sa
prebende de la grande esglise, et ce d'autant qu'il falloit résider, ce que je ne pouvois faire.

Le mardy 24e je retournai à Reims pour attendre ma
provision de la cour qui estoit lors à Folembray à cause
du siége de la Fère, et prins possession le vendredy.
M. Le Besgue fut reçu le premier de ma pénitencerie
que luy avoit résignée ; je fus reçu le second de sa presbende qu'il m'avoit assigné par permutation. Puis après
se présenta aussy M. Agesilas Vion, abbé du Tronchet
pour estre receu à la presbende de feu Frizon, doyen,
naguère décédé à Verdun [1].

Le 22e le roy par ses lettres patentes donna permission pour aller à Rome prendre provision et lever la
défense.

Le 24e le roy déclara l'establissement de la chambre
de l'esdit au parlement de Paris.

Le...de ce moys, le roy estant à Folembray, l'esdict
de M. de Nemours fut faict et étably. [2]

Le 5e de febvrier, Monseigneur partit de sa maison
de Courville en Champagne pour aller à Follembray et
alla à sa ville de Fismes dépendant de son archevesché
et fut receu fort honorablement par les habitans dudict

---

1. Pierre Frizon, d'une famille ancienne rémoise, nommé doyen en
1580 : il y refusa l'archevêché à la mort de Louis de Lorraine, en 1895.

2. Henry, duc de Nemours, qui obtint un pardon général. Cet
édit, suivant de Thou, n'est que du mois d'avril.

endroit, qui le vinrent recepvoir au port en armes et le conduire ainsi à son logis dans ladicte ville qui est fort bien fermée. Le lendemain coucha au chasteau d'Anisy, appartenant à M. le prince de Conty et le lendemain à Coucy qui est une bien bonne petite ville à une demi-lieue de Follembray où estoit le roy.

Le mercredy 14 le roy partit de son chasteau de Follembray pour aller à Guise audevant de ses ennemys. Le 19 Monseigneur part de Coucy pour Paris.

Le 17ᵉ la ville de Marseille prêta le serment du roy par le capitaine Libertat qui tua Cassault qui estoit pour l'Espagnol [1].

Le jeudy 22ᵉ Monseigneur partit de Paris pour aller aux nopces de son nepveu M. de Bourry à Villeboron, les fiançailles se firent le lundy gras 26ᵉ de ce moys. Monseigneur feit une belle et docte exhortation des lois du mariage en présence de M. et Madame de Vallepergne. MM. de Mortemer, du Bois-Landry et de Marnay, maîtres des comptes de Paris.

Le vendredy ensuyvant 8 mars fut pendu ung jeune homme condamné à Reims pour soutenir qu'il estoit fils légitime de Charles IX et disoit avoir esté nourry à la Rance en Anjou.

Le lundy 8ᵉ apvril, Monseigneur partit de Paris pour aller à Fresne avec M. de Fresne pour voir asseoir le fondement de son bastiment.

Nouvelles de l'assiégement de Falaise par les Espagnols, à Paris le 14.

1. Ce fut Libertat qui fit réussir l'entreprise du duc de Guise ; le roi le récompensa en l'anoblissant et le nommant Viguier de Marseille.

Le 9ᵉ le duc de Mayenne capitula, le roy estoit à Folembray.

Le 17ᵉ, mardy de Pasque au matin, le sieur de Vidaussan capitula pour la reddition de la place de Calais ès mains du cardinal d'Autriche, chef de l'armée espagnole, à la condition de se retirer dans la citadelle dans le midy ensuyvant et sans emmenner avec soi aulcune pièce de canon de la ville, et six jours de trève pour la citadelle.

Le 24ᵉ, ladicte citadelle de Calais, après avoir esté furieusement battue, fut prise par force des Espagnols qui taillèrent en pièce la garnison qui estoit et mesme 200 hommes qui y estoient entrés depuis la reddition de la ville.

Le 22 la ville de la Fère qui avoit esté assiégée six moys, fut rendue par les Espagnols ès mains du roy. Il sortit 550 espagnols et françois, qui sortirent avec une pièce de canon des armoiries d'Espagne [1].

Le....de ce moys les Espagnols prindrent la ville d'Ardres près Calais durant que le roy estoit à la Fère et fut rendue après la mort de M. de Monluc qui y estoit, ladicte capitulation faicte par M. de Belni, fut mal à propos.

Le 23ᵉ, M. le marquis de Belisle fut tué au mont Saint-Michel [2].

1. Comme on le verra quelques lignes plus bas, cette nouvelle est anticipée, mais en effet dès cette époque le roi avait fait faire aux assiégés des propositions qu'ils repoussèrent d'abord, ne voulant pas par exemple que l'acte contint le mot : « *se rendre.* »

2. Charles de Gondy ; il avait épousé la sœur du duc de Longueville qui se fit religieuse en 1599 aux Feuillantines de Toulouse.

Le 13ᵉ juyng la Ferre, ville frontière de Picardie, se rendit par capitulation après avoir esté assiégée sept moys.

Le 6ᵉ, M. Antoine Guibourd, curé de Joué, décéda.

Le 2 juillet, Monseigneur va à Chenonceau voir la reyne puis s'en retourne souper à Verret.

Le vendredy 19ᵉ, le roy vint en poste de Paris à Montlhéry voir M. le Légat sur les neuf heures du matin où il ne fut envyron qu'une heure, s'en retourna à Paris disner et estoit accompagné de MM. de Montpensier, du Mayne, de Nemours, le Grand et plusieurs aultres seigneurs. M. de Fresne servit de truchement, d'autant que le roy parle en français et M. le légat en italien. M. le légat sortit jusque hors de son logis en la rue pour recepvoir le roy et le ramena au mesme lieu à la sortie.

Le dimanche 21ᵉ, Monseigneur le Légat feit son entrée à Paris : partit à quatre heures du matin de Montlhéry et arriva à Saint-Jacques du Hault-Pas au faubourg de Paris sur les 10 heures et disna sur les onze heures, où estoient Monseigneur le cardinal de Gondy, l'archevesque de Reims, les évesques de Maillezais, du Mans, et les évesques qui sont d'Italie, et sur les quatre heures après midy fist son entrée et conduit par M. le prince de Condé et M. de Montpensier et plusieurs évesques jusques à l'esglise de Notre-Dame où fut chanté le *Te Deum*, après lequel M. le Légat dict l'oraison *Deus agne da pace*; et après donna la bénédiction. Il faut noter que tous les évesques estoient ascoustrés de violet avec leurs rochets et sans aile et ung grand chapeau à la romaine doublé de vert, sur des mulles et mullets. Il estoit logé à l'hostel de Birague, aultrement hostel de la reyne de Navarre au bas de la rue du Roy de Cicile près le petit Saint-Anthoine.

Le dernier jour de juillet nous eusmes de nouvelles certaines de la prise du havre, port et ville de Cadix au roy d'Espagne par les Anglais avec grande défaicte de 3000 Espagnols [1].

Le jeudy 1er aoust, Monseigneur le Légat partit de Paris pour, aller à Saint-Mor-des-Fossés trouver le roy pour avoir son audience, ce qui fut faict en présence de MM. de Montpensier, du Mayne, de Némours, d'Espernon et de Retz et plusieurs seigneurs qui ordinairement assistent le roy, et Monseigneur le cardinal de Gondy, les archevesques de Reims et de Bourges, les évesques de Maillesais et du Mans et plusieurs aultres. Le roy vint en son antichambre, et à l'entrée d'icelle, il reçut M. le légat et le mena en sa chambre et s'asseyèrent l'ung près de l'aultre et causèrent durant leur audience. Le mesme jour M. le Légat et les archevesques et évesques s'en retournèrent à Paris après le festin.

Le 11e septembre, nous eusmes nouvelles de la deffaicte de 1,200 chevaulx espagnols par le maréchal de Biron et le marquis de Varembon, gouverneur du païs d'Artois qui a esté prins prisonnier et mené à Rouen [2] ; où Monseigneur arriva le 7e octobre.

1. Cette expédition fut faite par les flottes unies des Anglais et des Hollandais qui enlevèrent en outre une riche flotte de convoi.

2. M. le maquis de Varembon et le comte de Montecuculli commandaient les Espagnols ; tous deux furent pris ; ils se rachetèrent chacun pour 60,000 florins. Le combat eut lieu près de Saint-Pol en Artois.

Le mardy 8ᵉ octobre, l'ambassade d'Angleterre arriva à Rouen sur les quatre heures après midy par la porte Beauvoisine. M. de Montpensier, gouverneur de Normandie alla une lieue audevant et tenoit le costé droit.

Le mercredy 16ᵉ, le roy fist son entrée à Rouen et entra par le pont, comme c'est la coustume.

Le samedy 19ᵉ, le roy presta le serment de la Jarretière au chœur de l'esglise Saint-Ouen après vespres entre les mains de l'ambassadeur d'Angleterre qui assista aussy à vespres.

Le 20ᵉ à vespres audict lieu, le roy receut l'ordre de la Jarretière par les mains de l'ambassadeur d'Angleterre qui le luy mit luy-mesme au genou droit.

Le 4ᵉ nobvembre, fut célébré la messe du Saint-Esprit en ladicte esglise Saint-Ouen, où le roy estoit pour l'ouverture de l'assemblée, et après disner le roy fist sa harangue.

Le....dudict moys le roy partit de Rouen pour aller à Saint-Germain et retourna à Rouen le 10ᵉ décembre ensuyvant.

Le 22ᵉ envyron les sept heures du soir le pont aux Mer....inières de Paris fut renversé en la Seine et y eust grand nombre de monde qui y fut noyé.

1597.

Le lundy 5ᵉ de janvier fut la cérémonie de l'ordre du Saint-Esprit et fut différé du jour de l'an à cause de la fièbvre du roy.

Le....de febvrier, le roy arriva à Paris, et aussy le cardinal de Joyeuse.

Le 15ᵉ, M. le Légat arriva à Paris en retournant de Rouen.

Le mardy 11ᵉ de mars la ville d'Amyens fut surprise par les Espagnols dont le chef estoit Arnautel, espagnol, qui mourut en le deffendant durant le siége [1].

Le 12ᵉ après midy, le roy partit de Paris pour aller en Picardie, ayant entendu la surprise d'Amyens et s'en alla coucher à Pontoise, et de là à Beauvais et n'y avoit que M. de Villeroy, de tous les secrétaires d'Estat avec luy.

Le 5ᵉ d'apvril, la vigile de Pasques, MM. de Fresne, de Beaulieu et de Gesvres, secrétaires d'Estat ont asseuré Monseigneur à Paris que le roy arrivoit ce jour d'Abbeville à Beauvais pour y faire la feste de Pasques.

Le dimanche au soir et la nuict, 4ᵉ aoust, les Bourguignons conduits par le Gaucher furent deffaicts par les soldats de M. de Resmueil entre Astenay et Duy, à Villefranche, sur la rivière de Meuse.

Le 14ᵉ aoust, le sieur Desdiguières deffist les troupes du duc de Savoye; M. de Créquy, son gendre, y fut blessé.

Le 29ᵉ, les troupes du cardinal d'Autriche conduits par deux de ses mareschaux de camp furent deffaictes vers Quirien par S. M. assistée de M. de Biron.

Le 8ᵉ de septembre avons appris la nouvelle de la mort de M. de Saint-Luc au siége d'Amyens qui fut tué dans la tranchée le 6ᵉ de ce moys; deux jours devant

---

1. C'est un nommé Dumoulin qui fournit le moyen de surprendre la ville et M. de Porto Carrero qui commanda l'expédition et fut en effet tué pendant le siége qui suivit.

Arnautel, qui avoit pris Amyens fut tué d'ung coup de mousquet.

Le mesme jour le sieur Desdiguières deffict près de Pontcharrat et de Bezard quelques compagnies de cavalerie du duc de Savoye.

Le cardinal d'Autriche et son armée se retirèrent avec haste de devant Amyens.

Le 25ᵉ de septembre, la capitulation de la ville d'Amyens fut faicte et sortirent les Espagnols de dedans le jeudy que le roy y entra.

Le....jour d'octobre le roy arriva à Saint-Germain-en-Laye, a séjourné jusqu'au 29.

Le mardy 29ᵉ, le roy partit de Saint-Germain-en-Laye, est venu disner aux Tuileries près Paris. Après disner les parisiens sortirent en nombre bien 10,000 hommes bien armés et en bon ordre qu'il alla voir mettre en bataille hors des faubourgs. Puis sur les 4 ou 5 heures du soir fist sont entrée en sa bonne ville de Paris avec beaucoup d'allégresse des habitans qui le conduisirent à Notre-Dame où fut chanté le *Te Deum*. S. M., le chancelier et tout le privé, et toute la cour tant du parlement, aides, grand conseil, chambre des comptes, MM. les archevesques de Reims, Bourges, d'Evreulx, de Beauvais, l'évesque désigné de Paris, M. de Troyes, le prince de Conty, M. de Nevers, de Nemours, prince de Joinville.

Le jour de la Toussaint le roy estant à Paris fist sa feste en l'esglise Notre-Dame, et toucha les malades des escrouelles à la sortie de l'esglise en la haulte salle de l'évesché et après disner alla ouir le sermon en ladicte esglise faict par M. Benoist, esleu évesque de Troyes, son confesseur ordinaire; il ouit vespres au chœur après [1].

Le lendemain 2ᵉ novembre, après avoir ouï sa messe à Bourbon, partit de Paris pour aller à Fontainebleau et alla coucher ce jour à Villeroy et le lendemain audict Fontainebleau, où il ne fut guère; il s'en retourna à Monceaux où il ne demeura que cinq ou six jours, puis revint à Paris le 21 novembre; et le lendemain qui estoit dimanche il ouït sa grande messe à Bourbon, et s'en alla à Saint-Germain-en-Laye, fist sa diette; où il a esté jusqu'au 22ᵉ décembre ci-après.

Le samedy 29ᵉ novembre, Monseigneur partit de Paris pour s'en aller à Reims. Le 1ᵉʳ décembre disna à Cramailles et coucher à Courville; le lendemain après disner party pour aller coucher à Reims en sa maison de Saint-Remy [2], d'où il repartit le 16 décembre.

Le 22ᵉ, le roy vint de Saint-Germain au soir coucher à Paris et y retourna le matin de la veille de Noël.

1598.

Le lundy 5ᵉ janvier, le roy arriva à Paris venant de Saint-Germain-en-Laye; il a séjourné audict Paris jusques au 13ᵉ.

Le 8ᵉ décéda M. de Buhy d'attaque d'apoplexie, estant à la chasse près de Buhy.

Le dimanche de la septuagésime 18, Monseigneur

---

1. René Benoît (voir plus haut) ne put jamais obtenir la bulle papale à cause de sa traduction de la Bible trop conforme à celle publiée par les protestants.

2. L'abbaye de Saint-Remy de Reims, lui appartenait comme archevêque de cette ville.

sacra messire Charles de Balzac, évesque, comte de Noyon, en l'esglise Saint-Germain-des-Prés, assisté de messire Henry d'Escoubleau, évesque de Maillesais et de M. François Péricard, évesque d'Avranche.

Le 20e le roy arriva de Monceaux à Paris où il a séjourné jusqu'au 4e février.

Le 4e febvrier le roy alla coucher à Saint-Germain et retourna le vendredy matin 5e dudict moys à Paris ; il n'alla point de secrétaire d'estat avec luy.

Le 9e le roy partit de Paris sur les 9 heures pour aller à Fontainebleau et alla ledict jour coucher à Essonne. Il alla avec S. M. des secrétaires d'Estat, MM. de Fresne et de Beaulieu.

Le 13e, M. le connestable partit de Paris pour aller trouver le roy à Fontainebleau.

Le mesme jour M. de Villeroy, secrétaire d'Estat, partit pour aller à Villeroy et delà à Fontainebleau.

Le lundy 16e, M. de Gesvres, secrétaire d'Estat, partit de Paris pour aller trouver le roy.

Le mardy 3 mars Monseigneur coucha à Angers où le roy n'estoit pas encore arrivé de Tours où il estoit lors.

Le 6e, le roy arriva de Saumure au Pont de Cé où Madame de Mercœur estoit du jour auparavant pour la capitulation de Bretagne [1] et y coucha, et le lendemain nous allasmes au Pont de Cé. L'après disner le roy entra en la ville d'Angers où il ne voulut qu'on luy fist entrée solenelle et y séjourna jusqu'au jour dudict moys

---

1. C'est aux ponts de Cé qu'eut lieu la conférence pour le traité entre le roi et Madame de Mercœur.

qu'il alla à la chasse au Verger Durestal. Ladicte capitulation est du 26 mars.

Le 27ᵉ, M. de Mercœur arriva à Angers trouver le roy qui n'y estoit pour lors. Le.....au matin il partit d'Angers pour aller audevant de S. M. qu'il trouva à Brivel à disner, et vinrent après disner à Angers par eau.

Le 9ᵉ d'apvril, le roy partit d'Angers pour aller à Nantes et delà coucher à Amiens ; le lendemain alla à la chasse près d'Augur, et le lundy suyvant entra à Nantes par la porte Saint-Pierre à 6 heures du soir et logea au chasteau.

Le 19ᵉ dimanche, sur les 11 heures ou midy, Madame la duchesse accoucha d'un fils au chasteau de Nantes qui est Alexandre. Monsieur, chevalier de Malte.

Le mercredy 6ᵉ de may, le roy partit de Nantes pour aller à Rennes. MM. de Gesvres et de Villeroy allèrent avec S. M.

Le.....de may, le roy partit pour s'en retourner à Paris. Vint à la Flesche au lieu de Tours, à Bloys, à Orléans, à Fontainebleau à Paris pour la réconciliation et la paix générale, de là retourna à Fontainebleau et Saint-Germain : fist voir notre maison aux ambassadeurs d'Espagne. Il y fut jusques au.....de juillet que S. M. retourna à Paris et n'y fut que le dimanche et lundy ; le mardy s'en alla à Monceaux à la chasse où il estoit encore quand nous passasmes pour aller à Rennes.

Le 10ᵉ juyng, le roy manda publier la paix par toute la France.

Le 18ᵉ, le duc d'Arscot, le comte d'Aremberg, le président Richardot, Louys Virès, secrétaire d'Estat d'Espage, arrivèrent à Paris pour la paix qui le lendemain fut solenellement jurée dans l'esglise de Paris.

Le 3 juillet furent publiée, les lettres du roy portant révocation des survivances en la chancellerie de France.

Le mesme jour le roy receut à Abbeville les bulles de S. S. contenant le rappel de M. le légat cardinal de Florence.

Le dimanche 9ᵉ, le roy arriva à Paris et le lendemain s'en alla à Monceaux.

Le dimanche 26ᵉ, Monseigneur partit de Paris; le jeudy coucha à Chasteau-Thiérry, le vendredy à Fère en Tardenois; le samedy 2 aoust, à Courville; le dimanche à Reims où il séjourna. Le samedy vigille Saint-Laurent 8ᵉ d'aoust, Monseigneur partit de Reims et vint disner aux Petites-Loges [1] et coucher à Chaalons, où avons séjourné à cause de la rencontre de M. de Mercœur qui s'en alloit en Lhorraine. Le lundy jour St-Laurent vint coucher à Vitry-le-François, le mardy disner à Sermaise et coucher à Bar-le-Duc. Le jour de l'Assomption coucher à Charmes-sur-Moselle, le dimanche après disner passer par Chatel-sur-Moselle et coucher à Epinal. Là est une abbaye ou hospital de noblesse qui est un collége de gentilles filles qui portent un petit voile et le reste comme les aultres damoiselles; dont il n'y a que l'abbesse, la prieure et la trésorière qui soient professes; le reste est libre de s'en aller quand bon leur semble et s'appellent canonesse de l'ordre de Saint-Gœry, et vaut chasque prébende 600 livres. [2]

---

1. Village sur la route de Reims à Châlons, à peu près à moitié chemin.

2. Abbaye fondée au milieu du Xᵉ siècle par Thierry, évêque de Metz.

Le lundy après disner, coucher à Remiremont qui est une fort jolie villotte, sise sur la Moselle entre les montagnes des Vosges, en laquelle y a une collégiale comme celle d'Epinal, fors qu'il y a un plus grand nombre de prébendes, bien cent, mais de 200 livres chacune, dont une canonesse peut tenir 3 ou 4 prébendes. Il n'y a que l'abbesse, la doyenne ou prieure et la trésorière qui fussent professes, et est ladicte abbesse dame de la ville. Il y a un fort beau cloître où elles sont comme chanoinesses. Il faut noter qu'elles suivent l'ordre de Sainte-Almaric, dont il y a partout chanoines aussy qui disent la messe et qu'en Lorrhaine il y a quatre colléges de canonesses[1]. Le mardy après disner venu à Plombières où avons séjourné pour les bains.

Le 13e aoust l'ordonnance de S. M. regnant contenant les défenses à toutes personnes de porter harquebuse, pistolet et aultres bastons à feu fut publiée.

Le 18e l'arrest de la Cour du parlement de Paris contre le sieur de Tournon, contenant au surplus défense à toutes personnes d'envoyer escolliers au collége des Jésuites, en quelques lieux et endroits qu'ils soient pour y estre instruits en aucune façon[2].

---

1. L'abbaye de Remiremont suivait la règle de Saint Benoît ; on sait que toutes les chanoinesses étaient princesses de l'Empire.

2. Les jésuites expulsés de droit en 1594 du royaume, avaient cependant conservé leurs établissements de Toulouse et de Bordeaux. Le 18 août 1598 le parlement de Paris déclara Louis-Juste de Tournon déchu de sa dignité de sénéchal d'Auvergne et confisqua ses biens pour avoir maintenu le collége de Tournon ès mains des jésuites. M. de Tournon obtint du parlement de Tournon un arrêt contraire, et le roi, circonvenu par divers personnages de la cour, fit laisser là les choses.

Le mesme jour environ cinq heures du matin décéda Philippe 2e, roy d'Espagne, à Saint-Laurent de l'Escurial, auquel lieu il fut enterré dessous l'autel avec ses pères, et fut ensevely comme un religieux du monastère.

Le 18e d'octobre, Monseigneur fist son entrée en sa cathédrale métropolitaine de Reims avec les solennités requises et accoustumées à tous les archevêques dudict lieu et en la forme que le cérémonial le porte, où assistèrent MM. les évesques de Soissons et Chaalons, MM. les abbé de Chaumont et doyen de Paris, M. de Fresnes, conseiller du roy en son conseil d'estat et finances, et secrétaire de ses commandemens; M. le comte de St-Aignan, M. de Pinart, baron de Loupvois, M. le président de Vermes, et ung grand nombre de noblesse du païs, subjecte de Monseigneur.

Monseigneur alla le 29 à Corbeny, prieuré dépendant et annexé à l'abbaye de St-Remy, assisté de M. l'évesque de St-Malo, son nepveu. [1] Le jeudy ensuyvant qui estoit le 2 de décembre, monseigneur alla à Notre-Dame de Liesse à 3 lieues de là.

1599.

Le dimanche 3e janvier, le roy fist l'ordre et cérémonie du St-Esprit aux Augustins de Paris où il honora de son ordre neuf chevaliers. MM. le comte de Choisy, de Sourdeac. [2]

---

1. Jean du Bec, évêque de St-Malo et abbé de Mortemer, mort en 1610, auteur de *Paraphrases sur les psaumes de David.* Corbeny, bourg entre Reims et Soissons où l'on conservait la châsse de Saint Marcoul et où le roi se rendait ordinairement lors du sacre.

2. MM. le duc de Ventadour, de Chevrières, d'Averton, de Poyane, de Villaine, de la Vieuville-Rugles, de Torigny et de Trainel.

Le mardy 26 janvier le roy partit de Paris pour aller aux nopces, à St-Germain-en-Laye, de M. le prince de Lorrhaine et de Madame sa sœur. [1]

Et le samedy suyvant au soir furent fiancés au château de St-Germain par Monseigneur l'archevêque de Rouen, et le lendemain furent par luy-mesme espousés en la chambre de ladicte dame qui ne voulut aller à l'église à cause qu'elle estoit huguenotte.

Le vendredy 5e février, le roy et toute la cour retournèrent à Paris.

Le 27e fut donné l'arrest de la cour de parlement contre les blasphémateurs du saint nom de Dieu, en en suivant lequel Nicolas Le Mesle, appellant du sénéchal du Mayne, subit la peine portée par iceluy devant la porte de l'église Notre-Dame de Paris, teste et pieds nus, en chemise, la corde au col, la torche au poingt, eust la langue percée et les lèvres fendues et banny à perpétuité du royaulme de France.

. Le dimanche 7e février, M. le prince de Lhorraine fist festin au roy et à toute la cour au logys de la reyne, et le lendemain matin dès 6 heures le roy partit de Paris pour aller à Fontainebleau à la chasse, M. de Fresnes n'y alla point : n'y eust conseil.

Le 20e le roy retourna à Paris et y fust jusques au mercredy des Cendres ; il partit par la neige pour s'en aller à Montrouge, ayant ouy sa petite messe et prins des cendres à Bourbon.

---

1. Catherine de Bourbon mourut sans enfant le 13 février 1604 ; son mari devint duc de Lorraine en 1606 et se remaria avec Marguerite de Gonzague.

Le lundy 8ᵉ Mars, M. de Joyeuse retourna aux Capucins et y reprist l'habit.

Le vendredy 12ᵉ le roy retourna à Paris, et le lendemain alla ouyr messe aux Capucins et y vit ledict M. de Joyeuse et parlèrent longtemps ensemble.

Le dimanche 14ᵉ, M. de St-Malo fut sacré évesque en la chapelle de la reyne par M. le cardinal de Gondy, assisté de MM. les évesques de Maillezais et de Paris, son nepveu.

Le 16ᵉ M. de St-Malo, alla à Conflans prendre congé de S. M. qui y estoit du jour auparavant. Il s'en alla le lendemain à Mortreuil.

Ledict jour, M. de Schomberg retournant dudict Conflans mourut d'apoplexie dans son carosse vis-à-vis des Nonnaine de Saint-Anthoine de Paris. ¹

Le jeudy le roy retourna à Paris.

Le dimanche matin le roy partit de Paris pour s'en aller à Fontainebleau et la musique partit le mercredy d'après.

Le vendredy à midi M. de Fresne partit de Paris pour aller trouver le roy.

Le samedy M. le chancelier partit de Paris pour aller à Limours et arriva à Fontainebleau le jeudy d'après Pasques.

Le 10ᵉ d'apvril qui estoit le samedy de Pasques, Madame la duchesse ², à 3 heures du matin, décéda au doyenné de St-Germain de l'Auxerrois à Paris. Nous en fimes le service en ladicte église le mercredy 21ᵉ.

---

1. Gaspard de Schomberg, comte de Nanteuil, l'un des généraux les plus estimés de ce temps ; il venait d'assister avec MM. de Thou, de Vic et Collignon à un conseil important chez le roi, pour les affaires des protestants.

2. Gabrielle d'Estrées, duchesse de Beaufort ; Mézerai assure qu'elle fut empoisonnée.

Le vendredy 23ᵉ, le roy partit de Fontainebleau et vint coucher à Villeroy, et le lendemain à Jouy et de là à St-Germain-en-Laye où il a séjourné jusques au 3ᵉ may, qu'il en est party pour aller à Jouy et à Marcoussis et à Villeroy, et de là le samedy, disner à l'abbaye du lieu et coucher à Fontainebleau.

Le lundy 26ᵉ apvril, Monseigneur partit de Reims pour venir à la Cour.

Le lundy 1ᵉʳ may le roy partit de St-Germain avec deux des quatre secrétaires d'estat.

Monseigneur arriva à Fontainebleau.

Le dimanche 9ᵉ je servis le roy à sa messe.

Le 18, Monseigneur quitta Fresne pour retourner à Reims (pendant ce temps le roy estoit à Paris, non toutefois qu'il logeast au Louvre, car il y venoit en secret).

Le mardy 18, le roy arriva en secret à Paris et y fust jusques au jeudy qu'il alla coucher à St-Germain et de là à Fontainebleau où S. M. séjourna.

A la fin de ce moys M. de Fresne vint trouver le roy à Blois.

Le 9ᵉ juyng, parti de Paris pour aller au bois à Mallesherbes où estoit le roy pour la Feste-Dieu, revenu à Paris le 11.

Le mardy 22ᵉ juyng, j'ai parti de Paris en coche avec M. Fleurette pour aller trouver le roy à Orléans.

Le 23ᵉ, le roy arriva de Plumiers à Orléans et y séjourna jusques au vendredy d'après lendemain de la St-Jehan qu'il retourna à Mallesherbes et à Paris, n'ayant avec luy que MM. de Villeroy et de Gesvres, secrétaires d'Estat.

Le vendredy 16ᵉ juillet mourut à Paris en son logis, rue des Bourdonnois, M. d'Incarville, intendant et contrôleur général des finances de France, dont nous fismes le service aux Cordeliers à Orléans le 23ᵉ.

Le vendredy 30, mourut à Cheverny en Sologne, M. Hurault, chancelier de France. [1]

Le 1ᵉʳ Aoust le roy arriva à Blois et y séjourna jusques au jeudy 6ᵉ qu'il en partit pour aller à Paris et laissa MM. du Conseil audict Blois, et aussi MM. de Gesvres et de Villeroy.

Le 2ᵉ au matin, M. de Belièvre, conseiller au conseil d'Estat et finances du roy fust fait chancelier de France avec beaucoup de contentement d'ung chascun. [2]

Le 5ᵉ le roy partit de Blois pour s'en aller à Paris où il a séjourné et à St-Germain-en-Laye et ne mena point de secrétaire d'Estat avec luy.

Le 10ᵉ, feste de St-Laurent au soir, il y eust querelle entre M. le prince de Joinville et M. le grand écuyer de France audict Paris dont ledict sieur de Joinville donna un coup d'espée au sieur grand escuyer en la fesse par derrière en sortant du logis du roy. M. de la Rivière et M. le vidasme du Mans y furent blessés. [3]

---

1. Philippe Hurault, comte de Cheverny, nommé en 1583, il était né à Cheverny où il mourut, ce qui lui faisait dire à ceux qui venaient le visiter « *qu'il faisoit comme le bon lièvre, qu'il venoit mourir au giste.* »

2. M. Pompone de Belièvre, diplomate distingué.

3. Roger de Saint-Lary de Termes, duc de Bellegarde, 1563-1646. Cette scène eut lieu à la porte de l'hôtel de Zamet, où logeait le roi : M. de Bellegarde était sans armes. Le prince dut quitter la Cour (Voir à ce sujet les *Mémoires de Bassompierre* et le *Journal inédit de l'Etoile*, récemment retrouvé et publié par M. Halphen).

Le vendredy 20e le roy arriva à Blois.

Le 6e septembre le roy partit de Blois après disner en poste et alla coucher à Orléans et donna charge à sa chapelle d'aller à Cléry où il vouloit faire la feste de la Nativité de Nostre-Dame, qui fut cause qu'ils partirent le mesme jour par eau pour y aller, mais S. M. les manda d'aller jusques à Orléans où il fist sa feste.

Le roy, peu de jours après, alla à Fontainebleau et tantost au bois Mallesherbes et à Fontainebleau où il a séjourné jusques à la Toussaint que S. M. a fait à St-Germain-en-Laye.

Le 30e octobre Monseigneur l'archevesque de Reims arriva à Paris pour son affaire [1] et y a séjourné jusques au mois de septembre 1600 qu'il retourna à Reims.

Le 28e octobre, le roy arriva à St-Germain-en-Laye pour faire feste de Toussaint où il toucha les malades ledict jour de Toussaint et y séjourna jusques au 4 novembre qu'il en partit pour aller à Marcousis, et retourna à Paris le dimanche au soir et y séjourna jusques au 20e qu'il alla à St-Germain où il ne fust que le dimanche, et le soir s'en retourna à Paris. Et là mardy 23e partit de Paris et de là à Monceaux.

Le dimanche 14e novembre, le roy estant à sa messe à Bourbon, M. le cardinal de Sourdis [2] presta le serment entre les mains du roy, en présence de MM. les cardinaux de Gondy et de Joyeuse, M. de Bourges, grand aumônier, M. de Verdun, M. de St-Malo et aultres pré-

1. La nomination de Louis de Lorraine, frère du duc de Guise, comme coadjuteur ; elle fut accordée en janviér 1601 par le Pape.
2. Comme archevêque de Bordeaux : François d'Escoubleau de Sourdis avait été créé cardinal l'année précédente.

lats, et S. M. me donna la prébende que lui doit ledict
sieur de Sourdis à cause dudict serment de fidélité de
son archevesché de Bordeaux.

Le 1er descembre le roy retourna de Monceaux à
Paris et y séjourna jusqu'au samedi 10e de descembre,
qu'il en partit pour aller à Fontainebleau y recevoir
M. le duc de Savoie qui venoit en France pour le faict
du marquisat de Saluces qu'il occupoit, bien qu'il fut
membre de la couronne de France [1].

Le dimanche dernier devant l'avant 24 novembre,
les huguenots de Vitré faisant leur presche à neuf
heures du matin virent tout en l'air de leur salle un
prestre revestu de ses habits sacerdotaux, dont ils furent
si effrayés que la plus grande partie en sont malades et
prétendent de jamais y retourner ; deux des plus hardis
mirent la main à l'espée, mais ne voyant plus rien,
furent aussi estonnés qu'ils se jettèrent par les fenestres
avec les aultres. Ce n'est point une fable.

Le mardy 21e jour de Saint-Thomas, le roy retourna
de Fontainebleau à Paris avec M. de Savoye.

1600.

Le dimanche 2 janvier le roy ayant ouy sa messe
basse à Bourbon et disner, parti du Louvre après disner
avec M. le duc de Savoye pour aller à Saint-Germain
luy montrer ses bastimens et y séjourna jusques au
mercredy 5e, qu'il en partit et M. le duc de Savoye, qui

---

1. Cette négociation se termina par un traité conclu le 1er juin
1600, qui prononça la restitution immédiate du marquisat à la
France ; comme le duc ne l'exécuta pas, Henry IV entra aussitôt en
campagne, conquit en quelques semaines le Bresse et la Savoie, etc.

alla disner à Saint-Denis pour voir la sépulture des roys et trésors de la dite esglise, puis vint coucher à Paris. Et le roy vint tout droit de Saint-Germain à Paris où il séjourna jusque au 6ᵉ, qu'il alla à la chasse et le samedy retourna au soir et le lundy 10ᵉ retourna à la chasse et retourna le mercredy au soir 12ᵉ qu'il soupa à l'évesché.

Le 8ᵉ febvrier, M. le cardinal de Sourdis partit de Paris pour s'en aller à Bordeaux.

Le 22ᵉ, le roy alla de Paris à Saint-Germain-en-Laye où il séjourna jusque au jeudy au soir 24ᵉ qu'il en retourna à cause de sa cheulte et blessure de cheval à la chasse dont la jambe demeura si enflée de la contusion que le lendemain ne put sortir et fut contraint pour ce d'ouyr la messe en son cabinet.

Le mercredy 1ᵉʳ mars, Monseigneur le duc de Savoye partit de Paris pour s'en retourner en son pays ; le roy l'alla conduire jusqu'au pont de Charenton ; ledict duc s'en alla droit à Lyon pour aller par la Bresse qui est à luy en Savoye, d'où il doit dedans deux mois faire responce au roy s'il accepte ou de rendre le marquisat de Saluces ou de donner la récompense que le roy demande.

Le lundy 13ᵉ le roy partit pour aller à Saint-Germain-en-Laye, où il sejourna jusques au samedy au soir qu'il s'en retourna.

Le lundy 20ᵉ le roy partit de Paris pour aller à Fontainebleau qui y fut jusques au vendredy au soir 24ᵉ qu'il arriva à Paris pour ouyr ce jour à Nostre-Dame le service audict lieu.

Le mercredy saint 29, le roy et sa cour alla au bois de Vincennes pour la feste de Pasques, et y sejourna jusques au lundy au soir qu'il en partit et vint coucher chez M. Zamet, et y séjourna le lendemain qu'il vint au soir coucher au Louvre. M. Rose, évesque de Senlis fut presdicateur du roy au bois de Vincennes à la feste de Pasques. M. de Fresnes ne fut point au bois de Vincennes pendant que le roy y fut.

Le... décéda à Broucon sa maison en Anjou messire de Daillon, évesque de Bayeux, commandeur de l'ordre du Saint-Esprit. Le roy donna l'évesché de Bayeux à M. le cardinal d'Ossat, évesque de Rennes et l'évesché de Rennes à M. Séraphin; donna l'abbaye du Chastelier et prieuré de Chasteraux à M. le comte de Lude, neveu du deffunt et l'abbaye de Chaloché en Anjou à M. de la Varenne.

Le lundy 17e, le roy partit de Paris pour aller à Fontainebleau où il fut jusques au lundy 24 qu'il vint à Paris et retourna sur les trois heures après midi à Fontainebleau. Le 15e d'octobre, le roy ayant assiégé Montmeillian, receut le gouverneur à capitulation, à la charge de sortir de la citadelle dans un mois, pourvu que le duc de Savoye ne donna secours bastant pour faire lever le siége.

Le jour de la Toussaint, la reyne nouvelle épouse du roy, nièce de M. le grand duc de Toscanne, nommée Marie de Médicis, arriva à Marseille par mer accompagnée de mesdames les duchesses de Florence et de Mantoue avec dix-sept galères, sçavoir; cinq du grand duc, cinq de la seigneurie de Venise, cinq de Malte et deux du pape.

Le jeudy 16e novembre le roy entra dans la citadelle Montmeillan suivant la capitulation, n'ayant été secourue, et le 17e le roy en partit pour aller au-devant du duc de Savoye qui s'estoit approché de Montmeillan, vers le fort Sainte-Catherine. Le mardy 22 en arrivèrent les nouvelles à Paris et le jeudy au matin sur les dix heures fut chanté le *Te Deum* à Nostre-Dame où la cour de parlement assista en robe rouge.

Le.... descembre, le roy print par composition le fort et citadelle de Sainte-Catherine à deux lieues de Genève, dépendant de la Bresse, appartenant au duc de Savoye.

1601.

Le.... de Janvier, le roy estant à Lyon fut faicte paix entre le roy et le duc de Savoye pour les différent et guerre que luy faisoit le roy pour le marquisat de Saluces. Le vendredy 26e. en fut chanté le *Te Deum* à Nostre-Dame de Paris où la cour du parlement assista, M. le premier président n'y estoit pas, M. de Paris dit les oraisons.

Le mardy 9e fut chanté au matin le *Te Deum* en l'esglise Nostre-Dame de Paris et le soir fut faict un feu de joye en Grève, et le canon de l'arsenal et en grève tira avec grande allégresse sur les cinq heures du soir pour le mariage du roy avec la reyne Madame Marie de Médicis, fille unique du feu duc de Florence et mère du duc de Florence d'après.

Le 25e le roy arriva à Paris, ne se montrant presque point, logeant chez le particulier, faisant accoustrer et préparer le Louvre pour la venue de la reyne qui arriva audict Paris le vendredy au soir.... de febvrier et logea au faubourg Saint-Germain à l'hostel de Gondy à cause de la foire. Et le mardy au soir logèrent au Louvre.

Le 29ᵉ lundy, descéda, au chasteau de Moulins, Louise de Lhorraine, reyne douairière de France.

Le 12ᵉ de mars le roy partit de Paris avec la reyne et la cour pour aller à Saint-Germain-en-Laye, où Sa Majesté séjourna jusques au 26ᵉ qu'il retourna à Paris avec toute la cour.

Sa Majesté partit avec toute la cour pour aller à Fontainebleau faire la feste de Pasques.

Le lundy saint, 10ᵉ apvril, la cour partit de Fontainebleau pour aller à Orléans faire la feste de Pasques et gagner le Jubilé.

Le lundy 23ᵉ le roy partit d'Orléans, alla ouyr la messe à Nostre-Dame de Cléry, et alla à Blois. Et la reyne et tout le reste de la cour partit aussy le mardy lendemain pour aller à Fontainebleau où on a séjourné.

Le 15ᵉ may descéda M. l'évesque du Mans audict lieu, et son évesché fut donné au fils de M. de Lavardin, mareschal de France et gouverneur du Mans.

Le roy estoit à Fontainebleau devant le moys de juyng.

La cour y estoit durant le moys de septembre.

Le jeudy 27ᵉ septembre, jour de St-Cosme, nasquit M. le Dauphin de France, fils aisné du roy et de la reyne Marie de Médicis.

Le.... d'octobre, le roy et la cour retournèrent de Fontainebleau en la ville de Paris, et y séjournèrent durant le moys de novembre.

La cour estoit à Paris au commencement de ce moys.

Le jour... de ce moys, la cour alla à Saint-Germain-en-Laye où elle fut jusques au 21ᵉ qu'elle retourna à Paris.

Le jeudy 9 descéda Madame la princesse de Conty à Saint-Arnould s'en allant à Bonnestable faire la nopce de sa fille avec Monseigneur le comte de Soissons.

1602.

Le 1er jour de l'an, le roy alla au bois de Vincennes, fit la feste et toucha les malades et retourna le mesme jour coucher à Paris où il a séjourné longtemps.

Le 28e la cour alla à Saint-Germain-en-Laye et y séjourna jusques au 4e febvrier.

Le lundy 25e febvrier le roy et la reyne partirent de Paris pour aller à Fontainebleau où ils ont séjourné jusques au 13 mars qu'ils retournèrent à Paris

Le 3e jour de Mars descéda M. de Mercœur en s'en retournant en Hongrie [1].

Le samedy au soir à quatre ou cinq heures, 16e, le sieur Sipion, maistre d'hostel de feu M. le comte de Fierque, tua Camille de Rive sa femme, l'ayant trouvée couchée avec le sieur de la Brune, lyonnais, secrétaire de M. d'Aiguillon qu'il poignarda aussy; en eut rémission aussitost.

Le dimanche 17, la cour s'en alla à Saint-Germain et y fut jusqu'au 21e, qu'elle retourna à Paris.

Le 21e mourut M. de Sourdis à Paris, M. le président Séguier et M. le maréchal de Retz [2].

---

1. Après avoir fait sa soumission, le duc de Mercœur passa en Allemagne avec l'autorisation du roi et y fut fait généralissime de l'armée impériale en Hongrie; il remporta à Bude une brillante victoire et partit ensuite pour la France; il mourut à Nuremberg, âgé de quarante-huit ans, le 19 février; notre chroniqueur met évidemment la date du jour où il apprit cette nouvelle.

2. Pierre Séguier, maître des requêtes, président à mortier,

Le 29e mars la cour alla à Fontainebleau.

Le.... d'apvril la cour alla à Orléans et de là à Blois, puis au moys de may à Tours et peu après audict moys de may alla à Poitiers.

Le.... la cour de parlement de Paris donna arrest sur le réglement du salaire des advocats dudict parlement, à quoi lesdicts advocats ne voulurent obéir, et aller au palais, et le 11e mai ordonna la cour que ceulx qui ne voudroient obéir seigneroient au greffe leur démission ; ce que la pluspart firent le lundi suivant, 13e may.

Le 18 may M. de Saint-Ouen fit arrest à la cour du parlement contre M. d'Avaugour à ma poursuite.

Le mercredy 12e juyng arriva à Fontainebleau où estoient le roy et la reyne, M. le maréchal de Biron, de Bourgogne, où il estoit en son gouvernement, suivant le mandement du roy, afin de savoir, par sa bouche, ce qu'il estoit de l'entreprise qui se brassoit entre l'Espagnol et des seigneurs françois sur la personne et estat du roy [1].

Le samedy 15e, le roy et la reyne partirent de Fontainebleau pour venir à Paris ; et furent amenés par eau M. le maréchal de Biron et le comte d'Auvergne que Sa Majesté fit constituer prisonniers à Fontainebleau, le soir du jeudy 13e précédent et les fit mettre en la Bastille ; et le jour ensuyvant fit travailler à leur procès

lieutenant civil à Paris, mort le 6 avril, suivant Moreri, — François d'Escoubleau de Sourdis, père du cardinal, — Albert de Gondy, duc de Retz.

1. C'est le moment où, suivant l'expression de de Thou, le roi chercha à lui « faire ingénuement avouer » sa faute.

criminel par MM. de la cour du parlement, sçavoir :
M. le premier président de Harlay, le président de Blanc-
mesnil, M. de Fleury et M. de Turin, conseillers.

Le mardy 25ᵉ le roy et la reyne partirent de Paris
pour Fontainebleau.

Le 19ᵉ decembre le roy et sa cour arrivèrent de
Fontainebleau à Paris, où le roy a séjourné jusques au
dernier de descembre, qu'on s'en alla à Saint-Germain.

1603.

Le 2 janvier, le roy et sa cour retournèrent de Saint-
Germain à Paris.

En ce mois descédèrent MM. de Saint-Melaine, le
président Roger et M. de Marsac à Rennes.

Le jeudy 20ᵉ febvrier, le roy et la reyne partirent de
Paris pour aller à Monceaux et s'en allèrent coucher à
Chelles ; le lendemain à Fresnes et le samedy à Mon-
ceaux.

Le 26ᵉ febvrier descéda Madame de Retz à Paris [1].

Le jeudy 27ᵉ, le roy partit de Monceaux pour aller à
Chaslons et alla coucher à la Ferté-Milon [2].

Le 9 mars le roy fist son entrée en la ville de Toul.

Le 14, le roy fist son entrée dans la ville de Metz,

---

1. Catherine de Clermont, baronne de Retz, veuve du maréchal
de Retz, l'une des femmes les plus lettrées de son temps ; elle avait
épousé en premières noces M. d'Annebaut, baron de Retz, et était
fille unique de Claude, baron de Dampierre et de Jeanne de Vivonne
de la Chataigneraye.

2. Le roi entra à Châlons-sur-Marne le 5 mars, accompagné de la
reine et de toute la cour. C'était la troisième fois qu'il y venait.
(Voir notre *Histoire de la ville de Châlons et de ses institutions*,
1 volume, in 8°, Aubry, 1854).

avec la reyne et sa cour ; il osta de la citadelle de Metz le sieur de Sobolle, le 17 il y entra en sa place le sieur d'Arquien, frère de M. de Montigny, gouverneur de Blois, qui y est aussy gouverneur [1].

Le 3e d'apvril descéda à Londres la reyne d'Angleterre à laquelle le roy d'Escosse a succédé à la couronne d'Angleterre.

Le 16e, le roy retournant de son voyage de Metz arriva à Fontainebleau où il séjourna deux jours, et le samedy 19, le roy et la reyne arrivèrent à Paris où ils séjournèrent jusques au lendemain dimanche qu'ils allèrent à Saint-Germain.

Le 23e le roy partit de Paris pour aller à Fontainebleau.

Le vendredy 5 juyng, le roy arriva à Paris de Fontainebleau où il a séjourné jusques au mardy 10e qu'il alla à Saint-Germain.

Le mardy 17, le roy retourna de Saint-Germain à Paris, où il a séjourné jusques au dimanche 22 qu'il en partit après avoir ouy la messe à Saint-Antoine des Champs, alla disner à Charenton et coucher à Juilly et à Monceaux.

Le.... descembre, le roy et sa cour retournèrent de Fontainebleau à Paris où ils séjournèrent longtemps. Sa Majesté allant quelquefois à Saint-Germain pour un jour ou deux seulement.

---

1. Raymond de Comminge, sieur de Sobolle, soupçonnant injustement la fidélité des habitants de Metz, exerçait envers eux une rigueur très-blâmable. Le roi rendit justice à tous et confia le le gouvernement de cette ville à François de la Grange, seigneur de Montigny, et celui de la citadelle, à M. d'Arquien, frère du précédent.

1604.

Le mercredy 7ᵉ janvier, le lendemain des Roys, le roy et la reyne allèrent à Saint-Germain-en-Laye où ils furent jusques au... dudict moys qu'ils retournèrent à Paris où ils séjournèrent quelque temps, allant et venant à Saint-Germain.

Le 5ᵉ apvril le roy partit de Paris pour aller à Fontainebleau où il a séjourné jusques après Pasques, qu'il retourna à Paris et de là à Saint-Germain pour la Pentecoste et la Feste-Dieu audict lieu, jusques au jour Saint-Pierre qu'il retourna à Paris et y séjourna.

Le 5ᵉ juillet, le roy et la reyne partirent de Paris pour Monceaux où ils séjournèrent.

Le 20 novembre, le roy retourna de Fontainebleau à Paris et à sa cour, et y a séjourné jusques au Caresme suivant, allant quelquefois à Saint-Germain.

1605.

Le lundy 10ᵉ janvier descéda à Reims monseigneur Philippe du Bec, archevêque de Reims sur les dix heures du soir, en son logis de Saint-Remy, asgé de 86 ans [1].

1. Philippe du Bec avait assisté au Concile de Trente : nous avons vu combien il demeura constamment dévoué à la cause du Béarnais, tout en lui tenant constamment un langage ferme et sévère, d'après le témoignage de tous les contemporains. Sa nomination à Reims subit de longues difficultés à Rome à cause de son ardeur contre la Ligue et de la demande faite en même temps de la Coadjutorerie pour Louis de Lorraine, âgé de 13 ans seulement. Il ne reçut ses bulles qu'au milieu de l'année 1598, quoique datées du 5 janvier 1597. Il dirigeait activement néanmoins son diocèse par l'intermédiaire d'un vicaire général. Il prit possession par procureur le 13 août et en

Le 24 mars, le roy partit de Paris pour Fontainebleau où la cour a demeuré jusques à la Pentecoste.

Le 25e may fut chanté un *Te Deum* à Paris pour l'élection du pape.

Le dernier may le roy partit de Fontainebleau et la cour pour aller à la Ferte-Allais, à Ollinville, et de là à Paris où le roy arriva le 5 de juyng. Le 7 alla à Saint-Germain et retourna le 15 à Paris, le 17 à Saint-Germain, où il a séjourné jusques au 27 qu'il retourna à Paris et ledict jour espousa M. le comte de St-Aignan [1].

Le.... de juyng, la cour alla à Monceaux jusque au 23e juillet.

Le 20e juillet, la reyne Marguerite arriva au chasteau de Madrid où le roy l'alla voir le mardy 26e.

Le mardy 27e la reyne Marguerite revint au Louvre saluer la reyne [2].

Le 29e la cour s'en alla à Saint-Germain où elle a

personne le 14 octobre 1598 ; il était déjà assez infirme pour ne pouvoir célébrer la messe ce jour-là, mais il jouissait d'une grande célébrité pour sa science et sa doctrine. Une attaque de paralysie le frappa au printemps de 1602 et ne lui laissa plus « libre que l'esprit » comme dit don Marlot. Il fut enterré dans la cathédrale à gauche de l'autel de la Sainte Croix.

1. Honorat de Beauvillier, comte de Saint-Aignan, lieutenant général du Berri, épousa Jacqueline de la Grange, fille de M. de Montigny, gouverneur de Metz, depuis maréchal de France ; il était fils de Claude, gouverneur d'Anjou, et d'Isabelle Babou de la Bourdaisière, sœur de madame de Fresne. Son fils aîné fut le duc de Saint-Aignan.

2. La reine Marguerite était venue à Paris pour suivre son procès contre le comte d'Auvergne, à l'égard de ce comté qui lui fut restitué et qu'elle donna au dauphin l'année suivante. L'Etoile constate que son arrivée « réveilla les esprits envieux et fournit d'amples matières de discours à toute sorte de personnes ».

séjourné jusques au 23ᵉ aoust qu'elle retourna à Paris.

Le mardy 6ᵉ septembre la cour alla à Fontainebleau.

Le 2 octobre la cour partit de Blois pour aller coucher à Amboise et le lendemain à Tours.

Le 7ᵉ octobre le roy partit de Tours pour s'en aller en Limousin.

Le mesme jour la reyne partit dudict Tours pour s'en retourner à Paris, estant fort grosse.

Ledict jour M. le chancelier bailla au matin audict Tours les sceaux à M. le garde des sceaux de Sillery qui suivoit le roy en Limousin et ledict chancelier retourna à Paris [1].

---

1. Pomponne de Bellièvre était fils d'un échevin de Lyon et se fit remarquer sous Charles IX par son habileté comme diplomate. Il échoua cependant dans la mission d'obtenir l'élargissement de Marie Stuart. Plénipotentiaire avec M. de Sillery, en 1598, au congrès de Vervins, nous avons vu qu'il fut nommé chancelier l'année suivante. Les sceaux lui furent ôtés et donnés précisément à Nicolas Brulart de Sillery ; il dit à Bassompierre qui fut chargé de lui apprendre cette fâcheuse nouvelle : « J'ai servi le roi tant que j'ai pu le faire, et quand ils ont cru que je n'en étois plus capable, ils m'ont envoyé reposer : un chancelier sans sceaux est un apothicaire sans sucre. »

TABLE.

—

Introduction sur l'Histoire générale de la Ligue 5

Notice sur l'abbé Jean de la Fosse 29

Journal de Jean de la Fosse 51

Notice sur le secrétaire de Philippe du Bec. 233

Journal du secrétaire de l'Archevêque de Reims. 237

MÉZIÈRES, IMPRIMERIE, LIBRAIRIE ET LITHOGRAPHIE DE F. DEVIN.

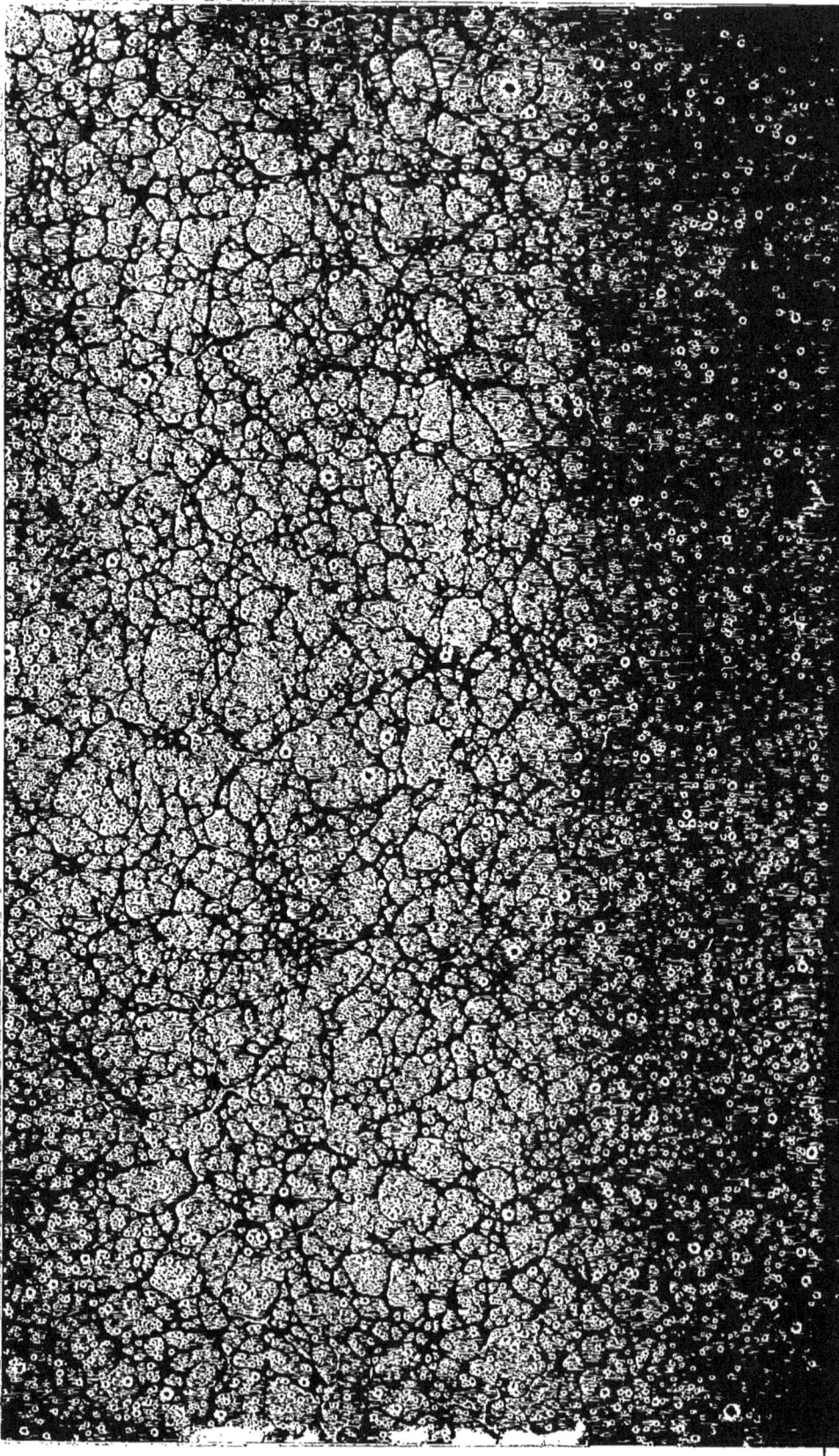

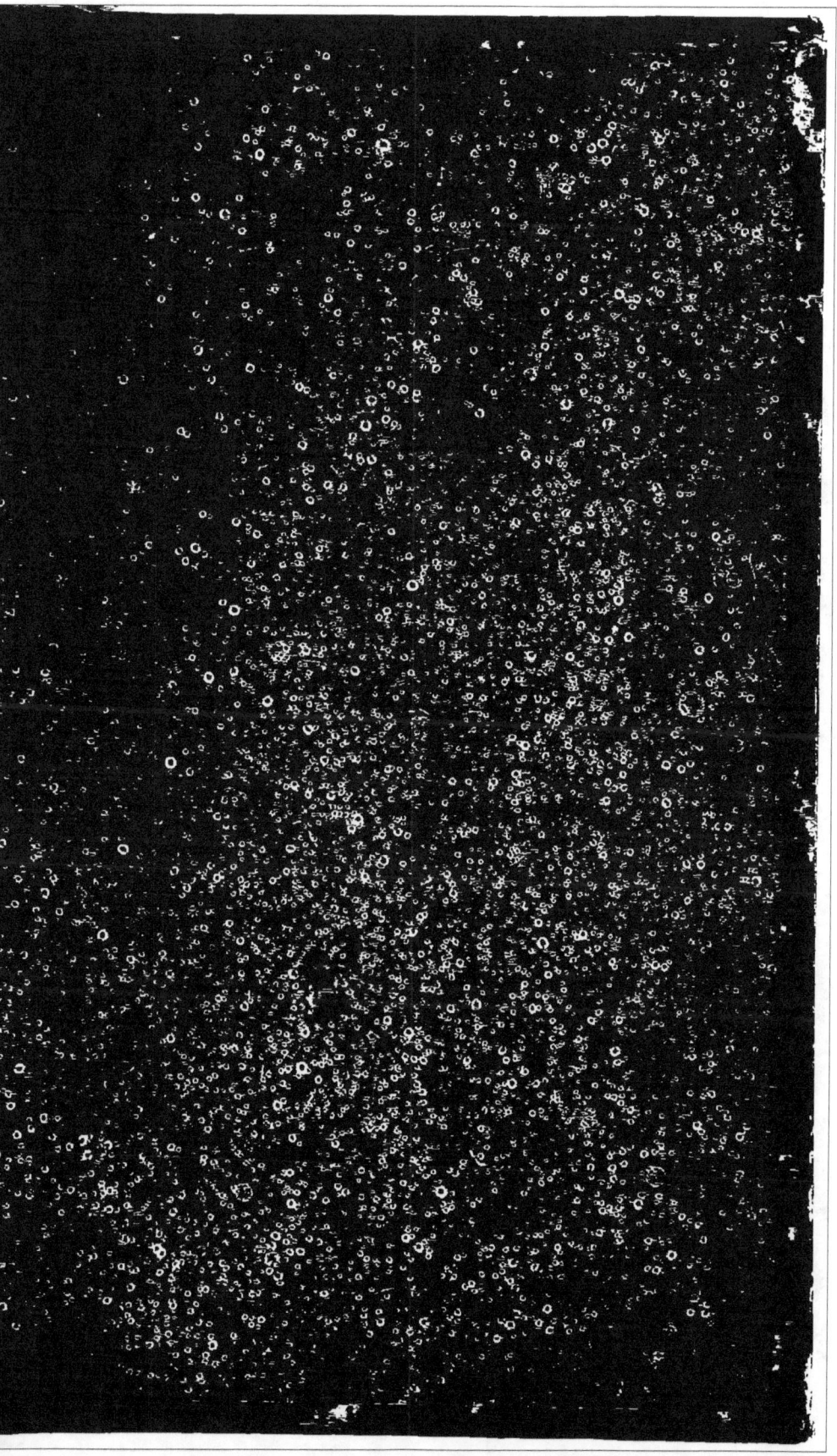

www.ingramcontent.com/pod-product-compliance
Lightning Source LLC
Chambersburg PA
CBHW070207030726
47505CB00006B/1598